Friedhofgasse 13

Nachdem er als Amateurboxer, Volleyballtrainer, Jetpilot, Kommandeur im Kampfgeschwader und Direktor in der Industrie tätig gewesen war, widmete sich Hannsdieter Loy einer Leidenschaft, die ihn schon immer begleitet hatte: dem Schreiben. Neben den zehn im Emons Verlag erschienenen Kriminalromanen hat er sein Leben als Starfighterpilot in »Jahre des Donners« eindringlich beschrieben. HDL lebt dort, wo seine Romane spielen: im angesagten Rosenheimer Land. Schon arbeitet er am nächsten Verbrechen, denn: Kein Jahr ohne Mord!
www.oberbayern-krimi.de
www.starfighter-der-roman.de

HANNSDIETER LOY

Friedhofgasse 13

KRIMINALROMAN

emons:

Bibliografische Information der Deutschen Nationalbibliothek
Die Deutsche Nationalbibliothek verzeichnet diese Publikation in der Deutschen Nationalbibliografie; detaillierte bibliografische Daten sind im Internet über http://dnb.d-nb.de abrufbar.

FSC
www.fsc.org
MIX
Papier aus verantwortungsvollen Quellen
FSC® C083411

Umschlagmotiv: © mauritius images/Trigger Image
Umschlaggestaltung: Tobias Doetsch
Gestaltung Innenteil: César Satz & Grafik GmbH, Köln
Lektorat: Hilla Czinczoll
Druck und Bindung: CPI – Clausen & Bosse, Leck
Printed in Germany 2014
ISBN 978-3-95451-463-2
Originalausgabe

Happiness is like a butterfly:
the more you chase it, the more it will elude you,
but if you turn your attention to other things,
it will come and sit softly on your shoulder.
Anthony de Mello

PROLOG

Es hätte alles so friedlich bleiben können wie bisher. Alles weiter seinen gewohnten Lauf nehmen können. Aber dann passierte die Sache mit dem bizarren Mord, und alles veränderte sich. Das ganze Dorf war entsetzt über das abscheuliche Geschehen in der Friedhofgasse. Das hätte keiner gedacht! Auch der pensionierte Kriminalrat Joe Ottakring nicht.

Die Friedhofgasse ist mehr als nur eine Gasse, auch wenn ihr der Name seit mehr als hundert Jahren anhaftet. Sie ist der gewachsene Ortskern, das Oberdorf, wo Barockkirche und Friedhof, Wirtshaus und Dorfkramer, Seniorenheim und die Feuerwehr angesiedelt sind. Die Gegend ist ein Kuhstallgestank und ein Gedicht, ein Scheppern und Schleichen, ein Leuchten und Tönen, Rufen und Böllern. Es gibt Lindenbäume, Holz und rote Dächer, Blumen am Balkon und Kühe auf der Weide, Liebe und Schatten, Dunkelheit am Tag und Sonne in der Nacht. Die Bewohner? Alte und Junge, Bauern und Säufer, Jodelnde und Kranke, Langweiler und Draufgänger, Reiche und Geduckte. Mit einem Wort: Menschen. Mit gleicher Inbrunst könnte man sagen: Heilige, Engel, Gläubige, Teufel, Lügner, Pharisäer und Propheten – es kommt nur auf den Standpunkt an.

Landleben hat schon etwas archaisch Schönes.

Samstags Punkt zwölf ist Sirenenprobe. Man kann die Uhr danach stellen. Jeden Morgen um halb fünf rückt der Molkereitankwagen an, der bei den wenigen übrig gebliebenen Bauern die Milch abholt. Um sechs Uhr fährt der Bäcker sein Brot und die Semmeln aus und der Gemüsehändler sein Gemüse. Um sieben kreuzt das Brauereiauto beim Kramer auf und liefert sein Bier ab. Und um halb acht holt der Bus die Grundschulkinder von der Haltestelle ab, die zwischen Bäcker und dem »Schmiedwirt« liegt. Die Mädchen und Buben stehen im Kreis und schwätzen und haben ihre Schulranzen und Rucksäcke in der Reihenfolge ihrer Ankunft hintereinander aufgestellt. Wer vorn oder hinten im Bus sitzt, ist damit geregelt.

Die vergangene Woche wurde am Sonntag bei Sonnenuntergang mit einem Paukenschlag in Form von exakt elf Böllerschüssen beendet. Niemand wusste Bescheid – weder, warum überhaupt geböllert wurde, noch, warum gerade elf Schuss. Vielleicht war es einfach ein spontaner Ausdruck der Freude darüber gewesen, dass endlich Ruhe war. Denn der Rubenbauer hatte seit Mittwoch Holz gemacht. Seine Kreissäge hatte von früh bis spät den Ton angegeben. Die ganze Gasse hatte geächzt und gestöhnt und den Kopf hängen lassen, während der Rubenbauer mit seiner Säge die Stille verfinsterte.

Wie soll ich bloß diese Vitalität und zur selben Zeit die schlurfende, scharrende Behäbigkeit der Friedhofgasse einfangen und in Buchstaben kleiden? Ich denke, man muss sich damit einfach Zeit lassen, bis die typische Atmosphäre des Oberdorfs sich selbst bemerkbar macht und lebendig wird und mir die Chance gibt, dieses Buch zu schreiben.

Ich nummeriere also die leeren Seiten auf meinem Bildschirm und warte ab. Und überlasse es den Geschichten, darüber herzukriechen.

Kommt her, Geschichten, ich warte auf euch!

1

Sägekreischen, Sirenen, Kirchen- und Kuhglockengeläut und nun die Böllerschüsse – das waren Geräusche, die Tilman Schilling halb umbrachten. Den ganzen Tag lang ging das so.

Marie sah ihn an. Sie konnte keine Regung erkennen. Sein Gesicht verriet wie immer nichts, doch die Körpersprache drückte allergrößte Besorgnis aus. Sie fasste Tilman am Arm und sah an ihm empor. Auch diese Berührung schien ihren Bruder zu erschrecken, sodass sie den Arm losließ und einen Schritt zurücktrat. Sie erkannte, dass Tilman sich bereits weit in seine eigene Welt zurückgezogen hatte, in eine Welt, aus der er in nächster Zeit unmöglich wieder abgeholt werden konnte. Kein noch so gutes Zureden, auch nicht seine Lieblingsmusik, würden ihn jetzt zurückbringen. Diesen Zustand kannte sie, seit Dad damals ums Leben gekommen war.

Da Marie kurz darauf auch Mom in ein Pflegeheim für Alzheimerkranke hatte bringen müssen, lebten die Geschwister seither allein im elterlichen Haus.

Als hätte Tilman ihre Gedanken erspürt, flüsterte er plötzlich leise und abgehackt: »Friedhofgasse 16. Tilman lebt in Friedhofgasse 16.« Die Äußerung kam vollkommen unvorbereitet aus einem Mund, der sich beim Sprechen kaum öffnete.

Marie sah überrascht an dem fünfundzwanzigjährigen Mann hoch, der sie um mehr als zwei Köpfe überragte. Ihr Bruder war ein langer, schlaksiger Kerl mit überlangen, mageren Armen, die unbeweglich an ihm herunterhingen, wenn sie nicht mit seinem Notizblock, der Kamera oder seinem iPod mit den zugehörigen weißen Kabeln der weißen Ohrhörer beschäftigt waren. Mit ihm hörte er meist Barockmusik, etwa von Bach, Vivaldi oder Händel. Neben seiner ungelenken Länge war nichts an Tilman Schilling auffällig. Was sein Gesicht jedoch von dem anderer unterschied, war das Fehlen jeglichen Ausdrucks. Ein Print-Gesicht, so hatte seine Schwester es einmal bezeichnet. Wie ausgedruckt. Flach, eindimensional und ohne Leben drin.

Marie lächelte nach Tilmans Bemerkung und bestätigte:

»Ja, wir wohnen gemeinsam in der Friedhofgasse 16. Du passt tagsüber auf die Wohnung auf, während ich zur Arbeit gehe.«

»Arbeit«, wiederholte Tilman. »Prada. München, Residenzstraße 10, Telefonnummer null-acht-neun Strich zwei-neun-eins-neun-zwei-vier-null, geöffnet zehn bis neunzehn Uhr, samstags zehn bis achtzehn Uhr. Prada.«

»Du hast wirklich Potenzial«, sage Marie lachend, auch wenn sie wusste, dass diese Mitteilung nur auswendig gelernt war und nichts für ihn bedeutete.

Marie war sechs Jahre älter als Tilman und leitete den Münchener Prada-Shop. Sie war eine Karrierefrau, gut aussehend, und hatte schon immer so etwas wie den Gegenpol zu Tilman gebildet. Er hatte Baumwollhosen und karierte Hemden an, sie war in buntes und schwarzes Tuch gehüllt, trug die aktuellsten Schuhe und Taschen und war zu jeder Minute ihres Daseins perfekt frisiert.

Ein letzter – wohl versehentlicher – Böllerschuss ertönte.

Tilman erstarrte. Er stand stockstill und glotzte ausdruckslos aus dem Fenster in die aufziehende Dämmerung. Der Schuss verhallte nicht einfach. Rücksichtslos wurde er von den Bergwänden zurückgeschleudert. Vor Erregung und Panik fielen Tilman die Augen fast aus den Höhlen. Er schien gelähmt zu sein und war nicht fähig, auch nur einen Schritt zu tun. Dabei strahlte er ungewollt etwas Verächtliches, ja Feindseliges aus.

»Nein«, versuchte Marie ihn zu beruhigen. Wieder legte sie ihm eine Hand auf den Arm. »Das ist kein Gewitter. Du brauchst keine Angst zu haben. Kein Gewitter.«

Doch Tilman war damit nicht einverstanden. Er begann am ganzen Leib zu zittern. Die Arme und Hände ließ er wie dicke Seile baumeln. Sein Kopf hing schief auf den Schultern wie bei einem Hund. Er verfiel in unverständliches Stammeln. Marie, die seine Worte zu deuten verstand, hörte immer wieder »Blitz« und »Donner« heraus. Eigentlich hatte sie bald nach München fahren und bei ihrem Freund übernachten wollen. Doch in diesem Zustand durfte sie ihren Bruder unmöglich allein lassen.

Die ungleichen Geschwister befanden sich auf der zweiten

Etage des Hauses. Es war das Wohnzimmer von Tilmans persönlicher Wohnung. Daneben gab es ein Schlafzimmer mit kleinem Bad und sogar eine kleine Küche, an deren Theke sie ab und zu gemeinsam frühstückten. Von Wohnzimmer und Schlafzimmer führte jeweils eine Glastür auf einen umlaufenden Balkon mit Holzbrüstung, einem Klapptisch, zwei Stühlen und verschiedenen Kübelpflanzen. Das Wohnzimmerfenster zum Balkon war von einem Stahlrohrschreibtisch mit schwarzer Tischplatte verstellt. Darauf lagen eine Kameratasche, Tilmans iPod und ein Zettelkasten. Davor ein Lederstuhl auf Rollen, ebenfalls in Schwarz. Die Glastür war frei zugänglich.

Tilman hielt sich gern und bei jedem Wetter auf dem Balkon auf, der nach Südwesten gerichtet war. Von da aus hatte man einen ungehinderten Blick dreihundert Meter nach links und einen halben Kilometer nach rechts auf die gesamte baumgesäumte Friedhofgasse mit all ihren Häusern und Anwesen sowie auf den eigenen Vorgarten, den Marie versorgte. Er stand die warme Jahreszeit über in voller Blüte.

Dieser ungehinderte Blick vom Balkon und aus dem Fenster sollte noch gewaltige Auswirkungen auf die Ereignisse der nächsten Woche in der Friedhofgasse haben.

Im Wohnzimmer gab es neben Schreibtisch und -stuhl nur fünf Möbelstücke: Schrank, Couch, Tisch, Standuhr, Fernseher. Der Rest des Raums quoll über von CDs und Dingen, die mit Buchstaben, Bildern und Fotos angefüllt waren: Romane, Comics, Telefonbücher, Fotoalben, Stapel leerer und beschriebener Blocks, Illustrierte, Fachzeitschriften über Fotografie, Tiermagazine, Spielkarten. Sogar im gläsernen Pendelraum der Bodenstanduhr waren Taschenbücher angehäuft. So konnten die Pendel nicht pendeln und das Schlagwerk keinen Ton von sich geben, der Tilman an ein Gewitter erinnert hätte.

Außer dem Les-, Seh- und Hörbaren gab es Fußballandenken jeder nur erdenklichen Art: Poster und Plakate mit Spielankündigungen an den Wänden, Bilder von Spielern, von denen Marie die allermeisten nicht kannte. Sie waren entweder schon tot oder kurz davor. Werner Huber, Peter Grosser und Charly Mai von Bayern München. Roland Wabra, Max

Morlock und Heinz Strehl vom 1. FC Nürnberg. Maries und Tilmans Dad war Münchener gewesen, Mom kam aus Nürnberg. Tilman hatte sich ein kleines Reich um den Fernseher herum geschaffen, in das er sich verkroch und in dem er sich abkapselte.

»Tilman weiß es nicht«, stieß er plötzlich aus. Er bewegte sich vorwärts – Fuß für Fuß – und schaltete den Fernseher ein. »Der Wetterbericht weiß. Tilman hält die Luft an. Ein Gewitter.«

Marie fasste ihn an der Hand und zog den Widerstrebenden zur offenen Balkontür. »Schau selbst. Kein Gewitter. Und es wird auch keines kommen. Es wird gleich dunkel, aber es gibt kein Gewitter.«

Tilman reagierte nicht. Stattdessen trippelte er mit seinen Storchenbeinen in die Küche und kam mit einem Glas Wasser wieder, das er sich aus dem Kühlschrank geholt hatte. »Tilman hat Durst«, sagte er und trank das Glas in einem Zug leer. »Ahhhhh.«

Damit trat er auf den Balkon und schaute sich um.

In den umliegenden Häusern waren die Lichter angegangen, die Bogenlampen tauchten die Friedhofgasse in Licht und Schatten. In der Stille der hereinbrechenden Nacht wurden die kleinen Geräusche groß und die Gerüche intensiv. Amseln flöteten ihr Nachtlied, ein Käuzchen freute sich auf die Dunkelheit, drüben in Nummer 13 stapfte Ignaz Weigl durch seinen Garten. Tilman fing den Geruch der Schnitzel vom »Schmiedwirt« auf und den Duft des Parfüms aus der Parterrewohnung im Vierfamilienhaus neben den Weigls.

»Aha, aha. Friedhofgasse Nummer 15, Anita Kutterling, achtundzwanzig Jahre«, sagte er und machte einen Schritt vorwärts. Er fuhr sich mit der Hand durchs Haar. »Aha.«

»Ja, ja, ich weiß«, kommentierte Marie lächelnd. »Die hättest du gern als Freundin.«

In diesem Augenblick betrat eine Gestalt die Bühne. Die Person sollte für Tilman in dieser Geschichte eine bemerkenswerte Rolle spielen. Den kleinen Hügel vom Friedhof herunter, von rechts nach links, am Seniorenheim »Ü 70« vorbei und über den leeren Platz stapfte mit schweren Schritten ein

Mann. Er trug einen flachen Strohhut, Jeans, Hemd und die grüne Lodenjacke, die man im Bayerischen Landtag anhatte und die man auch sonst in der Gegend oft sah. Als Tilman ihn am Gang erkannte und die typischen Augensäcke und die knollige Nase sah, schlug er mit einer für ihn ungewöhnlichen Art der Begeisterung mit den flachen Händen gegen beide Seiten seiner Oberschenkel.

»Ottakring, Josef, Kriminalrat, dreiundsechzig, außer Diensten, Schrofenweg 3. Gleich um die Ecke. Herr Ottakring schwitzt.« Mit diesen Worten langte er hinter sich, holte die Kamera aus ihrer Tasche, legte an und schoss zwei, drei Fotos.

Als ob Ottakring ein Klicken gehört hätte, sah er im Vorübergehen hoch, zog seinen Hut, lächelte und winkte herauf. Marie winkte zurück. Tilman bewegte sich nicht und verzog keine Miene. Aus der Brusttasche seines Hemds zog er ein schwarzes Notizbüchlein mit angehängtem Stift hervor. Mit ausdruckslosem Gesicht begann er, etwas auf dem obersten Blatt zu notieren. Gelegentlich schaute er auf. Seine Augen folgten dem Mann, der da unten vorbeiging. Dann steckte er den Block wieder in die Tasche.

»Was schreibst du da, Tilman?«, fragte Marie. »Willst du es mir verraten?«

Ihr Bruder begann zu zittern. Sein Blick verfolgte weiterhin Ottakring, der bereits am Weigl-Anwesen vorbei das Vierfamilienhaus erreicht hatte. »Dad«, sagte er mit ungewöhnlich lauter, aber doch tonloser Stimme. »Tilman will Dad sehen. Dad ist tot. Tilman will ihn sehen. Jetzt.«

Marie dachte kurz nach. »Sicher, Tilman, du kannst ihn gern sehen. Wir werden zusammen hingehen. Aber bis wir am Friedhof sind, ist es stockfinstere Nacht.«

Diese Logik schien dem Bruder einzuleuchten. »Morgen«, sagte er knapp und bestimmt.

Nachsichtig schüttelte Marie den Kopf. »Morgen ist Montag. Da bin ich den ganzen Tag in der Arbeit. Da geht es nicht. Wir müssen sehen, ob ich in dieser Woche einmal früher wegkomme in München. Dann werden wir Dad besuchen.«

Eine Veränderung ging mit Tilman vor. Sein schlaksiger

Körper begann lebhaft zu zucken, als würden Stromstöße durch ihn hindurchjagen. Er blieb starr stehen, nur seine Augen bewegten sich nach links und rechts, um Maries direktem Blick auszuweichen.

»Komm, ich hol dir ein Wasser«, versuchte Marie ihn zu besänftigen.

Tilman gab seltsam gurgelnde Laute von sich. »Dad ist tot«, kam es schließlich aus ihm heraus. »Tot. Tilman will ihn sehen.«

Ihr Bruder konnte mit dem Begriff »tot« oder dem entsprechenden Zustand so gut wie nichts anfangen, da war Marie sich sicher. Er wusste jedoch, dass ihr Vater draußen auf dem Friedhof lag und besucht werden konnte. Sie wiederholte: »Ich hol dir ein Wasser«, drehte sich um und verschwand Richtung Küche und Kühlschrank.

Als sie mit dem vollen Glas zurückkam, war Tilman verschwunden.

2

Im Seniorenheim »Ü 70« rockte weithin hörbar der Bär. Bis vor einem Jahrzehnt hatte das Gebäude noch ziemlich in Verruf gestanden. Es hatte einem Paar gehört, das weiß Gott woher zugezogen war. Die beiden hatten sich nie im Dorf integrieren können und es wohl auch nicht darauf angelegt. Es hieß, ihnen gehöre eine Tankstellenkette. Die finanziellen Verhältnisse waren immer unklar gewesen. Jedenfalls verschwand das Paar dann von einem Tag auf den anderen. Das Haus wurde von einem Textilunternehmer übernommen, der es ohne übermäßigen Aufwand zu dem Heim umbauen konnte, das es heute war. Er hatte das wohl als gutes Werk betrachtet.

Musik und Bewegung erwärmten die zerbrechlichen Knochen der alten Menschen, sodass sie sich zu den Klängen der Dreimannband sogar im Tanz bewegen konnten. Nur der depressive Melancholiker blieb auf seinem Zimmer und hing seinen Gedanken nach. Er hatte die Pflegerin, die ihn nach draußen führen wollte, abgeschüttelt. Seine Augen wollten nur die eigenen Alpträume wahrnehmen, seine Ohren waren taub für den Sound der Musik aus den Jahren seiner Jugend.

Die drei Herren der hauseigenen Band »Die Casanovas« trugen Glatze und schwarzes Leder und bewegten sich im Rhythmus ihrer Instrumente – Gitarre, Bass und Keyboard – wie schmelzende Zinnsoldaten. Bei Schlagern, deren Interpreten Caterina Valente, Vico Torriani oder Fred Bertelmann geheißen hatten, trat die blond gefärbte Philippa Müllvogl ans Mikrofon. Sie trug das lange blaue Brokatkleid, in dem sie ein halbes Jahrhundert lang die gleichen Melodien in Kinos und auf Kleinbühnen interpretiert hatte. Nun bewegte sie sich mit gespannter Porzellanhaut und Mikrofon am Mund vor der Band auf und ab.

Der Heeresoberst a.D. stützte sich schwer auf das Rollwagenställchen, das seinen Wattebeinen Halt verlieh, und rückte ein paar Zentimeter vor, um Philippas Gesang besser mitzubekommen. Ab und zu, wenn der Aufruhr seiner Lungen es erlaubte, bellte er ein heiseres »Bravo« nach Nordnordost in Richtung der Musik.

»Diebe! Diebe! Man hat mir meine Mon Chéris geklaut«, schrie die reiche Witwe. Sie war vierundneunzig und die enterbte frühere Ehefrau eines Generalimporteurs von Heizkissen, Wärmflaschen und Thermoskannen. Ab und zu verteilte sie noch Werbematerial unter ihren Flurgenossen und -genossinnen und sorgte so für anhaltende Beliebtheit.

»Ruhig, Oma, die Polizei könnte Sie hören«, mahnte die Pflegerin und streichelte die Wange der reichen Witwe, »dann werden Sie verhaftet.«

Damit schob sie den Rollstuhl aus der Gefechtsfeldzone des Obristen.

Den nach einem Schlaganfall halbseitig Gelähmten hatte man auf einer weiß lackierten Holzbank vor dem Gebäude zurechtgerückt und ihm eine Decke um die Beine geschlungen. Trotz der paralysierten und entstellten Gesichtshälfte saß er heiter und würdevoll da in einem britischen Sakko, das an den Ellenbogen mit Lederflecken besetzt war. Die nutzlose Hand steckte in einer Seitentasche des Jacketts, mit der anderen Hand hielt er sich an einem protzigen Glas Rotwein fest.

Auf dem Balkon über ihm, der über und über von einer roten Bougainvillea berankt war, gab sich Freifrau von Buchberg-Hettingkofen ihren fernöstlichen Entspannungsübungen hin. Neben ihr auf dem Fußboden stand ein Glas roter Fruchtsaft für eine gute Verdauung und gegen die Pickel, die sie zeit ihres Lebens zu bekämpfen hatte. Die Freifrau atmete tief durch und überschlug die Tage bis zu ihrer nächsten Reise nach Paris. Als währenddessen Philippa Müllvogl unten am Mikrofon den passenden Valente-Schlager anstimmte, beendete oben die Freifrau ihre Übungen, stemmte sich am Geländer empor und sang mit Philippa im Duett: »Gaaanz Paris träumt von der Liebe, denn dort ist sie ja zu Ha-a-aus.«

Nur Paula schien etwas gegen die Harmonien zu haben. Sie rannte zwischen all den Partygästen im Kreis umher und kläffte sehr unharmonisch dagegen an. Paula war die Jack-Russell-Mischlingshündin von Theo und Lotte Fußwinkel, den Gastgebern des heutigen bunten Abends. Der Grund war Lottes siebenundsiebzigster Geburtstag. Zu diesem Anlass trug sie ein enges rotes T-Shirt mit der Aufschrift »VivaLotte«, was ihren beeindruckend mächtigen Hängebusen in bestem Licht erscheinen ließ. Erst als Paula sich an den Beinen der schimpfenden enterbten Witwe verging und die Witwe zu schreien begann, wurde die Stimmung im Garten des »Ü 70« um ein paar Grad gedämpfter. Trotzdem: »Tipitipitipso, beim Calypso ist dann alles wieder gut«, sangen Philippa Müllvogl unten und Freifrau von Buchberg-Hettingkofen auf ihrem Balkon.

Joe Ottakring bekam von alldem kaum etwas mit. Er hörte zwar von Weitem schon Musikklänge, wusste aber zunächst nicht, woher. Als er die Quelle erfasste, lächelte er nachsichtig. Drei-, viermal im Jahr durfte man öffentlich und im Freien bis Mitternacht feiern, und das Seniorenheim war ein fröhliches Haus.

Er war unschlüssig. Sollte er auf eine Halbe zum »Schmiedwirt« gehen oder nicht? Lola war wieder einmal auf einer Dienstreise, und es kostete ihn Überwindung, allein im Haus zu bleiben. So hatte er sich für diese Fälle einen Abendspaziergang angewöhnt, auf dem er manchmal, aber nicht immer, beim »Schmiedwirt« einen Halt einlegte. Auch für sich allein zu kochen war noch nicht zu einer Leidenschaft geworden. Deshalb gesellte sich das eine oder andere Mal zu der Halben noch ein Wiener Schnitzel, ein Leberkäs oder ein Rostbraten. Nur – erst kürzlich hatte ihn Lola mit Spott in der Stimme gemahnt: »Legst du dir absichtlich eine Wampe zu?« Und nun wäre er mit Bier und Rostbraten mit Röstzwiebeln auf dem besten Weg dazu, seine Wampe zu pflegen, anstatt sie zu verringern.

Schon konnte er den penetranten Geruch der Zigaretten und Zigarren aus dem Biergarten riechen. Die Kerzenflammen auf den Tischen warfen ein verlockendes Licht zu ihm her. Auf den Gästebalkonen der oberen zwei Stockwerke glomm das ein oder andere rote Pünktchen, das auffallendste vom obersten Balkon. Dort lebte die alte Roswitha Maria Schmied, die Seniorchefin, mit ihren zweiundneunzig Jahren und ihrem Nymphensittich und paffte Zigarillos in die Nacht. Unterdrücktes Husten von den Balkonen.

Im letzten Augenblick entschloss sich Ottakring zu darben und machte unvermittelt kehrt, um gar nicht erst in die Nähe dieser Versuchung zu geraten. Er marschierte die Friedhofgasse in die entgegengesetzte Richtung zurück. Vom Bergangehen wurde ihm noch wärmer, und er schwitzte noch stärker. Er strich sich mit dem Ärmel der Lodenjacke über die Stirn, dann zog er sie aus und warf sie sich über die Schulter. Ein fast voller Mond breitete sein fahles Licht über die angrenzenden Häuser und Gärten. Im Seniorenheim »Ü 70« rockte es, der Garten hinterm Haus war hell beleuchtet.

Ottakring blieb einen Augenblick stehen, hörte der Musik zu und amüsierte sich. Die Caprifischer aus den Fünfzigern. Pat Boone aus den Sechzigern. Er summte mit und ging weiter. Die Nummer 15, das Vierfamilienhaus. Weiter entfernt die Nummer 16, in der die Schilling-Geschwister lebten. Die Hausnummern der Friedhofgasse waren bunt durcheinandergewürfelt. Eine Ordnung – gerade Zahlen rechte Häuserreihe, ungerade linke – war nicht zu erkennen. Als er die Nummer 13, das Weigl-Anwesen, passierte, stand die Haustür offen. Ottakring blieb stehen. Eine Minute, zwei Minuten. Als sich nichts ereignete, ging er weiter. Doch als er zurückblickte, sah er, wie Ignaz Weigl aus dem Haus kam und in Richtung der Garage zu seinem Wagen ging. Er trug etwas in der Hand. Ganz normal, dachte Joe Ottakring. Ganz normal.

Ein kleinwüchsiger Hund überholte ihn seitlich und schaute verschreckt an ihm empor.

»Na, wer bist du denn?«, fragte Ottakring. Er hatte das Tier schon gesehen, wusste aber nicht, wem es gehörte.

Der Hund schwänzelte ihm zu und setzte sich in Trab.

Auf dem Herweg hatte ihn nur eine Radfahrerin überholt, die er nicht kannte. Sonst hatte Ottakring niemanden in der Gasse angetroffen. Doch nun kam ihm jemand entgegen. Eine lange, wackelige Gestalt, hektische, kurze Trippelschritte. Es gab keinen Zweifel: Tilman, der Autist. Vor wenigen Minuten hatte er Tilman noch auf dem Balkon zugewinkt. Was suchte der um diese Zeit allein im Dorf? Ohne Marie durfte er das Haus nicht verlassen, das war bekannt. Ottakring stellte sich auf eine spannende Situation ein.

»Tilman hat Fotos«, sagte Tilman und hielt Ottakring das beleuchtete Display seiner Kompaktkamera hin.

Ottakring wollte höflich sein und warf einen kurzen Blick auf die drei Bilder. Sie zeigten seine eigene charakteristische Gestalt mit Strohhut in weiter Entfernung in der Gasse. Vom Balkon aus, wo er Tilman gesehen hatte, fotografiert. »Sehr schön«, sagte er.

Der junge Mann war aufgeregt. »Aha, aha, aha!«, stammelte er. Die Kamera hatte er weggesteckt und schlang nun die Hände ineinander, als würde er sie von einer Ladung Dreck befreien. »Natürlich sind diese Fotos keine Starfotos … das sind lausige Fotos … es war fast dunkel … einundzwanzig Uhr vierundfünfzig … Kriminalrat Ottakring in der Friedhofgasse. Friedhofgasse.«

Ottakrings Gesichtsausdruck zeigte jetzt eine Mischung aus Neugier, Erstaunen und Belustigung. Er meinte, Tilman von häufigen Begegnungen her ganz gut einschätzen zu können. Doch dessen unkontrollierte Bewegungen, die in krassem Gegensatz zu seiner unbewegten Miene standen, verfolgte er immer wieder aufs Neue mit faszinierter Ungläubigkeit.

Dass es Tilmans Schwester Marie war, die nun mit angelegten Armen die Gasse heruntergetrabt kam, überraschte Ottakring keineswegs. Im Gegenteil, er hatte es erwartet. »Tilman«, rief sie leicht hysterisch. »Tilman.«

Sie standen im Schein einer Bogenlampe, deren Licht noch vom Mond verstärkt wurde. Ottakring sah, wie Tilman heftig den Kopf schüttelte, von einer Seite zur anderen. Nein, nein, nein. Dabei bewegte er den übrigen Körper keinen Millimeter. Nein, nein. Er war wie mit dem Boden verwurzelt. Inzwischen hatte er mit einem fieberhaften Geflüster begonnen, das seine Panik ausdrückte. »Tilman … Dad sehen … Dad sehen … jetzt … auf der Stelle«, hörte Ottakring heraus.

Marie legte den Arm um ihren Bruder, der noch immer unablässig zitterte. Ottakring wusste, dass Tilman jede Art von

Zwang und körperlicher Nähe hasste. »Komm mit«, sagte Marie deshalb einfühlsam zu ihrem Bruder. Sie löste die Umklammerung und nahm ihn an der Hand.

Er entzog ihr die Hand und umklammerte die Kamera. Während er hinter Marie hertappte, spielte er in einer Tour an dem Gerät herum, fuhr das Objektiv aus, betrachtete den Monitor. Nichts lenkte ihn von dieser Tätigkeit ab. Mit zwei, drei Schritten Abstand folgte er seiner Schwester und hielt dabei den Kopf schief. »Josef Ottakring, Kriminalrat, Schrofenweg 3, Aufnahme eins um einundzwanzig Uhr vierundfünfzig, Aufnahme drei um einundzwanzig Uhr fünfundfünfzig. Auf der Stelle … lausige Aufnahmen.«

Marie schaute zurück und warf Ottakring einen entschuldigenden Blick zu, bevor sie mit Tilman im Schlepptau das Gartentürchen öffnete und durch den Vorgarten zur Haustür ging. Ihr Bruder folgte ihr widerspruchslos. Auf der Stelle.

3

Marie hatte mit ihrer Wetterprognose recht behalten. Es gab in dieser Nacht tatsächlich kein Gewitter. Doch in Tilmans Hirn hatte sich die Befürchtung, es gäbe eines, so eingenistet, dass er keinen Schlaf fand. Außerdem hielten ihn so etwas wie ein schlechtes Gewissen oder zumindest Schuldgefühle davon ab, sich ins Bett zu legen.

»Tilman darf das Haus nicht verlassen. Das Haus nicht verlassen«, murmelte er wieder und wieder vor sich hin, während er wie ein gefangenes Tier vor der geöffneten Balkontür auf und ab ging. Seine Ohren waren mit Klaviermusik von Bach verbunden. »Präludium und Fuge es-Moll«, wiederholte er einige Male.

Von draußen strömte milde Nachtluft herein, die in Tilmans feiner Nase nach Lindenblüten, Schnitzel und Katzenpisse duftete. Als er auf den Balkon trat, konnte er das Licht in Maries Schlafzimmer im ersten Stock unter seiner Wohnung erkennen. Das beruhigte ihn.

Damit, die Gasse in all ihren Einzelheiten zu beobachten, ihre Gerüche aufzunehmen und ihre Begebenheiten und Ereignisse mitzuerleben, hatte er begonnen, als es ihm zu langweilig wurde. Er sollte streng das Haus hüten und wollte sich mit seinen Beobachtungen die Zeit vertreiben. Doch es hatte nicht lange gedauert, da war es zu einer Obsession geworden. Von seinem Beobachtungsposten aus war Tilman jederzeit in der Lage, alles zu überblicken, Zusammenhänge zu erkennen und – ohne es zu wollen – über allen Dingen zu stehen

Die Festbeleuchtung im »Ü 70« hatte er natürlich bemerkt. Doch trotz Fernglas war es ihm nicht möglich gewesen, den Quellen der Geräusche und des Getümmels zu folgen. Die Party fand in dem kleinen Park hinterm Haus statt. Er konnte die Beteiligten nicht sehen, doch wenn er die Ohrstöpsel abnahm, hörte er die Musik – sie war schrecklich! – der alten Leute. »Mitternacht muss Schluss sein«, wiederholte er mehrere Male. »Mitternacht muss Schluss sein.« Und tatsächlich. Mitternacht war Schluss. Die Lichter gingen schlagartig aus, die Musik und sämtliche anderen Klänge verstummten.

Tilman war zufrieden. »Entschieden richtig gehandelt«, bemerkte er. Da flammte urplötzlich in der Nummer 15 helles Licht auf. Es war die kleine Terrasse von Anita Kutterlings Erdgeschosswohnung in dem Vierfamilienhaus. Anita trat aus der Tür und begann unvermittelt mit ihren Bewegungsübungen. Es waren ruhige, weiche, fließende Bewegungen. Er hatte diese Übungen schon einige Male mit ihr zusammen erlebt: Anita auf der Terrasse, auf dem Balkon oder im vorhanglosen Wohnzimmer, er am Fernglas. Mit Entzücken verfolgte Tilman insbesondere ihre Atemübungen, die sie betont mit der Körperbewegung synchronisierte. Ihre Körperhaltung war dabei entspannt, natürlich und aufrecht, ihr Brustkasten hob und senkte sich. Dann wieder atmete sie sichtlich über den flachen, faltenlosen Bauch. Dabei pflegte Anita an ihrem geschmeidigen Körper außer einem knappen Höschen nichts weiter zu tragen.

Das Training fand zu den unterschiedlichsten Zeiten statt und hielt Tilman, der ein außerordentliches Interesse daran hatte, es nicht zu versäumen, auf Trab. In seinen Büchern und im Internet hatte er sich schlaugemacht. Vermutlich handelte es sich bei diesen kranichähnlichen Übungen um die weiche Kampfsportart Tai-Chi, und die einzelnen Formen hießen »Schiebende Hände«, »Der weiße Kranich breitet seine Flügel aus« oder »Die Mähne des Wildpferds teilen«.

Als Tilman das Fernglas kurz absetzte, konnte er mit bloßem Auge sehen, wie seine Angebetete ihre Kranichfiguren jäh unterbrach. Sie hatte plötzlich ein Handy am Ohr und gestikulierte aufgeregt, ja wild. Das Glas brachte sie ihm wieder näher. Anita schien verzweifelt. Sie schlug die Hände vors Gesicht. Wenig später schleuderte sie das Handy in einem gelenkigen Schwung von sich, rannte hinein, schloss die Terrassentür, das Licht ging aus. Dunkelheit. Stille.

Bis sich nebenan etwas rührte. Der Herr gegenüber, Ignaz Weigl, hantierte mit Rucksack oder Reisetasche herum und ging an sein Auto, das er vor die Garage gefahren hatte. Ohne Rucksack und Reisetasche kam er wieder zurück. Tilman sah und hörte ihn herumfuhrwerken. Zwischendurch ein Geräusch drinnen im Haus wie von einer Säge. Immer intensiver der

Geruch wie von Blut. Schließlich stieg Weigl ins Auto und fuhr weg. Die Rücklichter seines Kombis verschwanden hinterm »Schmiedwirt«.

»Aha, aha«, murmelte Tilman. »Null Uhr zweiundzwanzig.« Und: »Aha, aha. Ein Uhr vier«, als das Fahrzeug die Friedhofgasse wieder heraufkam und in Weigls Garage einparkte.

Unbeweglich und mit ausdruckslosem Gesicht stand Tilman Schilling auf dem Balkon und verfolgte im Fernglas Schritt für Schritt Ignaz Weigls Aktivitäten. Die Zahnräder in seinem Gehirn bewegten sich unablässig. Ignaz Weigl verdiente sein Geld auf Flohmärkten, das wusste Tilman von Marie. Er kaufte Dinge ein und verkaufte sie mit Gewinn auf den Märkten. Dazu musste er sie transportieren. So weit, so gut. Doch welcher Händler packte mitten in der Nacht seine Sachen? »Null Uhr zweiundzwanzig« hatte sich in Tilmans Hirn eingebrannt. Und »ein Uhr vier«.

Zwischen Schlafzimmer und Balkon trippelte er mit gesenktem Kopf unruhig hin und her. Tilman wartete noch immer auf das kommende Gewitter. Hätte ihn jemand beobachtet, hätte sich dieser Jemand an eine Giraffe auf der Suche nach einem Futterbaum erinnert gefühlt. Immer ausgeprägter setzte sich ein Gedanke in Tilmans Kopf fest und ließ sich nicht mehr vertreiben, selbst wenn er es gewollt hätte.

Es war unübersehbar.

»Da drüben geschieht etwas«, kommentierte Tilman beim Frühstück am nächsten Morgen. Er hatte die ganze Nacht über kein Auge zugetan.

Marie und er saßen an der kleinen Bar in seiner Küche, tranken Kaffee, aßen jeder eine Banane und teilten sich ein aufgebackenes Croissant. Es war kurz nach sechs. In einer halben Stunde wollte sich Marie auf den Weg nach München ins Geschäft machen. »In ihren Shop«, würde sie selbst es ausdrücken. Sie trug hautenge Jeans zu roten Stiefeletten, ein buntes Top und hatte eine extravagante Sonnenbrille ins blonde Haar geschoben.

»Du hättest gestern nicht allein rausgesollt«, hielt sie ihm vor.

»Was hast du dir dabei gedacht?« Sie zögerte kurz, bevor sie fortfuhr: »Lass dir bloß nicht einfallen, heute allein rauszugehen, wenn ich nicht da bin.«

Tilman legte beide Hände flach vor sich auf den Tisch. »Versprochen«, sagte er. »Auf der Stelle. Aber – aber – Tilman will Dad sehen.«

Marie nickte geduldig. »Ja, ja, ich hab mir's gemerkt. Ich will sehen, ob ich heute etwas früher rauskomme. Dann werden wir Dad besuchen, und du kannst ihn sehen.«

Tilman nahm einen Schluck Kaffee. Langsam und sorgfältig setzte er die Tasse auf dem Unterteller ab. »Katharina ist tot«, sagte er mit unbewegter Miene. »Sie wird nicht mehr Klavier spielen. Das muss man klären. Nie mehr Klavier spielen.«

Entsetzt blickte Marie ihren Bruder an. »Was erzählst du da? Du meinst die Frau Weigl? Ich habe Frau Weigl vorgestern früh noch quietschlebendig gesehen. Wieso soll sie tot sein?«

»Wetten, dass sie tot ist«, bekräftigte ihr Bruder. Ungerührt hatte er die Augen auf seinen Schoß gesenkt. »Noch fünfzehn Minuten.«

Marie kannte ihren Bruder. Er hatte zwar eine lebhafte Phantasie, und einige seiner Erzählungen und Vermutungen waren dieser Phantasie entsprungen. Doch hier hatte sie den Eindruck, dass an der Sache etwas dran sein musste.

Tilman schilderte die Vorfälle der Nacht auf seine Art, Marie ließ ihn ausreden, ohne zu unterbrechen. Durch Tilmans Pausen und die schleppende Sprechweise geriet der Bericht ausführlicher als vermutet. »Katharina ist tot«, schloss er bestimmt. »Noch sieben Minuten.«

Marie sah auf ihre Prada-Armbanduhr. »Ja, ja, schon recht. Ich muss ja nicht Punkt halb sieben aus dem Haus.« Trotzdem stand sie auf und strich ihr Top glatt. »Nur weil der Weigl nachts einige Male zu seinem Auto geht, kannst du doch nicht daraus schließen, dass er seine Frau umgebracht hat.«

»Und Messer. Und Säge. Und transportiert Sachen«, begehrte Tilman auf. »Tote Sachen. Wetten?«

4

Gegen Mittag stieg das Thermometer auf über dreißig Grad. Über dem Teer der Friedhofgasse flimmerte die Luft. In den Gärten war es still. Die Menschen suchten Zuflucht in der Kühle ihrer Häuser.

Den ganzen Tag stand Tilman in kurzen schwarzen Bermudas und schwarzem T-Shirt auf dem Balkon. Ein gelbes Bändchen schmückte sein linkes Handgelenk. Hinter ihm lief BR Klassik im Radio. Jede Sekunde widmete er seiner Mordhypothese. Ignaz Weigl hatte seine Frau Katharina zerstückelt und in der Nacht die Leichenteile weggeschafft. Er wollte es heimlich tun und merkte nicht, dass er beobachtet wurde. Beweis: Heute nicht eine einzige Minute Klavierspiel. Das Einzige, was Tilman an seiner Theorie störte, war die Tatsache, dass Marie sie ihm nicht abnahm.

Er setzte sich auf den Balkon, zückte seinen Block und machte sich Notizen. »Alles aufschreiben. Nichts vergessen.«

Ab und zu schlurfte er durch die Wohnung, nahm ein Buch zur Hand, blätterte in einem Fotoband und hörte Bach im Kopfhörer. Aus einem Stoß Unterlagen suchte er einen leeren DIN-A4-Block heraus und beschrieb eine Seite von oben bis unten mit den Worten: »Tilman will seinen Dad sehen. Tilman will seinen Dad sehen …« Er riss das Blatt heraus und legte es an der Eingangstür auf den Boden. Marie musste es sofort finden und befolgen, wenn sie heimkam. Immer zur vollen Stunde sah er nach, ob das Blatt noch da war.

In der Gasse bellte ein Hund. Es war ein hohes, hilfloses Bellen. Tilman ging zur offenen Balkontür und äugte hinab. Der Hund aus dem »Ü 70«, den er gestern schon gesehen hatte. Er war wohl vor dem Lärm aus seinem Garten auf die Straße geflüchtet. Der schwarz-weiß gefleckte Hund rannte im Zickzack über die Gasse, kreuzte vor und zurück, bellte und war sichtlich verwirrt. Tilman schlug mit der Faust an den Türrahmen. Für ein, zwei Sekunden verhielt der Hund sich still, dann zog er den Schwanz ein und rannte in Richtung Heimat die Gasse hinunter.

»Zwei Stunden, fünfzehn Minuten«, sagte Tilman in scharfem Ton nach einem Blick auf die Uhr. Er hatte Marie eine Frist bis halb sechs Uhr fürs Heimkommen gesetzt.

Marie Schilling kam exakt zwölfeinhalb Minuten zu spät.

»Freilich viel zu spät«, kommentierte Tilman.

»Wegen dir bin ich früher aus dem Shop weg«, sagte Marie, als sie das Papier mit Tilmans Schrift darauf fand. Komisch, sie hatte alles getan, um den Wunsch ihres Bruders, zum Friedhof zu gehen, zu erfüllen. Dennoch hatte sie jetzt ein schlechtes Gewissen, der Henker wusste, warum. »Ich zieh mich nur rasch um.« Nicht einmal umgezogen hatte sie sich, sie war gleich zu ihm heraufgeeilt.

»Fertig«, sagte sie, als sie wieder zurück war.

Tilman in schwarzer Jeans und langärmeligem schwarzen Hemd mit Perlmuttknöpfen. Schwarz glänzende Sneakers. Gelbes Bändchen am Handgelenk. Die Jeans endete knapp unterhalb der Knöchel.

»Gut siehst du aus. Machst unserem Dad alle Ehre.« Marie konnte ihm nicht ansehen, ob ihn ihre Bemerkung mit Stolz oder Zufriedenheit erfüllte oder ihn gar nicht berührte. Er zog einfach die Tür hinter sich zu und marschierte die Treppe hinab, öffnete die Haustür und trat ins Freie. Marie folgte ihm. Sie hatte sich ein sonnenfarbenes Band um die Haare geschlungen, eine bunte Kette schmückte den Hals. Über dem Arm baumelte eine edle Prada-Tasche.

Draußen war es warm und feucht. Die diesige Luft hing wie eine Gardine über dem Tal. Die tiefe Reinheit der frühabendlichen Stille trug friedvolle Geräusche aus unbestimmten Richtungen zu ihnen her.

»Möchtest du was essen?«, fragte Marie gut gelaunt. »Komm, mir ging's heute in der Firma gut, ich lade uns ein.«

»Freilich, essen.« Tilman hielt sich schützend die Hand gegen die Helligkeit vor die Augen. »Aber Tilman will Dad sehen. Dad sehen.«

»Na gut, dann gehen wir nach dem Friedhof essen.«

Zum Friedhof waren es etwas mehr als tausend Meter leicht bergauf. Die Geschwister gingen inmitten der Gasse nebeneinanderher. Links und rechts Häuser, in der Regel alte, weitläufige, baumgesäumte Anwesen oder kleine Vorgärten mit Blumenrabatten. Mit Autoverkehr war nicht zu rechnen. Wenn überhaupt, dann kreuzte ein Traktor ihren Weg, ein Kind versuchte, sie mit dem neuesten Mountainbike-Modell über den Haufen zu fahren, oder ein Bauer führte seine Schafe oder Rinder vom Feld nach Haus. Sie begegneten Menschen, die sie freundlich grüßten, und solchen, die Tilman mit misstrauischen Blicken musterten.

Der Friedhof lag am Ende der Gasse rechter Hand auf einem Hügel, überragt von einem mächtigen schwarzen Holzkreuz. Sofort übernahm Tilman die Führung. »Vierundsiebzig Schritte geradeaus, sechste Gasse rechts, nach neunzehn Schritten links, viertes Grab links«, murmelte er im Gehen vor sich hin. Er klammerte sich an die Wasserflasche, die er von daheim mitgenommen hatte.

Marie wusste genau, was in Tilmans Kopf vorging. »Ist das Dads Grab?«, fragte sie.

»Ganz entschieden«, sagte er. »Nein.« Es kam nicht selten vor, dass er Nein und Ja verwechselte. »Matthias Schilling, geboren zweiter März neunzehnhundertachtundfünfzig, gestorben zehnter September zweitausendundacht«, zitierte er die Inschrift des Grabsteins, noch ehe sie da waren. »Es war ein Mittwoch. Herbstferien. Dad im Kajak. Draußen hat's geregnet, ich hatte Müsli zum Frühstück. Mit Apfel, Bananen, Nüssen und Orangensaft. Zehnter September. Dad ist tot.«

Das löste in Maries Gedächtnis ein Echo aus. Auch sie erinnerte sich genau an den Tag. Er hatte wolkenverhangen begonnen, und es hatte tatsächlich geregnet. Sie hatte auf der Rückfahrt von München von Dads Unglück erfahren. Ein Kollege von ihm, dem Dad ihre Handynummer gegeben hatte, hatte sie informiert. Es war eine Katastrophe gewesen, denn Mom hatte schon damals die ersten Anzeichen von Alzheimer gezeigt. Marie war sofort klar gewesen, dass nun sie, die Ältere, die Verantwortung für die ganze Familie würde übernehmen müssen.

»Max Morlock ist an einem zehnten September gestorben«, platzte Tilman heraus. »Zehnter September neunzehnhundertvierundneunzig. Katharina Weigl ist auch tot.«

Sie standen beide vor dem Grab. Schwarzer Stein mit weißer Inschrift, graue Steinumrandung, Buchsbaum, Sommerbepflanzung. Marie hatte die Hände vor den Körper gelegt, Tilman kritzelte im Stehen aufgeregt im Notizbuch herum und nuckelte an seiner Wasserflasche.

Sie warf einen besorgten Blick zu ihm hin. Max Morlock, ein Fußballer des 1. FC Nürnberg aus den fünfziger Jahren, war einer seiner Lieblingsspieler.

»Weltmeister neunzehnhundertvierundfünfzig.« Tilman schien zufrieden, als er das Notizbuch zuklappte und in die Brusttasche des schwarzen Hemds zurücksteckte. Zaghaft streckte er eine Hand aus und berührte beinahe den Grabstein, doch in letzter Sekunde zog er sie wieder zurück. Und urplötzlich verwandelte er sich in einen anderen Menschen. Er starrte auf das Grab. Seine Augen waren weit aufgerissen und drückten maßloses Entsetzen aus. »Nein! Nein!«, schrie er immer wieder. Er war kaum zu bändigen.

»Was hast du?«, fragte Marie. »Was siehst du da?« Sie legte die Hand auf seinen Unterarm.

Mit beiden Armen machte er unkoordinierte Bewegungen, so als steche er mit Paddeln in wilde Wasser. »Nein! Nein!«

»Nun mal mit der Ruhe, Tilman«, sagte Marie. Sie bemühte sich um einen scharfen Befehlston. »Nein … was? Siehst du Dad im Kajak im Wildwasser?«

»Nein, weil …« Tilman rang verzweifelt die Hände. Maries Blick konnte er nicht begegnen. Er schaute aufs Grab, in den Himmel, sonst wohin. »Weil, weil …« Und dann stieß er einen markerschütternden Schrei grenzenloser Qual aus. Er drückte mit den Händen eine imaginäre Masse über dem Grab nach unten. Ein Federbett, eine Wasserwand. Weil, weil …

Tilmans Schreien hatte Krähen aus ihrem Baum gescheucht, Grashüpfer vom Grab und den Hund vom »Ü 70« herbei. Das schwarz-weiß gefleckte Tier rannte im Zickzack über die Gräber, bellte und spielte verrückt. Marie hatte Mühe, es sich vom Leib zu halten.

Einige Minuten lang ließ sich Tilman nicht ablenken. Er kämpfte noch immer mit den Wassern, in denen er seinen

Vater versinken sah. Von einem Augenblick auf den anderen jedoch änderte sich sein Gesichtsausdruck. Er wandte sich dem Eingang der Gräbergasse zu. Zwei Reihen Thujen versperrten die Sicht auf den Hauptgang, über den sie hereingekommen waren. Der Hund war hechelnd stehen geblieben und schien sich etwas zu beruhigen.

»Paula! Paula!«, ertönten laute Rufe von weit her. Der Hund setzte sich neben Marie und spitzte die Ohren.

Tilman wandte sich nun komplett dem Eingang zu. Marie sah Tilman ins Gesicht. Er schien gespannt, doch seine Miene blieb ausdruckslos wie stets. »Wer ruft da? Wer kommt?«, fragte sie ihn.

Ein Leuchten schien für einen kurzen Augenblick über Tilmans Gesicht zu flackern. »Aha, aha«, sagte er leise. »Anita Kutterling.«

Keine halbe Minute später tauchte Anita auf. Tilman geriet in schiere Verzückung. Ihr Gesicht war vom Laufen gerötet, sie atmete heftig. Die Verzweiflung vom Abend vorher war ihr nicht anzumerken. An jedem Finger trug sie einen Ring und ums Gelenk ein Läutwerk aus Silber- und Bronzearmreifen. Als sie Paula sah, stürzte sie auf den Hund zu. »Du Ausreißerin«, rief sie und streckte die Arme nach dem Tier aus.

Doch Paula war schneller. Sie entwischte und setzte ihre Zickzack-Haken fort, wohl in der Annahme, Anita wolle mit ihr spielen. Bis Marie beherzt zugriff.

Tilman blickte entschlossen in die andere Richtung. »Entschieden«, sagte er. »Das ist Anita Kutterling, Friedhofgasse 15. Telefon null-acht-null-drei-vier-sieben-fünf-acht- …«

Anita nahm Paula auf den Arm, bedankte sich für den mutigen Zugriff und wollte schon gehen, als Marie sie zurückhielt. »Im Haus neben Ihrer Wohnung«, sagte sie, »in der Nummer 13, da wohnen doch die Weigls.«

Wie ein Roboter drehte sich Tilman Marie und Anita zu und lauschte. »Aha. Katharina und Ignaz Weigl, Friedhofgasse 13«, erklärte er leise, leerte die Wasserflasche und wollte sie aufs Grab stellen.

Marie hielt ihn davon ab und fuhr fort. »Die Frau hat täglich Klavier gespielt, manchmal mehrmals am Tag. Seit ein paar Tagen höre ich nun kein Klavierspiel mehr. Ist sie etwa erkrankt, wissen Sie das?«

Legte sich da ein roter Schatten über Anitas Gesicht? Als ob sie verlegen oder bei einer Lüge ertappt worden wäre? Sie schüttelte den Kopf. »Nein, keine Ahnung. Ich hab sie doch grad noch gesehen, wann war das? Gestern vielleicht?«

Wieder ging dieses Zittern durch Tilmans Körper. Mit der flachen Rechten schlug er vehement gegen den Oberschenkel. »Freilich ist Katharina Weigl nicht krank«, rief er laut. »Katharina ist tot. Ganz entschieden ist Katharina tot. Auf der Stelle.«

»Möchtest du jetzt etwas essen? Ich lade dich ein«, wiederholte Marie ihre Aufforderung von vorhin. Es begann zu dämmern, doch es versprach der erwartet warme Abend zu werden.

Neben dem »Schmiedwirt« gab es noch ein zweites Lokal im Ort – das »Outlook«. Es zeichnete sich neben passablem Bistro-Essen durch eine formidable Bar aus.

Auf dem Weg dorthin kamen sie an der Kasernenanlage vorbei. Straßenarbeiter hatten die gesamte Zufahrt gesperrt. Pressluftbohrer ratterten und rissen Beläge auf, um tiefe Gräben zu ziehen. Hallen, in denen früher Lastkraftwagen und Panzer geparkt worden waren und das Futter für die Mulis gelagert worden war, wurden von Maschinen abgerissen, die aussahen wie Urwelttiere.

Bis zum 31. März des vorletzten Jahres hatte ein Bataillon Gebirgsjäger darin gelegen. Im Zuge einer Umstrukturierung waren sie nach Ingolstadt verlegt worden, und die Kaserne wurde geschlossen. Seither hatten sich Gemeinde und die staatliche Verwertungsgesellschaft bemüht, Investoren an Land zu ziehen. Vor drei Monaten war einer gefunden worden, der die meisten Gebäude abreißen und neue errichten lassen wollte. Die Zerstörung war in vollem Gange. Sie verpestete die Luft mit Staub und ließ die Erde bis ins Dorf hinein unter den Dampfhämmern und Abrissbirnen erzittern. Der Investor schien es eilig zu haben. Selbst am Wochenende hörte das

Chaos an- und abfahrender Lkws nicht auf, und nachts geisterten die Finger der Flutlichtscheinwerfer über die Anlage und das gesamte Dorf hinweg.

»Aha, Gebirgsjägerbataillon acht«, kommentierte Tilman.

Marie war sich sicher, dass ihr Bruder keinen blassen Schimmer hatte, wovon er sprach, als sie die Tür zum »Outlook« aufschob.

Der Inhaber begrüßte Marie mit Handschlag. Unter den Gästen konnte sie an diesem Abend kein bekanntes Gesicht erkennen, was ihr durchaus angenehm war, schon wegen Tilman.

Der steuerte zielbewusst auf einen Tisch zu – wie üblich mit seinem schlurfenden Gang –, von dem aus man mit dem Rücken zur Wand und Blick zum Eingang die Leute beobachten konnte. Am übernächsten Tisch saßen zwei junge Frauen und tauchten Teile ihrer Pfannkuchen in schwarzen Kaffee.

»Das war scheiße«, sagte Marie, nachdem sie Platz genommen hatten. Sie plusterte die Wangen auf und fuhr sich über die Stirn. Sie musste sich abreagieren.

Tilmans Hände lagen flach nebeneinander auf dem Tisch. Es war ihm nicht anzumerken, ob er die Bemerkung verstanden hatte.

Sie blies die Luft aus den Wangen. »Wie kannst du dieser Person sagen, dass die Weigl tot sei? Damit setzt du ein Gerücht in die Welt, das herumgeht wie ein Lauffeuer.«

»Ja«, beharrte Tilman. »Freilich. Freilich ist Katharina tot.«

Rasch merkte Marie, dass sie gegen Windmühlen anging, und wechselte das Thema. »Hungrig?«, fragte sie und schlug die Speisekarte auf. Sie war recht übersichtlich. »Was möchtest du denn gern?« Fragend sah sie Tilman an. Doch sie konnte nichts in seiner Miene lesen.

»Was möchtest du?« bedeutete Auswahl, Entscheidung. Eine Kategorie, die für einen Autisten weitab des Möglichen lag. Tilman wusste einfach nicht, was »wünschen« bedeuten sollte. Er nahm die Welt so, wie sie sich ihm darstellte. Er war *gewöhnt* an etwas, und alles, was über diesen Horizont des unmittelbar Fassbaren hinausging, war ihm absolut fremd.

Wenn sein Notizbuch vollgeschrieben war, brauchte er ein

neues, möglichst schwarzes, wie schon immer. Er verfiel in Panik, wenn er feststellen musste, dass das Heft mit dem Fernsehprogramm abgelaufen war. Da es immer schon der »Gong« war, musste es wieder der »Gong« sein. Eine »Hörzu« würde ihn überfordern.

Einmal hatte Marie sein Bett näher ans Fenster gerückt, damit er es heller hatte. Er erwartete sie unten an der Haustür, um sich zu beklagen, dass sein Bett falsch stehe. Es selbst in die gewünschte Position zu bringen, auf diese Idee kam er nicht. Ihr Bruder, das wurde Marie in diesen Minuten wieder einmal bewusst, würde nie in der Lage sein, Wünsche zu formulieren oder aus einer Speisekarte seine Wahl zu treffen. Sein Arsenal war begrenzt.

»Toast oder Hamburger?«, reduzierte sie das Angebot.

»Ganz entschieden Burger. Montag. Montag ist Aktionstag für den ›1955 Burger‹. Tilman nimmt den Aktionstag-Burger.«

Nicht nur vom 1. FC Nürnberg und FC Bayern München, auch von McDonald's war Tilman Schilling Fan. Ganz entschieden. »Dessert McFlurry Kirsch Knusper«, bestimmte Tilman.

Marie musste lachen. »Du bist ja ein ganz Schlauer«, sagte sie.

Tilman gefiel der Klang dieser Worte. »Ein ganz Schlauer!«, echote er unbewegt. Und verfiel sofort wieder in gespannte Erwartung. »Tilmans Burger kommt nicht«, rief er laut. Er drehte den Salzstreuer auf und schüttete sich eine kleine Handvoll in den Mund. Ohne eine Miene zu verziehen, kaute er kurz durch und schluckte.

Die jungen Frauen am Nebentisch hatten ihr Pfannkuchenritual beendet und schauten belustigt her. Das eine Mädel schien Tilman an jemanden zu erinnern.

»Aha. Anita Kutterling«, kündigte er in seiner gewohnten Monotonie laut an und schaute zum Nebentisch. »Sie weiß, dass Katharina Weigl tot ist. Freilich. Ganz entschieden weiß sie das.«

Während ihr Bruder später am Abend seinen Nachtisch verzehrte, begoss Marie Schilling ihr Schicksal mit zwei Obstlern und rauchte zum ersten Mal seit Langem wieder eine Zigarette auf Lunge.

5

»Tilman, meinst du, du könntest heute Nacht allein zurechtkommen? Ich habe Olli versprochen …«

»Oliver von Kirstein, Elisabethstraße 15, 80796 München, Telefon null-acht–«

»Ja, ja, schon gut. Olli halt. Meinst du, du schaffst es?«

Dass sie blauäugig eine Frage gestellt hatte, merkte Marie sofort an Tilmans einsetzendem panischen Verhalten. Sie änderte die Frage in eine Feststellung.

Er, vor vollendete Tatsachen gestellt, entspannte sich etwas. »Nein. Heute Nacht ist Tilman allein. Aha. Tilman wird in der Wohnung bleiben. Das Haus heißt Friedhofgasse 16.« Seine Miene verriet nichts, aber seine Körpersprache drückte ängstliche Besorgnis aus. Er sah in die Ferne, als hätte er eine Vorahnung. Ohne Ankündigung irgendeiner Art machte er auf dem Absatz kehrt und trippelte zu seinem Schlafraum.

Marie hörte ihn eine Schublade ziehen und an etwas herumhantieren. Mit einem roten Notizbuch kam er wieder. Er stellte sich vor Marie, öffnete das Buch, musterte seine Schwester ernst und begann zu kritzeln.

»Was notierst du da?«, fragte sie.

»Freilich. Meine Liste unerfreulicher Ereignisse. Tilman ist allein und eingesperrt. Entschieden unerfreulich.«

Mit Schuldgefühlen umarmte Marie ihren Bruder zum Abschied. Es fühlte sich an, als legte sie die Arme um einen abgekühlten Baumstamm. »Tschau, Tilman, mach's gut. Bleib vom Fenster weg und lass dich nicht verrückt machen.«

»Oliver von Kirstein«, murmelte er, ohne sie anzuschauen, und ging ans Fenster. »Kein Klavierspiel. Den ganzen Tag nicht.« Es klang wie eine Beschwerde.

Tilman hatte sich das Fernglas umgehängt, sein Blick war mit unendlicher Geduld und Erwartung bis in die Dunkelheit hinein aufs Nachbarhaus gerichtet.

»Aha! Zweiundzwanzig Uhr achtzehn«, murmelte er, als er zwei Stunden später Ignaz Weigl unter der Haustür auftauchen sah. Diesmal trug der Nachbar keinen Rucksack, sondern schleppte einen Koffer mit beiden Händen zum Auto. Er klappte den Kofferraumdeckel hoch, wischte den Boden mit den flachen Händen glatt, legte den Koffer vorsichtig mit der Breitseite ab und schlug den Deckel wieder zu.

Tilman stieg der Geruch von Blut in die Nase.

Dann fuhr der Mann drüben weg.

Tilman wartete. Er war geduldig wie eine Katze auf der Mäusepirsch. Nichts ereignete sich. Drüben waren die Vorhänge zugezogen, in einem Zimmer, wohl das Wohnzimmer, brannte Licht.

Deshalb konnte Tilman verfolgen, wie sich nun hinter dem Vorhang ein Schatten bewegte. Hin und her, bis das Licht ausging. Wenig später wieder an. Erneut die sich bewegende Silhouette. Und der Schatten war weiblich! Eindeutig an den Formen zu erkennen. Als würde Marie drüben herumlaufen. Oder Katharina.

»Aha! Lebt Katharina?«, fragte sich Tilman halblaut. Er war ganz durcheinander. »Keine Sorge, Tilman. Wir warten, bis Herr Weigl kommt. Keine Sorge.« Er reckte einen Finger empor und überlegte kurz. »Du bist ja ein ganz Schlauer«, sagte er.

Das Licht in Nummer 13 blieb an, und Ignaz Weigls Auto fuhr kurze Zeit später langsam in die Einfahrt. Kies knirschte.

»Dreiundzwanzig Uhr zwei.« Tilman setzte das Fernglas wieder an. Am Fenster huschte der Schatten entlang. Kurz darauf wurde die Haustür von innen geöffnet, zwei nackte Arme streckten sich Weigl entgegen und zogen ihn ins Innere.

»Aha! Kein Klavierspiel. Den ganzen Tag nicht. Entschieden keine Katharina. Ja.«

Ohne Mienenspiel überlegte er. Ein Gedanke setzte sich in seinem Kopf fest. Gehen. Gehen zu Herr Ottakring. In sein Haus gehen … zu Herr Ottakring. Nein, Tilman darf nicht gehen. Tilman ist eingesperrt. Er holte das rote Buch hervor und las nach. Nein. Eingesperrt. Doch nach einer Weile machte sich die Vorstellung wieder breit. Er fror fest und starrte aus dem Fenster. Drüben war das Licht erloschen.

Tot. Katharina ist wieder tot. Tilman geht zu Herr Ottakring.

Einem Autisten war es nicht vergönnt, Argumente abzuwägen, systematisch Beweise zu sammeln oder logisch zu verknüpfen. Doch Tilman bemühte sich, seine Gedanken in eine Ordnung und in einen Zusammenhang zu bringen, um so etwas wie einen Entschluss zu fassen.

Und er schaffte es: Er traf eine Entscheidung. Merkwürdigerweise empfand er dabei keine Furcht.

Das Haus Schrofenweg 3 wurde vom Vollmond beschienen. Es hatte einen steilen Giebel, grüne Fensterläden und keine richtige Einfahrt. Es gab nur einen kurzen kiesbestreuten Weg zwischen der Straße und der Garage. Der Garten war eine einzige Pracht blühender Blumen der verschiedensten Art, die Haustür stand auch jetzt noch offen, um frische Luft hereinzulassen, und aus einem Fenster im ersten Stock sah Tilman einen blauen Baumwollvorhang im Wind flattern, als stünde dort jemand, der freudig zur Begrüßung winkte.

Das war das Haus von Kriminalrat a.D. Josef »Joe« Ottakring und seiner Ehefrau Lola Herrenhaus. Es stand in vollem Licht zweier Straßenlampen, als Tilman das kurze Stück von der Friedhofgasse aus bergauf schlurfte. Er trug seinen Rückenbeutel auf dem Rücken. Niemals würde er ohne seinen Rückenbeutel aus dem Haus gehen. Der Begriff »Rucksack« war Tilman Schilling verhasst.

Zuerst war seine Schrittfolge noch verhältnismäßig zügig und mutig. Doch als er dem Haus näher kam, wurde die Furcht sichtlich größer, und die Schritte wurden langsamer. Der Vorhang im ersten Stock verwehte auch seinen Mut. Wie sollte er dem Kriminalrat seine Beobachtungen schildern? Er musste sich vorkommen wie auf einem Minenfeld. Mit jedem weiteren Schritt begann er zu spüren, wie er gegen Maries Anweisung und gegen seine eigene Ordnung verstieß. Ein Autist ohne gewohnte Abläufe fühlte sich wie ein Schiff auf stürmischer See.

Als Tilman endlich den Kiesweg erreichte, der zu Ottakrings

Garage und zum Haus führte, war er unschlüssig, was zu tun war. Er stellte sich auf den Rasen und schaute auf seine Füße. Langsam, sehr langsam sank er in die Knie und setzte sich auf den Boden. Er streckte die Hand aus und zupfte zögernd an einem Grasbüschel. Wieder und wieder sah er zu dem hell erleuchteten Fenster in Ottakrings Haus hinüber.

Herr Weigl hatte Leichenteile in sein Auto getragen und war weggefahren. Seit Tagen kein Klavierspiel mehr. Ein weiblicher Schatten hinterm Vorhang. Unsicher blickte Tilman auf den Weg zurück, den er gekommen war.

»Tilman! Was machst du denn hier? Ist Marie nicht da? Sollst du nicht im Haus bleiben, wenn sie nicht da ist?«

Tilman fuhr ein eisiger Schreck durch die Glieder. Mühsam rappelte er sich auf und kam zum Stehen, gerade als Joe Ottakring von seinem späten Spaziergang kommend hinter ihn getreten war. Tilman überragte den pensionierten Kriminalrat um mehr als einen ganzen Kopf.

»Komm erst mal rein«, sagte Ottakring besänftigend, »und erzähl mir, warum du hier in der Nacht vor meinem Haus sitzt.«

Tilman wurde von Panik ergriffen. Er war unfähig, zu sprechen. Er blickte auf seine Füße, sein Körper zuckte und ruckte wie in wilden Krämpfen.

»Beruhige dich, Tilman«, sagte Ottakring sanft.

Langsam hob der Junge den Blick vom Boden und heftete ihn fest auf Ottakrings Gesicht. Die Krämpfe hörten auf. Nervös rieb er die Hände aneinander und schüttelte ruckartig den Kopf hin und her.

»Komm mit ins Haus, Junge. Deshalb bist du doch hier, hab ich recht?«

War es der mitfühlende Tonfall in Ottakrings Stimme, war es die Tatsache, dass Tilman langsam zu frieren begann, oder hatte er zögernd neuen Mut gefasst? – Tilman setzte einen Fuß vor den anderen und ging auf die offene Haustür zu.

Ottakring schloss die Tür und brachte Tilman in sein Arbeitszimmer.

»Aha. Lichtverschwendung«, murmelte Tilman. »Alle Lampen an.«

»Lola mag das so«, erklärte Ottakring. »Sie will es hell haben.«

Tilman sah sich um. Deckenleuchte, Schreibtischlampe, Stehlampe, Wandleuchte – alles an. »Lichtverschwendung«, wiederholte er unerbittlich.

Ottakring ging hin und knipste zwei Lampen aus.

»Aha. Auf der Stelle«, meinte Tilman und sah sich weiter um. Schreibtisch, Ecktischchen mit zwei Polsterstühlen, Bücherwand, dazwischen ein gestreifter grauer Teppich. »Freilich«, sagte er. »Frau Ottakring fehlt. Sie ist nicht da. Sie fehlt ganz entschieden.«

Ottakring staunte immer wieder über Tilmans rasche Auffassungsgabe. Alle paar Tage begegnete er dem Jungen und wechselte mit ihm ein paar Worte. Vor allem, wenn er allein war und seine Schwester nicht auf ihn aufpassen konnte.

»Marie und Oliver von Kirstein in München«, stieß Tilman gequält aus. »Tilman ist eingesperrt.«

»Aha!«, rief Ottakring aus. Er goss ein Glas Wasser ein, reichte es seinem Besucher und bot ihm einen Platz auf der kleinen Couch neben dem Schreibtisch an. »Warum bist du hier, Tilman? Doch bestimmt nicht aus Langeweile.«

»Herr Weigl, Friedhofgasse Nummer 13, hat seine Frau getötet und zerteilt«, las Joe Ottakring. Tilman hatte ihn um Schreibzeug gebeten, und er hatte ihm einen unlinierten Block gegeben. »Tilman hat ihn dabei beobachtet. Herr Weigl ist ein Mörder. Herr Ottakring muss helfen.«

Ungläubig spielte der Kriminalrat mit dem Blatt Papier. »Warum erzählst du mir den Vorfall nicht?«, fragte er. »Das ginge doch leichter, als zu schreiben.«

»Ja«, sagte Tilman leise, beugte sich vor und kritzelte weiter seine Buchstaben aufs Papier. Eine dicke Haarsträhne hing ihm in die Stirn, und seine Augen glänzten. Er schrieb eineinhalb Blätter voll und reichte sie Ottakring.

Der setzte sich auf die Schreibtischkante. Er hielt das Papier auf Armeslänge von sich und las mit halb zugekniffenen Augen. Ab und zu schüttelte er kaum merklich den Kopf, blätterte um und las zu Ende. »Na ja, seltsam ist das schon. Aber daraus zu schließen, dass der Mann seine Frau getötet hat – ts, ts, ts.« In diesem Augenblick löste sich ein Buch, das Ottakring etwas achtlos auf ein anderes ins Regal gelegt hatte, und fiel klatschend mit der Frontseite nach oben zu Boden.

Ein lauter Knall – so etwas Unvorhergesehenes durfte nicht passieren! Für Tilman eine Katastrophe. Wie benommen vor Angst starrte er auf das heruntergefallene Buch. Das Cover zeigte eine Dreimastbark, davor ein Schaufelradschiff unter Dampf, und der Titel war »Die Entdeckung der Langsamkeit«.

Da ging ein Ruck durch Tilmann Schilling, sein Körper begann vor Aufregung zu zucken. Er sprach leise und atemlos und flüsternd zum Fußboden. »Sten Nadolny, neunzehnhundertundsiebenundachtzig. Erstes Kapitel. ›Das Dorf. John Franklin war schon zehn Jahre alt und noch immer so langsam, dass er keinen Ball fangen konnte. Er hielt für die anderen die Schnur. Vom tiefsten Ast des Baumes reichte sie hinüber bis …‹«

Ottakring blieb der Mund offen. Wortlos bückte er sich, griff sich das Buch und schlug es auf.

»›… bis in seine emporgestreckte Hand. Er hielt sie so gut wie der Baum, er senkte den Arm …‹« Tilman flüsterte noch immer. Das, was er sagte, stimmte wörtlich mit dem Text auf der ersten Seite überein.

»›… den Arm nicht vor dem Ende des Spiels. Als Schnurhalter war er geeignet wie kein anderes Kind in Spilsby …‹«

»Unglaublich«, sagte Ottakring, während Tilman monoton weiterzitierte. Ottakring entrang sich ein lautes Stöhnen. »Kennst du das ganze Buch auswendig? Unglaublich.«

Tilmans Flüsterton war nur zu stoppen, indem das von ihm Geschriebene vor seinen Augen auftauchte. Das holte ihn wieder in die Wirklichkeit zurück. »Säge und Messer«, sagte er.

»Was ist damit?«, fragte Ottakring skeptisch.

»In ein Tuch gewickelt. Säge und Messer. Hier.« Er zog seine Kompaktkamera hervor und holte eine Serie aufs Display. »Hier.«

Ottakring konnte eine menschliche Silhouette vor hellem

Hintergrund erkennen, die zwei Gegenstände in ein Papier oder ein Tuch wickelte. Die Gegenstände sahen aus wie eine kurze Säge und ein langes Messer. Er musste dem Jungen zustimmen, der sich auf seinem Papier fragte, wieso ein Flohmarkthändler mitten in der Nacht sein Fahrzeug bepackt. Es konnte ein Zufall sein und vollkommen harmlos. Es konnte aber auch anderes dahinterstecken.

»Hier schreibst du, du konntest Blut riechen. Ja, kannst du denn auf diese Entfernung Blut riechen? Nur ein Tier könnte das und nur vielleicht.«

»Ja aber, ja aber … ganz entschieden habe ich Blut gerochen. Und freilich kein Klavierspiel … seither nicht. Katharina lebt nicht mehr.«

»Ich glaube dir, Tilman. Riechst du hier drin auch etwas? Ich meine bestimmt kein Blut. Aber sonst etwas Besonderes?«

Tilman musste nicht lange schnüffeln. Er wusste sofort Bescheid. »Zitrone«, sagte er. »Tilman riecht Zitrone. Ganz entschieden.«

Ottakring musste eine ganze Weile nachdenken, bevor er auf die Lösung kam. Heute war Montag. Bevor Lola am Samstag ihre Dienstreise angetreten hatte, hatten sie am Freitagabend noch mit Cuba Libre angestoßen. Havana Rum mit Cola und einer Scheibe Zitrone. Das war nun drei Tage her. Erstaunlich, dieser Knabe!

»Wasser?«

Nein, Tilman Schilling wollte kein Wasser mehr. Tilman war müde.

Ottakring begleitete ihn zur Nummer 16 zurück.

Tilman trottete neben Ottakring her, den Kopf zur Seite gelegt. Minuten später standen sie vor der Haustür. Eine weißgraue Katze mit glühenden Augen lag neben der Haustreppe auf dem Kies, machte einen Buckel und beäugte sie misstrauisch. Ein schwacher Wind wehte. »Null Uhr siebzehn«, verkündete Tilman, ohne auf die Uhr zu schauen.

Ottakring entfernte sich, blickte aber noch einmal zurück. Ein geradezu physisches Unbehagen kroch ihm beim Anblick des Weigl-Hauses in die Glieder. Dort war alles dunkel, es wirkte friedlich. Was aber, wenn der Autist mit seinem offensichtlich vorhandenen sechsten Sinn recht hatte?

Ottakrings polizeiliche Instinkte waren geweckt, ein unruhiges Gefühl begann an ihm zu nagen. Am selben Tag noch wollte er sich mit Marie unterhalten.

6

»Ist es nötig, dass ich rauskomme?«, fragte Marie am Telefon.

»Nein«, beruhigte Ottakring sie. Er hatte Tilmans Schwester vor der Geschäftszeit den Vorfall in Stichworten geschildert. »Er ist ja nicht wegen irgendeiner Gaudi aus dem Haus geflüchtet. In Tilmans Kopf hat sich dieser Verdacht festgesetzt, und den wollte er mir mitteilen, weil er fest daran glaubt, dass in eurer unmittelbaren Nähe ein Verbrechen geschehen ist. Daran ist überhaupt nichts Unrechtes.« Nach einem kurzen Innehalten setzte er hinzu: »Ich habe ihn im Übrigen wieder ins Haus begleitet. Ich bin sicher, da wird er jetzt auch bleiben, bis Sie heimkommen.«

»Danke. Da bin ich erleichtert. Werden Sie denn jetzt tatsächlich etwas unternehmen?«

»Mal sehen«, gab Ottakring vieldeutig zurück. »Aber etwas möchte ich Sie noch fragen: Ihr Bruder hat mir den Beginn eines Romans, der ihm bei mir aufgefallen ist, auswendig hergesagt. Ist das normal bei ihm?«

Er hörte Marie lachen. »Da staunen Sie, was? Tilman hat alle Bücher, die er je gelesen hat und die ihn interessiert haben, im Kopf. Er hat ein absolut fotografisches Gedächtnis. Eine sogenannte Inselbegabung, die bei all seinen sonstigen Defiziten hervorsticht. Danke noch einmal, dass Sie sich um ihn gekümmert haben. Tilman ist ein liebenswerter Mensch.«

»Davon bin ich überzeugt. Eine letzte Frage: Halten Sie es für möglich, dass er auf vierzig Meter Entfernung Blut riechen kann? Wie ein hochbegabter Hund?«

Wieder hörte er Marie unbekümmert lachen. »Ach, hat er Ihnen auch erzählt, er habe Blut gerochen, als Weigl seine Gepäckstücke zum Auto getragen hat?«

»Allerdings. Halten Sie es für möglich, dass er recht hat?«

Ottakring spürte ein kurzes Zögern, bevor Marie antwortete.

»Tilman hat ein unglaubliches Gespür für Stimmungen und phänomenale Sinne. Er hört und riecht Dinge, die Sie und ich nicht im Entferntesten wahrnehmen. Wieder so eine Inselbegabung. Es kann also durchaus sein, dass er auch auf solche Distanzen Blut riechen kann.«

Ottakring hatte genug gehört. Er beschloss, der Sache nachzugehen.

»Rico, du musst mir bitte ein paar Infos besorgen.«

Joe Ottakring empfand stets einen kleinen Anflug von Trauer, wenn er in seiner früheren Dienststelle anrief. Dr. Rico Stahl war sein Nachfolger, hielt sich in seinem früheren Dienstzimmer auf, saß an seinem Schreibtisch. Er und Rico hatten ungewöhnlich lange gebraucht, um miteinander warm zu werden. Erst bei der letzten Betriebsfeier hatten sie sich gegenseitig das Du angeboten und waren sich ein wenig nähergekommen. Ottakring sah ihn vor sich, wie er mit ausdruckslosem Gesicht und kalten Augen den Hörer in der Hand hielt. Er war sich nicht sicher, ob Rico Stahl seiner Bitte nachkommen würde.

»Ich brauche Informationen über einen gewissen Ignaz Weigl, wohnhaft hier am Ort in der Friedhofgasse 13, verheiratet mit Katharina. Nach meiner Kenntnis verdient Weigl seinen Unterhalt mit gewerblichem Handel auf Flohmärkten in der Region. Kannst du mir da weiterhelfen?«

Ottakring wäre jede Wette eingegangen, dass Stahls nächste Frage lautete: »Und wofür benötigst du diese Information?« Doch er irrte.

»Klar«, kam umgehend die Antwort. »Für einen werten Kollegen wie dich, Joe Ottakring, tun wir doch alles.«

Er war sich nicht sicher, ob da nicht eine gehörige Portion Ironie mitschwang. Aber egal, er hatte die Zusage erhalten. Er war gespannt, wie rasch die Rosenheimer Kollegen reagieren würden.

Tilman Schilling hatte sich auf die kleine Sitzbank auf dem Balkon verzogen. Von hier aus konnte er die gesamte Nachbarschaft in der Friedhofgasse überblicken. Das Fernglas und ein frisches Glas Wasser hatte er auf dem Tischchen neben sich deponiert.

Drüben in der Nummer 13 war alles ruhig, und Weigls Auto

stand nicht in der Einfahrt. Anita Kutterling blieb nach dem Erlebnis in der Nacht unsichtbar, ebenso wie die Fußwinkels, die er seit ihrer Party nicht mehr gesehen hatte. Reges Treiben herrschte allerdings im »Ü 70«, was Tilman aber nicht sonderlich interessierte. Der Schrofenweg, wo die Ottakrings wohnten, bog dreihundert Meter weiter rechts nach Süden ab, und am linken Ende von Tilmans Sichtfeld lugte der obere Teil vom »Schmiedwirt« hervor, in dessen Dachgeschosswohnung die alte Roswitha Maria lebte. Nicht mehr zu sehen war Lassiter, der Dorfkramer. Er lag etwas versteckt gegenüber dem Gasthof.

Tilman war gespannt. Ottakring war Chef der Rosenheimer Mordkommission gewesen, und seine Frau hieß Lola Herrenhaus und war ein hohes Tier beim Fernsehen. Herr Ottakring hatte einundsiebzig Einträge im Internet, Lola Herrenhaus noch über vierzehn mehr. Sie waren berühmt, jeder auf seine Weise. Über die Frau wusste er nur das, was im Internet stand, und ihren Mann fand Tilman sympathisch. Herr Ottakring schaute ab und zu bei ihm vorbei. In der vergangenen Nacht hatte er ihm versprochen, sich einzuschalten. Ein wenig hatte er Tilmans Beobachtungen ernst genommen.

Alle Fakten sprachen gegen Weigl, selbst wenn es keine direkten Beweise gab. Die musste man beschaffen, und da vertraute Tilman auf Herrn Ottakring.

Während Tilman vor sich hin sinnierte, fiel ihm die Ansammlung von Vögeln auf, die sich auf dem Weigl-Grund zwischen Wohnhaus und Garage eingefunden hatte und heftig um die besten Plätze stritt. Er überlegte, seit wann das der Fall war, und kam zu dem Schluss, dass es sich nur um Minuten handeln konnte, sonst wäre es ihm früher ebenso aufgefallen wie jetzt. Und noch etwas war merkwürdig: Das Beet mit den Sommerblumen war verschwunden. Dort, wo vorher alles in Blüte gestanden hatte, war jetzt nur dunkle Erde. Alle Blumen waren abrasiert. Nur mehr frische Erde, die hochinteressant für jeden Vogel sein musste, der Würmer suchte. An der Hecke daneben lehnte ein Spaten.

»Aha!«, sagte Tilman. Er schnüffelte wie ein Hund. Er

schien die frische Erde zu riechen. »Ganz entschieden umgegraben.«

Als auch noch der Hund aus dem »Ü 70« angetrabt kam und fasziniert die frische Erde zu untersuchen begann, erwachten bei Tilman alle Sinne.

»Aha. Siebzehn Uhr achtundfünfzig.« Tilman freute sich über Maries frühe Heimkehr. Auf seine Art. Er erwartete seine Schwester im Eingangsflur des Hauses, die Arme hingen senkrecht nach unten. Die Aufregung merkte man ihm an. Seine Handflächen klopften krampfartig gegen die Oberschenkel, die Mimik allerdings entsprach der einer verpackten Glühbirne.

»Was ist los, Tilman?«, fragte sie. »Hat sich etwas Ungewöhnliches ereignet?«

Tilman hatte wieder diesen starren Blick aus dunklen Augen drauf, die nicht einmal blinzelten. »Katharina ist tot«, stammelte er hastig. »Tilman hat ihr Grab gefunden. Wir können Katharina besuchen so wie Dad.«

Marie spiegelte Interesse vor. »Ja, sicher«, sagte sie. »Aber bevor du mir diese Geschichte erzählst, will ich mich erst mal umziehen. Geh du ruhig schon nach oben.«

Als Marie in Bermudas und einem flotten T-Shirt wieder aus ihrer Wohnungstür trat, ein Glas Wein in der Hand, wartete ihr Bruder auf der untersten Stufe der Treppe auf sie.

»Komm, wir gehen rauf zu dir. Dann zeigst du mir das Grab.« Sie schob ihn vor sich her die Treppe hinauf. »Aber erst einmal musst du lächeln«, forderte sie ihn auf, als sie in seinem Wohnzimmer standen. »Ab und zu geht das doch.«

»Tilman lächelt jemals«, antwortete er. Sein starrer Blick hielt an.

»Dann zeig es mir doch einmal.« Sie grinste ihren Bruder breit an, entblößte die Lippen und zeigte ihm all ihre Zähne.

Für einen Augenblick sah Tilman sie nur an. Dann legte er den Kopf zur Seite und grinste zurück. Es war kein natürliches Lächeln, eher so, wie man es von Schimpansen im Zoo kannte. Tilman versuchte, Marie einfach zu imitieren, aber immerhin – es war so etwas wie ein Lächeln.

»Na bitte, geht doch. Du solltest diese Begabung weiter ausbauen.«

Durch Tilman ging ein Ruck. Er fühlte etwas wie Glück durch die Adern fließen und grinste noch einmal.

Marie klatschte beifällig in die Hände und trank beschwingt ihr Glas leer. Dann trat sie auf den Balkon. »So, dann zeig mir mal … oh, jetzt seh ich, was du meinst. Die Blumen da drüben sind weg. Da ist frisch umgegraben. Und du meinst …?«

Sie nahm sich vor, Ottakring zu informieren. Tilman wollte sie von ihrem morgendlichen Telefonat mit dem Kriminalrat nichts erzählen.

In diesem Moment kam der kleine Hund wieder um die Ecke, kroch unter dem Lattenzaun, der das Weigl'sche Anwesen umgab, hindurch und buddelte mit den Vorderbeinen in der weichen Erde. In kurzen Stößen flog diese in hohem Bogen nach hinten weg.

»Wirst du wohl …«, brüllte Ignaz Weigl. Er war ums Haus herumgekommen und stand urplötzlich da. Er musste unbemerkt nach Hause gekommen sein und den Wagen in der Garage geparkt haben.

Der Hund machte einen Satz zur Seite und verschwand so, wie er gekommen war, unter dem Zaun hindurch und die Gasse hinunter.

Marie, die Tilmans Entdeckung für seine neueste wilde Spekulation gehalten hatte, sah ihren Bruder nachdenklich an. »Ich kann das noch immer nicht glauben. Mag aber sein, dass du recht hast«, gab sie zu.

Sie wollte sich schon auf den Weg machen, um Ottakring nach seiner Einschätzung zu fragen, da machte sie auf dem Absatz kehrt. Im Augenwinkel hatte sie eine Bewegung gesehen.

»Herr Weigl!«, rief Tilman leise vom Balkon. Er hatte sich in den Schatten gedrückt.

Ignaz Weigl plagte sich mit einem ockerfarbenen Schrankkoffer mittlerer Größe ab, den er vom Haus offensichtlich in die Garage schleppen wollte. Das Stück wirkte wertvoll. Es schien ganz aus Holz gefertigt zu sein und war teilweise mit Leder bezogen und mit Messingbeschlägen besetzt.

»Sehr schwer«, quetschte Tilman durch die Zähne. Weigl hatte das Teil mit beiden Armen umspannt und musste es alle drei, vier Meter immer wieder absetzen.

Marie musste ihm recht geben. Obwohl stabil gebaut, konnte der Koffer nicht leer sein. Außerdem war er von zwei Lederriemen umschlungen. Was war in dem Koffer, das der Mann heimlich wegschaffen wollte?

7

An dem begrünten, baumbesetzten Platz zwischen »Schmiedwirt« und dem Seniorenheim »Ü 70« stand gegenüber dem Gasthaus ein großes weißes Gebäude im alpenländischen Stil. »Lassiters Kolonialwarenladen. Seit 1862«, stand in verschnörkelter Schrift über dem Eingang mit den zwei seitlichen Schaufenstern.

Der Lassiter war ein Muster an Vielfalt und ein Vorbild für allumfassende Bedarfsdeckung. Der Laden war nicht größer als ein Klassenzimmer, doch innerhalb seiner vier Wände konnte man alles finden, was der Mensch zum Glück und zum Leben brauchte: Lebens- und Reinigungsmittel, Zigaretten, Rotwein aus Südtirol und Orangen aus Mallorca, Geräuchertes, Brot und Sahnetorten, Stifte, Bier und warme Mützen, Milch und Käse verpackt und offen, Hirschgeweih und Glühbirnen, Rasierapparate, CDs und Gießkannen. Wenn ein Außenborder benötigt wurde, würde der Lassiter den besorgen, er führte kleinere Reparaturen an so ziemlich allem durch, und es wurde gemunkelt, dass er im Hinterzimmer eine kleine Sammlung an Messern und unterm Ladentisch einen Vorrat an Schrotpatronen für die Jäger hielt.

Neben ihm, dem Lassiter selbst, gab es nur eine weitere Angestellte mit Zopf und Buckel, die ihm hauptsächlich beim Kassieren half. Er, der Lassiter, bewegte sich in seinem Laden zwischen dem Getränkelager, der Käsetheke und dem Schnapsausschank unablässig und mit sparsamen Bewegungen hin und her. Er war rund von Gesicht, hatte eine gepflegte Wampe und benutzte das Oberbayrische nur, um die Ohren der Touristen zu ärgern. In seinen Augen lag ein leichter Obstlerglanz.

Das war aber noch nicht alles, was den Lassiter auszeichnete. Durch die vielen Kunden, die aus jeder Ecke des Dorfs und der Region zu ihm kamen, und die Gespräche, die er mit ihnen führte, war er so etwas wie die Dorfzeitung. Er hörte und wusste alles, kannte jedes Gerücht, jede Geburt und jeden Sterbefall, bevor er sich ereignet hatte.

An diesem Tag stand er wieder einmal vor dem Regal mit den hochprozentigen Wässern auf einem dicken Abstreifer, der ihm die Füße warm und trocken hielt, und passte auf seine Schätze auf. Ruhelos wanderten seine schwammigen Hände durchs Regal, und die würstchengleichen Finger zählten die Flaschen. Jedes Mal, wenn die Türglocke schellte, legte sich ein zufriedenes Lächeln über sein Gesicht.

Kein Wunder also, dass Joe Ottakring den Lassiter aufsuchte, um mit seiner Ermittlungsarbeit zu beginnen. Als er die Tür aufdrückte, raste die Glocke über ihm wie ein Schwarm verschreckter Krähen. Er sah den Rundgesichtigen auf seinem kleinen Teppich am Schnapsregal stehen. Amüsiert lüftete er den flachen Strohhut und hob die Hand zum Gruß.

Sofort deutete Lassiter eine Verbeugung an. »Grüß Sie Gott, Herr Kriminalrat«, begrüßte er den Herrn. »Gehen Sie jetzt selber einkaufen, wenn die Frau Gemahlin verreist ist?«

Woher wusste …? Ottakring war sich sicher, dass Lola dem Lassiter nichts von ihrer Dienstreise erzählt hatte, und er selbst eh nicht.

»Ja, sie kommt viel rum, die Frau Herrenhaus«, meinte der Lassiter. »Rom, Finnland, USA, und jetzt ist sie in unsere Hauptstadt geflogen. Es heißt, sie nehme in Berlin an einer Konferenz führender europäischer Fernsehleute teil. Stimmt das denn, Herr Kriminalrat?«

Ottakring spürte, wie er rot anlief. »Das kann ich Ihnen nicht sagen, Herr Lassiter«, antwortete er mühsam beherrscht. »Aber können Sie mir vielleicht verraten, wann die Frau Weigl das letzte Mal Ihren Laden betreten hat? Sie kam schließlich fast täglich zum Einkaufen, oder?« Er nahm mit dieser Frage in Kauf, dass im Dorf sofort ein neues Gerücht entstehen könnte. Doch das war durchaus beabsichtigt. Es würde den Täter, wenn es denn einen gab, zum Handeln bewegen.

»Die Frau Weigl, Katharina? Warten Sie, heute ist Mittwoch.« Lassiter legte den Zeigefinger an die Nase und überlegte. »Ja richtig, am Samstag muss das gewesen sein. Sie hat unter anderem ein halbes Tragl Bier mitgenommen. Und seither hab ich sie nicht mehr gesehen.« Er sah Ottakring von unten her an. »Das ist aber originell von Ihnen, dass Sie sich um die Einkaufsgewohnheiten Ihrer Mitbewohner kümmern.«

Selbst als geborener Münchener hatte Ottakring Schwierigkeiten, den Einheimischen zu verstehen. Sein Akzent klang wie eine Mischung aus Dänisch und dem tiefen Grunzlaut eines brünstigen Bären. »Und?«, fragte er. »Kommt Ihnen das ungewöhnlich vor, dass sie drei Tage nicht einkauft?«

»Na ja, sie kann ja heute noch kommen. Ich bin jedenfalls bis sieben Uhr da.«

Höflichkeitshalber ließ sich Ottakring eine Leberkässemmel herrichten, dann hatte er gleich ein Abendessen. Er hielt schon die Klinke in der Hand, da rief ihn Lassiter zurück. Er griff sich an die Stirn.

»Ja mei, Herr Kriminalrat«, sagte er. Er klang bedauernd. »Was bin ich für ein Trottel. Die Katharina Weigl ist doch verreist. Sie besucht einen Bruder oder eine Schwester, ich weiß nicht genau.« Der Mann kicherte und hielt sich die Hand vor den Mund wie ein kleines Kind. »Da kommt sie natürlich nicht zum Einkaufen.«

Ottakring wartete ab, bis zwei Kunden an der Kasse abgefertigt und gegangen waren. »Woher wissen Sie denn«, fragte er dann, »dass die Frau verreist ist und zu wem? Hat sie Ihnen das selbst erzählt?«

»Äh, muss ich nachdenken. Ich glaub … ich glaub … vom Hias hab ich's gehört. Ja richtig, der Hias hat mir's erzählt.« Der Hias war der Briefträger im Ort. Wenn der Lassiter als Dorfzeitung nichts hergab, sprang der Hias für ihn ein. »Warum fragen Sie eigentlich mich und nicht ihren Mann?«, setzte Lassiter dazu.

Ottakring lächelte nachsichtig. »Weil der mir keine Leberkässemmel verkauft.«

Das sollte ein Scherz sein. Doch was jetzt folgte, war alles andere als ein Witz.

Die Tür wurde aufgerissen, es klingelte Sturm. Eine ältere Frau in hautengem gelben T-Shirt stürzte in den Laden. Auf dem T-Shirt stand in dicken Lettern: »VivaLotte«. Die Frau hielt einen kleinen Hund im Arm, Tränen flossen ihr über die Wangen.

»Frau Fußwinkel, was ist los?«, fragte Lassiter.

»Meine Paula, meine Paula«, jammerte die Frau. »Ich hab sie auf dem Weg vorm ›Ü 70‹ gefunden. Oh, meine Paula.« Lotte Fußwinkel streichelte die tote Paula, als würde sie das wieder lebendig machen.

»Ja, Ottakring.« Mitten in die Aufregung in Lassiters Kolonialwarenladen hinein klingelte Ottakrings Handy. Das machte ihn etwas verlegen. Er schob sich an Lassiter und Lotte Fußwinkel mit ihrem toten Hund vorbei durch die Tür nach draußen.

»Ottakring«, meldete er sich noch einmal.

»Marie Schilling. Störe ich Sie?«

Er schob den Strohhut ins Genick. Er war Pensionist. Er hatte den ganzen Tag frei und stand nicht unter Zeitdruck. Der Anruf hatte ihn von einem toten Hund befreit. Wie konnte sie da stören? »Nein, ganz und gar nicht«, sagte er. Sie rief bestimmt wegen Tilman an. »Wie geht's Ihrem Bruder?«

»Oh, dem Tilman geht es gut. So wie immer. Ihm geht's eigentlich immer gleich.«

Wenn keine Katastrophen dazwischenfunken, dachte er. Schon der geringste Stromausfall oder ein verrutschtes Möbelstück waren für ihn ein Fiasko. Er schwieg.

»Er hat wieder ein neues Indiz für seinen Mordverdacht entdeckt. Ich meine es ernst, sonst würde ich nicht anrufen.«

Sie schilderte die Sache mit dem verschnürten Schrankkoffer und – für sie noch wichtiger – die Entdeckung des umgegrabenen Blumenbeets. »Ich glaube«, schloss sie, »ich sollte Ihnen der Vollständigkeit halber noch sagen, dass der kleine Hund aus dem ›Ü 70‹ wie wild nach etwas in der frischen Erde gegraben hat. Sie wissen, wie skeptisch ich war. Doch jetzt musste ich alles mit eigenen Augen ansehen und war schon drauf und dran, hinüberzugehen und selber nachzugraben. Tilman schwört – auf seine Art – Stein und Bein, dass darunter Katharina Weigl vergraben sei.«

Aha, dachte Ottakring, der Fall wird interessant. Er drehte sich um und betrat noch einmal das Geschäft.

»Frau Fußwinkel«, begann er. »Sagen Sie mir bitte noch mal: Wo lag der Hund, als Sie ihn gefunden haben?«

Die Frau brach in frische Tränen aus. »Auf dem Zuweg von der Friedhofgasse zu unserer Seniorenresidenz. Oh, meine Paula!«

Lassiter trat zu ihnen. »Die Tierarztpraxis hat angerufen. Der Doktor wird gleich kommen.«

»Kommen Sie, wir gehen raus«, schlug Ottakring Lotte Fußwinkel vor.

Wenig später war der Veterinär da. Ein stämmiger Mann mittleren Alters mit rundem Kopf und Stiernacken. »Zeigen Sie her, das gute Stück!«, rief er schon beim Aussteigen. Er trug eine kleine Bahre und sprach mit Tiroler Akzent.

Sekunden später verfinsterte sich seine Miene. Er hatte den Hund auf die Bahre gelegt und betastete ihn. »Die Hündin ist nicht nur tot. Ihr Genick ist gebrochen«, sagte er.

Lotte schlug die Hände vor Gesicht. »Um Gottes willen! Wie kann das passieren? Paula war die vorsichtigste und ängstlichste Hündin der Welt.«

Ächzend erhob sich der Tierarzt wieder zu voller Größe. »Paula kann nichts für ihren Tod. Eindeutig Fremdeinwirkung. Sie wurde mit großer Gewalt gegen ein Objekt geschlagen oder geschleudert oder einfach mit Wucht auf den Boden geworfen. Tut mir leid, gnä' Frau. Da ist nichts mehr zu machen.«

Lotte Fußwinkel wiegte den Kadaver des Hundes auf den Armen wie ein Baby. »Nie mehr mit dir toben, nie mehr spazieren gehen. Oh Paula, du liebste Hündin von der ganzen Welt. Wie konnte das nur geschehen?« Sie brach in bittere Tränen aus.

Ottakring hatte genug gehört. Leise und unbemerkt entfernte er sich. Erst bei den Weigls machte er halt. So unauffällig wie möglich musterte er das Stück Land zwischen Haus und Garage. Er äugte zurück zum gegenüberliegenden Haus. Mit unbewegter Miene stand Tilman Schilling auf dem Balkon, die Kamera im Anschlag.

8

Auf dem Weg nach Hause stieß Joe Ottakring an der Abzweigung zum Schrofenweg fast mit einem Paar zusammen, das ihm entgegenkam. Beide um die vierzig, gut aussehend, stramm sportlich, beide sympathisch wirkend.

Nun ja, der Mann nicht gleich auf den ersten Blick. Er wirkte zunächst etwas deplatziert in der rustikalen Umgebung der Friedhofgasse. Er war sonnengebräunt, trug einen sommerlichen Anzug mit geblümter Krawatte, handgenähte Budapester Schuhe und eine Designer-Sonnenbrille im nach hinten gegelten Haar. Wenn er lachte, zeigte er zwei Reihen blendend weißer Zähne.

Die Frau war gleich groß, hatte hohe Wangenknochen, weit auseinanderstehende dunkle Mandelaugen, geschwungene Nasenlöcher, war fröhlich und sportlich mit einem sichtbaren Hang zu Ehrgeiz und Perfektion. Ihr terrakottabraunes Haar trug sie lang und offen, was die weiche Linie des Halses und die sanfte Schwellung ihres Busens über dem Rand des schwarzen Tops gut zur Geltung brachte. Handtellergroße dünne Metallohrringe vervollständigten das Erscheinungsbild.

»Hallo, Joe«, grüßte Rico Stahl. Als Leiter der Mordkommission war er Ottakrings Nachfolger in Rosenheim

Und »Hi, Joe« rief auch Chili Toledo schon von Weitem und hob die Hand. Sie warf ihm ein breites Lachen zu. Chili war Kommissarin bei Stahl und die Tochter von Ottakrings verstorbenem Freund Torsten Toledo, der Chef der Flensburger Hafenpolizei gewesen war. Ottakring betrachtete Chili als so etwas wie sein Patenkind.

Er blieb stehen und hatte Mühe, den Mund wieder zuzubekommen. Hopperla, dachte er und griff damit eine von Chilis Lieblingsredensarten auf. Hopperla, was wollen die denn hier in unserem Kaff?

Die Antwort kam postwendend. »Du hast nach den Lebensdaten von Ignaz Weigl gefragt«, sagte Rico Stahl. »Und wer dich kennt, weiß natürlich, dass du sie nicht brauchst, weil er dein Auto angefahren hat. Wir haben die Daten, aber vorher:

Wozu brauchst du sie? Auch Chili, die dich länger kennt als ich, meint, dass da mehr dahinterstecken muss.«

Ja mei, was hatte er sich da eingebrockt? Sollte er zugeben, dass er dem Verdacht eines Autisten Nahrung verschaffen wollte? Oder angeben, dass er diesen Weigl des Mordes verdächtige, weil ein nervöser Hund in einem umgegrabenen Garten gebuddelt hat?

»Habt ihr ein Stünderl Zeit?«, wich er aus. »Ich lade euch auf eine Brotzeit zu unserm ›Schmiedwirt‹ ein.«

»Bestimmt, gern«, meinte Chili, »doch das sähe ja direkt aus, als hätten wir nichts anderes zu tun.« Sie drehte eine Locke aus der Stirn und bedachte Ottakring mit einem forschenden Blick. »Wir kommen von deinem Haus. Dort haben wir den Wagen abgestellt. Und jetzt wollten wir eh zur Friedhofgasse 13 und schauen, was los ist. Ah, hier sind wir ja.«

Die drei waren nebeneinanderher zurück Richtung »Schmiedwirt« gegangen und standen jetzt vor Weigls Haus. Mit einem Seitenblick stellte Ottakring fest, dass sich Tilman Schilling weiterhin mit der Kamera auf seinem Balkon aufhielt, wenn auch im Schatten.

»Ich komme mir vor wie bei einer Tatortbegehung«, sagte Rico Stahl. »Was geht also hier vor?«

Die Antwort auf diese Frage hatte sich Ottakring schon zurechtgelegt. »Ich will euch da nicht offiziell mit reinziehen«, sagte er. »Nicht, solange ich nicht ausreichende Informationen habe. Und die Vita, um die ich dich, Rico, gebeten habe, ist Teil davon. Die Basis. Und jetzt, schlage ich vor, besprechen wir den Rest beim ›Schmiedwirt‹, nicht hier auf der Straße. Da vorn, das hohe Gebäude, das ist er schon.«

Rechteckiger Fenstertisch, blank gewienerte Holzplatte, darüber eine Lampe aus Hirschgeweih. Drüben am runden Stammtisch mit weiß-blauer Stofftischdecke saß eine dunkel gekleidete alte, verhutzelte Frau vor einem Weißbier: Roswitha Maria Schmied, die Seniorchefin, die auf der obersten Etage ihren Austrag hatte.

Die Kellnerin brachte die Getränke.

»Danke, Siggi«, sagte Ottakring. Und zu den beiden Tischnachbarn gewandt: »Und? Würdet ihr es mir jetzt verraten?«

Auf Rico Stahls Nicken hin holte Chili Toledo ein gefaltetes DIN-A5-Papier hervor und sah Ottakring in die Augen.

Der nippte gelassen an seinem Weißbier.

»Alter, Religion und Nationalität werden dich nicht so brennend interessieren«, begann Chili. »Wissenswert aber ist der Werdegang des Herrn Weigl. Er ist Münchener, hat dort sein Abitur gemacht und ein Kunststudium begonnen. Das hat er nach dem fünften Semester abgebrochen und gegen eine Schreinerlehre getauscht.« Sie lächelte und wickelte sich eine widerspenstige hellbraune Locke um den Finger.

»Aber so abartig war dieser Tausch gar nicht, denn er bekam nach Abschluss der Lehre eine Stelle als Bühnenbildner am Residenztheater. Das hat sich in den siebziger und achtziger Jahren abgespielt, Weigl ist heute vierundfünfzig. Am Residenztheater hat er übrigens seine Frau kennengelernt, die Katharina. Die Ehe blieb kinderlos.«

Ottakring nickte und kratzte sich an der Nase. »Interessant«, sagte er. »Hätt ich nicht gedacht. Heute ist er meines Wissens Flohmarkthändler. Wie kam's denn dazu?«

Rico Stahl saß nicht etwa gelangweilt am Tisch. Er verfolgte die Schilderung mit wachen Augen. Ab und zu sah er sich in der Gaststube um. Nun ermunterte er Chili zu einer Antwort.

»Na ja, Weigl ging mit gut vierzig vom Theater weg. Nicht ganz freiwillig allerdings. Er hatte zunehmend Alkoholprobleme und Ehestreit. Er ging tätlich gegen seine Frau vor, wurde zu einer Bewährungsstrafe verurteilt und im Theater gekündigt. Als er seine Frau erneut verprügelt hat, musste er endgültig in den Knast.« Chili verzog das Gesicht und sah ihren Chef an. »Wie oft müssen wir das erleben? Ein unbescholtener Mensch verwandelt sich von einer Minute auf die andere in einen anderen. Niemals grundlos, doch unerwartet.«

Rico Stahl nickte ihr zu und nahm Ottakring ins Visier. »Da wirst du sicher beipflichten«, sagte er. »Willst du mehr hören?«

Ottakring schreckte auf. »Wenn ich richtig gerechnet habe, befinden wir uns jetzt im Jahr 2000. Gut zehn Jahre also, in denen noch einiges geschehen sein muss. Habt ihr das auch rausgekriegt?«

»Mann, du wirst staunen.« Rico Stahl legte Chili eine Hand auf den nackten Unterarm und übernahm das Wort. »Nach zwölf Monaten Knast entdeckte Weigl plötzlich seine Tierliebe und landete im Zoo, in Hellabrunn. Zuerst war er als Aushilfsarbeiter beschäftigt, hat Käfige gesäubert, Rasen gemäht, Papierkörbe geleert und so. Schließlich kam er zu den Reptilien. Also Schlangen, Warane, Schildkröten, Leguane, Krokodile, Alligatoren. Das schien ihm Spaß zu machen, denn er blieb ganze acht Jahre, bis 2009. Nebenbei hatte er sich schon damals immer auf Flohmärkten herumgetrieben. Zuerst hat er sich nur umgeschaut, später begann er, mit einem eigenen Stand Geschäfte zu machen, hauptsächlich an den Wochenenden. Und 2009 kündigte er dann in Hellabrunn und meldete ein Gewerbe an, das des Flohmarktfieranten, also -händlers.«

Rico Stahl nahm einen kräftigen Schluck aus seinem Wasserglas. »Und dieses Gewerbe betreibt er bis heute. In der engeren und ferneren Region bis hin zu Uni-Flohmärkten in München. Bisher ohne Auffälligkeiten«, schloss er, lehnte sich zurück und sah Ottakring an. »Zufrieden?«

Ottakring machte ein Gesicht, als hätte er im Lotto gewonnen. »Danke«, sagte er. »Danke an euch beide. So ausführlich hatte ich mir die Auskunft gar nicht erhofft. Ich weiß schließlich, was geht. Das mit den Vorstrafen ist leicht zu erhalten. Aber für den Rest musstet ihr Fußarbeit einsetzen. Gute und schnelle Arbeit. Danke dafür.«

Rico Stahl setzte eine ernste Miene auf. »Und du willst uns zum Dank wirklich nicht sagen, wofür du die Informationen brauchst? Wenn du mich um solche Infos bittest, tust du das nicht aus Jux. Da wird immer was dran sein. Geh, zier dich nicht so!«

Ottakring zog die Schultern hoch und breitete die Arme aus, Handflächen nach oben. »Wie ich schon sagte: Erst muss ich ein Ergebnis haben, und dazu verhelfen mir hoffentlich eure Informationen.« Innerlich aber war er bereits beim nächsten Schritt. Er warf einen Blick hinüber zu Roswitha Maria Schmied am weiß-blauen Stammtisch.

»Wann haben Sie die Frau Weigl zum letzten Mal gesehen, Frau Schmied?«

Roswitha Maria Schmied war eine sehr alte Frau mit einem zerfurchten Gesicht. Die Falten hatten sich tief in die wettergegerbte Haut eingegraben. Als Ottakring sie zum ersten Mal gesehen hatte, musste er ein bisschen an einen alten Baumstamm denken. Nur wenige Menschen riefen eine ähnliche Vorstellung in ihm wach. Auch das Gesicht seines Vaters war so gewesen. Es war eine Würde, die nur das Alter einem Gesicht verleihen konnte. Ein ganzes Leben, eingeritzt in die Falten des Gesichts. Graue Haare als Urkunden dieses Lebens.

Roswitha Maria Schmied strahlte übers ganze Gesicht, als sich Ottakring zu ihr an den Tisch setzte. »Die Katharina? Ja, des is lang her. Bestimmt schon seit Samstag. Warum?«

Ottakring fühlte sich nicht berufen, eine Erklärung abzugeben. »Ist sie etwa verreist? Wissen Sie das? Sie kennen doch das ganze Dorf.«

»Hä?«, fragte die alte Roswitha Maria zurück. Sie fingerte an ihrem Hörgerät herum. »Hä?«

Ottakring wiederholte die Frage nicht allzu laut. An den Nebentischen saßen Leute.

»Freili«, meinte sie. »Normal kenn i mei Dorf scho. Und i glaub, i hab auch ghört, dass die Katharina weggfahrn is. Ja, ja, des glaub i scho.« Sie warf Ottakring einen misstrauischen Blick quer über den Tisch zu. »Warum willst du des eigentlich wissen?«

Tja. Darüber war er sich auch nicht so sicher. Es war mehr ein Gefühl, das ihn heimsuchte. Oder waren es eher die Beobachtungen des Autisten, denen er nachging? »Wissen Sie noch, wer Ihnen das gesagt hat, dass die Frau Weigl verreist ist, Roswitha Maria?«

Auf einmal wurde die Alte ganz wepsig. Sie schaute verschwörerisch in die Runde, beugte sich vor, deckte mit der Hand den Mund ab und sagte: »Ja, des weiß i scho no, aber ned weitersagn. I hab's vom Hias. Der Hias hat mir gsagt, dass die Katharina ned da is. Weil, sie hat a Postkardn an ihren Mo geschickt.«

Ottakring sprang auf. A Postkardn an ihren Mo gschickt! Da schau her! Und der Hias, das war der Briefträger. Ottakring schenkte Roswitha Maria ein breites väterliches Lächeln und verschwand wieder. Er hatte das sichere Gefühl, auf dem richtigen Weg zu sein.

Es war nicht leicht, den Hias aufzutreiben. Wenn der Hias so gegen ein, zwei Uhr mittags seinen Dienst beendet hatte, war er unterwegs. Er war ein groß gewachsener, sportlicher Skilehrertyp, der sich dann auf sein Mountainbike schwang, die Bergstiefel anzog oder mit der Hündin vom Tierarzt unterwegs war, weil der keine Zeit zum Spazierengehen hatte. Bei allem, was er tat, ob im Dienst oder außerhalb, hatte er sein Uralt-Handy dabei. Der Hias erhielt zwar kaum einmal einen Anruf, doch das Gerät verlieh ihm Sicherheit, er konnte sich daran festhalten. Oder zumindest die Uhrzeit checken.

Kriminalrat Ottakring kriegte den Hias bei der Friseurin zu fassen. Der Friseursalon lag im Unterdorf an der Hauptstraße. Der Gesuchte saß inmitten von Frauen in einem Behandlungsstuhl in der Ecke und las in einer Zeitschrift. Als er Ottakring im Spiegel sah, lächelte er und hob die Hand. Als Ottakring langsam auf den Mann zuging, wurden dessen Augen immer größer. Er erwartete wohl nicht, dass ein so hohes Tier wie der Kriminalrat etwas von ihm wollte.

»Haben Sie anschließend ein paar Minuten Zeit für mich?«, fragte Ottakring. Sein Flüstern wurde vom singenden Geräusch dreier Föhnmaschinen begleitet.

»Hä?«, rief der Hias deshalb laut zurück.

Ottakring wiederholte seine Frage, diesmal vornübergebeugt und etwas lauter.

Der Hias bekam ein abenteuerlustiges Flackern in den Augen. Er riss sich den braunen Kittel, den man ihm umgelegt hatte, vom Leib und sprang auf. »Wenn, dann jetzt gleich«, rief er laut und stürmte voran. Die Friseurin ließ er sprachlos zurück, Ottakring konnte ihn nicht zurückhalten.

»Worum geht's?«, fragte er gleich draußen.

»Wollen wir ein paar Schritte gehen?«, schlug Ottakring vor.

Es war ein frischer Tag. Die Hauptstraße war mit Kastanien gesäumt, um deren Stämme sich im Kreis blühende Blumen versammelt hatten.

Belustigt hob Ottakring die Augenbrauen, als er den Hias am Arm fasste und stoppte. »Erwarten Sie sich keine Sensation. Ich will Ihnen nur eine einzige Frage stellen.«

Der Hias schob beide Hände in die Taschen seiner Jeans und schaute auf Ottakring herab. »Ich weiß schon«, sagte er. »Wegen der Anita.«

Jede unerwartete Nachricht ist eine gute Nachricht, musste Ottakring denken. »Welche Anita?«, fragte er.

»Na, die Anita Kutterling aus der Friedhofgasse Nummer 15«, gab der Hias zur Antwort. »Wegen ihrem Selbstmord. Das wollen Sie mich doch fragen, gell?«

»Nein, aber erzählen Sie.«

»Die Anita hat Tabletten gegessen. Mit Absicht und zu viele. Eindeutig Selbstmord.«

»Sie ist also tot.«

»Nein, tot ist sie nicht. Sie liegt in der Klinik. Der Autist hat sie gerettet, der Schilling Tilman.«

»Also ein Selbstmordversuch«, ergänzte Ottakring. »Gut, dass sie es überlebt hat.« Er hatte von dieser Anita zwar schon gehört, sie aber nicht persönlich gekannt. Wahrscheinlich war das die Notarztsirene gewesen, die er gehört hatte. Das mit Tilman fand er hochinteressant. Er würde nachhaken. Doch nun wollte er zu seinem eigenen Thema kommen. »Ich habe Sie aber wegen einer anderen Frage den Fängen der Friseurin entrissen«, sagte er.

Eine Weile gingen sie wortlos nebeneinanderher, die Hauptstraße entlang. Autos rauschten vorbei, Radfahrer klingelten, Mütter mit Kinderwägen kamen ihnen entgegen.

»Wollen wir dort einen Kaffee trinken?« Ottakring wies auf »Da Mario«, einen weithin beliebten Italiener.

»Ja, gern«, sagte der Hias.

Im Restaurant roch es leicht miefig nach gebratenem

Knoblauch und kaltem Pizzaofen. Sie stellten sich an einem Bistrotisch einander gegenüber, jeder einen Cappuccino vor sich.

»Was wollten Sie fragen?«, sagte der Hias. Er schien sich wie vor einer Talkshow zu fühlen.

»Die Frau Weigl, die Katharina«, begann Ottakring. »Sie hat angeblich eine Postkarte geschrieben. An wen hat sie die gerichtet?«

Der Hias machte große Augen. »Woher haben Sie das? Warum sollte ich das wissen?«

»Von der Roswitha Maria Schmied. Sie hat es ausgeplaudert.«

Der Hias musste grinsen. »Einmal Roswitha Maria, und schon weiß es das ganze Dorf«, sagte er und seufzte. »Ja, die Katharina hat eine Postkarte an ihren Mann geschrieben. Ich habe sie heute bei ihm eingeworfen. Wieso? Ist das wichtig?«

»Wie man's nimmt. Sie haben die Postkarte also gelesen. Ist das nicht ungewöhnlich heutzutage, eine Postkarte zu schreiben?«

»Ja scho. Deshalb ist mir's ja auch aufgefallen. Früher wär mir das wurscht gewesen, da bestand fast die Hälfte meiner Briefpost aus Ansichtskarten.«

»Wissen Sie, wo die Post abgeschickt wurde? Von welchem Ort?«

Der Hias zögerte. »Also das ist nicht meine Art, die Briefpost zu untersuchen. Nein, ich weiß es nicht. Es wär im Übrigen gar nicht möglich, das festzustellen. Die Post wird vom Briefkasten zum jeweiligen Briefzentrum geschafft und dort gestempelt. Einen Ort, so wie früher, erkennen Sie da nimmer.« Wieder zögerte der Hias. »Am Stempel erkennbar wäre die Postleitregion. Rosenheim hat zum Beispiel die Nummer 83. München hat 80 und 81, Kassel 34. Aber Sie glauben doch nicht, dass ich die Postleitregion überprüfe, wenn ich eine Sendung in der Hand halte. Da würde ich ja nie mit dem Austragen fertig.«

Das leuchtete ein. Ottakring sah seine Felle in dieser Sache davonschwimmen.

Der Hias trank das letzte Schlückchen aus seiner Tasse, warf einen flüchtigen Blick auf sein altes Handy und sah sein Gegenüber von der Seite an. »Was genau wollen Sie eigentlich herausfinden?«

Ottakring ging nicht auf die Frage ein. »Können Sie sich auch nicht mehr an die Ansicht auf dieser Postkarte erinnern? Waren Berge drauf oder das Mittelmeer oder ein Städtebild? Wissen Sie das noch?«

Während Ottakring die Rechnung beglich, starrte der Hias in seinen Kaffee. Nur mehr der Boden der Tasse war bedeckt. Bedächtig schüttelte er den Kopf. »Ich glaub ned, dass ich das noch weiß. Irgendetwas Grünes, könnte sein. Aber sicher bin ich da überhaupt nicht.«

Etwas Grünes, aha. »Dann danke ich Ihnen recht schön«, verabschiedete Ottakring den Briefträger. »Und wünsch Ihnen einen sorglosen Haarschnitt. Schön, dass Sie für mich aus dem Friseurstuhl gehüpft sind. Hoffentlich kommen Sie gleich wieder dran.«

»Aber, aber …«, rief ihm der Hias noch hinterher. Nur hatte Ottakring da schon die Hand an der Tür. »Aber ich glaub, eine Burg war drauf.«

Ottakring wirbelte herum. »Auf der Ansichtskarte? Eine Burg? Können Sie sich erinnern …?«

Nein, das konnte der Hias bestimmt nicht. Er sah es ihm an den Augen an. Und wenn, dann nur sehr vage. Unbrauchbar. Und wenn schon eine Burg, dann bestimmt eine wie jede andere.

Ottakring öffnete das Gartentürchen und überquerte den kurzen Vorplatz der Nummer 16. Er versuchte, nicht darüber nachzudenken, ob er von einem der Fenster aus beobachtet würde. Doch als er am Haus war, ging die Tür wie von selbst auf. Tilman – lang, schlaksig, ganz in Schwarz – erwartete ihn.

»Wegen Anita?«, fragte er. »Wetten?«

Aus reiner Gewohnheit streckte Ottakring ihm die Hand entgegen. »Auch wegen Anita«, sagte er. »Auch wegen ihr.«

Tilman zuckte vor der Hand zurück. Er wollte nicht berührt werden. Wortlos wandte er sich um und stieg die Treppe hinauf.

Ottakring folgte ihm auf die zweite Etage ins Wohnzimmer. Eine Sendung auf Arte lief im Fernseher. Bücher waren über den Fußboden verstreut. Flackernde Sonnenstreifen auf dunklem Parkett. Die Tür zum Balkon stand offen, ein Fernglas auf dem Tischchen. Tilman hatte sich mitten im Raum platziert, die Hände an die Hosennaht gelegt.

»Was gibt's Neues, Tilman?«, fragte Ottakring. Er hatte sich in den Sessel geworfen, der der Balkontür am nächsten stand.

»Paula ist tot. Anita fast tot. Katharina ist tot.« Tilman mit der ernstesten Miene, deren er fähig war.

Ottakrings Blick streifte Tilmans Hände. Es waren kräftige Männerhände. Gut geformte, gleichmäßige Hände mit starken, breiten Fingern. So genau hatte er diese Hände noch nie betrachtet. Er musste sich wundern, denn er hätte angenommen, dass sie fein waren wie Künstlerhände.

»Nein«, widersprach Ottakring. »Katharina Weigl ist nicht tot. Sie ist verreist. Sie hat ihrem Mann eine Ansichtskarte geschickt.«

Tilmann reagierte augenblicklich. Er schüttelte den Kopf von einer Seite zur anderen. Nein, nein, nein, nein. Der Schrankkoffer! Die Transportgänge in der Nacht zum Auto! Er reckte den langen Körper, dann erstarrte er und schlug Wurzeln. Parallel zu diesem gespenstischen Verhalten begann er mit dem fieberhaften Geflüster, das seinen inneren Aufruhr so markant ausdrückte.

Ottakring versuchte, Mitleid für ihn zu empfinden. Wenn er sah, wie der junge Mann dastand – zittrig und angsterfüllt –, kam es ihm vor, als müsse Tilman der traurigste Mensch sein, dem er je begegnet war. Ihm wurde beinahe übel, wenn er den jungen Mann mit leerem Blick in einem solchen Zustand sah. Er fragte sich, ob das nicht eine Verteidigungsstrategie war. So etwas war Ottakring noch nie zuvor im Leben begegnet, privat nicht und beruflich nicht.

»Hör auf damit!« Vielleicht würde es helfen, wenn er energisch auftrat.

Tilman wollte oder konnte nicht hören. Er blieb in Bewegung. Er angelte sich seinen Rucksack vom Beistelltisch und biss mit aller Kraft in den Gurt. Dabei funkelte er Ottakring an, als wäre er nicht bei Sinnen. Es war brutal und schrecklich mitanzusehen. Tilman biss und biss mit gefletschten Zähnen. Seine Augen funkelten immer wahnwitziger, als wäre es nicht der Rucksackgurt, den er bearbeitete, sondern Ottakrings Hand, sein Arm oder die Schulter.

Ottakring war so aufgebracht und zornig, dass er die Beherrschung zu verlieren drohte. Er hob eine Faust und drohte Tilman damit. Aber es war hoffnungslos. Er musste sich beherrschen. Tief und in abgehackten Stößen holte Ottakring Luft. Seufzend ließ er die erhobene Faust wieder sinken und die Schultern hängen.

Er ging zum Balkon und stellte sich in die Tür. Der plötzlich aufgekommene kühle Wind und die schlagartig zurückgegangene Temperatur schlugen ihm ins Gesicht. Über den Bergen war Sturm aufgezogen. Dramatisch gezackte Blitze erhellten für Bruchteile von Sekunden den Himmel, und dann, wie eine nachträgliche Idee des Wettergotts, trommelten Tonnen von Regen auf das Dach herab, so laut, dass er kaum die eigene Stimme verstehen konnte.

Tilmann verzog sich zitternd und blass in Richtung seines Schlafzimmers. Seine Angst vor Gewitter schien ungeheuer zu sein. Ottakring wusste nicht, womit er ihn beruhigen sollte.

Ein Knall ließ beide Männer zusammenfahren. Eine Sturmbö hatte ein Fenster zugeschlagen. Tilman heulte auf, drehte sich mit dem Gesicht zur Wand und ging in die Knie. Ottakring beeilte sich, aber bevor er das Fenster verriegeln konnte, hatte der Wind bereits alles vom Tisch gefegt. Selbst Bücher am Boden waren vor diesem Sturm nicht sicher. Fluchend begann der Kriminalrat, die Dinge aufzusammeln.

Er stellte sich unmittelbar hinter Tilman. »Okay«, sagte er, so ruhig es ihm möglich war, zu ihm, »wenn dieses Gewitter vorüber ist, gehen wir hinüber und graben nach der Leiche.«

9

Die Autobahn stand unter Wasser, als Marie aus München heraus nach Hause fuhr. Das Zeichen am Verkehrsleitsystem warnte vor Aquaplaning. Doch kurz nach der Ausfahrt hatte sich der Sturm ein wenig ausgetobt, hatte sich über die Berge nach Tirol verzogen, wo er den nächsten Wetterterror niedergehen lassen würde. Die wütenden Blitze wurden schwächer, und bis Marie in der Garage den Fuß aus dem Auto setzte, hatte sich die Lage etwas beruhigt, und das Wasser versickerte gurgelnd im Abfluss vor dem Vorgarten.

Aber es regnete noch immer heftig. Mit der Tasche über dem Kopf kam Marie mit federndem Schritt von der Garage her auf die Haustür zugeeilt. Sie trug sündteure Prada-Klamotten und fühlte sich wohl darin. Alles an ihr schien nach Geld zu riechen, nach Ansprüchen, wie die pure Sehnsucht nach einem Leben wie in »Cosmopolitan«, »Vogue« oder »Elle«, den bevorzugten Hochglanzjournalen.

Doch das täuschte.

Marie hatte ihren Bruder lieb. Sehr lieb. Sie ließ nichts auf ihn kommen. Sie verteidigte ihn gegen alles und jeden. Sie behütete und beschützte ihn. Zwar hatte sie keine Wahl, doch sie tat es gern und mit Leidenschaft.

Das war nicht immer so gewesen.

Sie konnte sich gut an die Zeit erinnern, als Tilman in die Schule kam. Sie hatte ihm Jahre später einmal ein Foto vom Tag der Einschulung gezeigt. »Dad hat dieses Foto gemacht«, hatte er stolz bemerkt. Er nahm es in die Hand und konnte es nicht mehr loslassen. »Und wir haben alle zusammen gefrühstückt.«

Sie hätte ihn mitten in der Nacht wecken können. Immer hätte er die richtigen Antworten gegeben. »Es war ein Dienstag«, würde er prompt sagen. Und: »Es hat leicht geregnet am zwölften September.«

»Mom hat dir eine tolle Schultüte besorgt.«

»Aha, freilich. Hundertzwei Zentimeter hoch, mit blauen und gelben Seepferdchen, orangefarbenen Sternen, grünem Tang und oben einer weißen Schleife. Zum Frühstück gab es Schokoladenkrapfen mit Aprikosenmarmelade. Ich konnte nicht ganz aufessen. Du hast den Rest gegessen. Rest gegessen.«

»Dein Schulranzen war wie ein richtiger Forscherrucksack, für Junioren ausgerüstet, Tilman. Erinnerst du dich?«

Das Blut stieg ihm ins Gesicht. Seine Monotonie fand Grenzen. »Rückenbeutel!«, verbesserte er. »Rückenbeutel!« Das Wort »Rucksack« machte ihn zornig. »Ein falsches Wort! Rückenbeutel!«

Alle anderen Kinder freuten sich auf die Schule. Auch Tilman freute sich, aber er konnte seine Freude nicht zeigen. Schon als Zwölfjährige hatte Marie das unbehagliche Gefühl gehabt, bei Tilman als ABC-Schützen eine riesige, unbekannte Seelenlandschaft, einen Bezirk zu spüren, zu dem er niemandem einen Zutritt gestattete. Und diese abgeriegelte Seelenlandschaft wurde im Lauf der Zeit immer umfangreicher.

Anfangs wollte ihrer beider Mutter den Sohn, um ihm ihre Liebe zu zeigen, mit ins Ehebett nehmen. Sie stand daneben, wenn er die Zähne putzte, wenn er zur Toilette ging, wenn er sich auskleidete und in den Schlafanzug schlüpfte. Marie hatte sich schon damals gewundert, wie das gut gehen sollte.

Es ging nicht gut.

Dad beschwerte sich, Tilman floh aus dem Bett, ohne ein Wort zu äußern. Er zeigte weder Regung noch Gefühl, er ließ einen undurchsichtigen Vorhang herunter. Er kapselte sich ab, schloss sich in und hinter etwas ein, das niemand zu durchtrennen vermochte.

Tilman war gut in der Schule. Mathematik und Musik waren seine Lieblingsfächer gewesen. Doch er hatte schon damals keinen einzigen Freund, und auch die Lehrer kamen nicht gut mit ihm zurecht. Anfangs galt Tilman nur als seltsam, schwierig, bockig. Mutter engagierte sich bei jedem Elternsprechtag, und so stand Tilman die Grundschule bis zum Quali durch. Wie das mit einem IQ von achtundsiebzig eben möglich ist. Die Eltern mussten davon ausgehen, dass ihr Sohn auch zukünftig mit seinen Einschränkungen würde leben müssen. Dass er Autist war, wussten sie noch nicht.

Mit einem einzigen Jungen war Tilman damals befreundet

gewesen. Er hieß Hannes und war der Sohn wohlhabender Eltern. Das Faszinierendste an ihm war seine Modelleisenbahn. Sie fuhr in einem eigenen Zimmer durch eine Landschaft aus Papiermaché und Sägemehl mit Bahnhöfen, Signalen, Häusern, Hügeln, Autos vor geschlossenen Bahnübergängen und einem See mit richtigem Wasser, auf dem Boote und Schwäne schwammen. Hannes setzte sich an den Regler und führte Tilman die Anlage vor. Der zeigte sich talentiert. Es brauchte nicht viel, bis er die Züge noch besser fahren, die Loks noch geschickter rangieren konnte als Hannes.

Dessen Eltern ließen sich ein halbes Jahr, nachdem sich die beiden Buben angefreundet hatten, scheiden, und Hannes zog mit seiner Mutter fort. Tilman hörte nie wieder etwas vom einzigen Freund seines Lebens. Das bedrückte ihn sehr.

Doch wirklich kritisch wurde es, als Tilman mit ansehen musste, wie die reißenden Wildwasser seinen Dad verschlangen. Mehr noch als seine Mutter hatte er seinen Vater geliebt, ihn verehrt, er war sein Ein und Alles gewesen. Von da an war's mit ihm bergab gegangen. Er zog sich mehr und mehr in sich zurück. Mutters Demenz war inzwischen bereits fortgeschritten, sodass Marie sich zunehmend um ihren Bruder kümmerte. Wegen einer schweren Erkältung ging sie mit ihm zum Arzt, der schickte ihn zur Neurologie der Uni, und dort wurde endlich festgestellt, dass Tilman am autistischen Syndrom erkrankt war.

Kurze Zeit später kam Mutter ins Pflegeheim, Marie musste übernehmen. Sie machte mit ihrem Bruder Spaziergänge am Fluss, sie sahen den Schwänen zu und lächelten über die Touristen, die im letzten Sonnenschein mit den Bootspaddeln herumspritzten. Sie besichtigten die frühere Kaserne, Marie erzählte ihm alles, was sie über Gebirgsjäger wusste, und Tilman fotografierte eifrig und machte Notizen. Sie glaubte, dass ihr Bruder irgendwann wieder normal werden und die ganze Sache damit ein Ende haben werde. Doch sie täuschte sich. Die Sache nahm kein Ende.

Tilman hatte bis heute keine einzige Freundschaft mehr geschlossen. Nicht, weil er nicht wollte, nein, er war unfähig dazu. Marie war sich nicht einmal sicher, ob sie selbst von ihm als Freundin, als eine Vertraute betrachtet wurde. Und falls ja – war er in der Lage, zu unterscheiden, was der Unterschied zwischen einer Freundin und seiner Schwester war?

Solche Gedanken gingen Marie in der knappen Minute durch den Kopf, während der sie sich im strömenden Regen zur Haustür durchkämpfte. Als sie sich am Schloss zu schaffen machte, um die Tür aufzuschließen, ging diese plötzlich wie von selbst auf.

Marie erschrak und fuhr zurück. In der Tür stand Ottakring.

Ottakring fuhr zusammen. Er hatte nur frische Luft schnappen und einen Augenblick allein sein wollen. Und sich – wenn er ehrlich war – für kurze Zeit von Tilman erholen. Da stand Marie unter der Tür.

Langbeinig und blond, mit hellem karamellfarbenen Teint. Sie gehörte zu den Frauen, bei denen er sich oft fragte, ob wirklich alle Menschen derselben Spezies angehörten. Sie sah aus wie ein Vollblüter, wie ein menschliches Rennpferd. Ein wenig erinnerte sie ihn an seine Lola. Ohne dass sie ein Wort sprach, hörte er sie mit ihrer kristallklaren Stimme mit Tilman reden. »Tilman, Guter, möchtest du ein Wasser? Soll ich dir einen Kaffee machen? Was hast du heute erlebt?«

Verlegen lächelnd trat sie einen Schritt zurück. Dabei befand er sich selbst in der Verlegenheit, zu erklären, warum er ausgerechnet jetzt Tilman aufgesucht hatte.

»Tilman hat …«, stammelte er reichlich ungeschickt, »Tilman wollte … wir haben uns unterhalten. Sie wissen schon, seine abenteuerliche Mordtheorie. Ich habe versucht, sie zu entschärfen. Was halten eigentlich Sie davon?«

Marie zuckte mit den Schultern und ging hinein, an ihm vorbei. »Kommen Sie doch noch mal mit herein«, sagte sie.

Von unten schon hörte man Tilman brabbeln. »Nein, Katharina ist tot. Tilman gräbt nach der Leiche. Auf der Stelle.«

»Darf ich kurz eure Toilette benutzen?«, fragte Ottakring. Er ging hinter Marie her weiter nach oben in Tilmans Wohnung. Zuerst zeigte sie ihm die Gästetoilette, dann begrüßte sie ihren Bruder.

Durch die offene Balkontür hörte man den Regen auf das Dach klatschen, über den Bergen zeigte sich ein schwaches Leuchten. Es roch nach dampfender Erde.

»Tilman und Herr Ottakring, wir graben nach der Leiche«, hörte Ottakring durch die geschlossene Tür.

»Das kann nicht sein«, antwortete Marie. »Das glaube ich nicht.«

Lautstarkes Gebrabbel. Der Zorn des Autisten. »Aha!« und »Auf der Stelle!«.

»Doch, ich habe ihm versprochen, mit ihm in dem frischen Beet da drüben zu graben«, bestätigte Ottakring, als er zurückkam.

»Also doch«, meinte Marie ungläubig. Im selben Augenblick aber deutete sie nach draußen. »Sehen Sie. Da kommt Weigl grad nach Hause. Nochmal Glück gehabt.« Mit zweifelnder Miene musterte sie Ottakring. »Wenn das ernst gemeint war.«

Tilman stand mit dem Rücken zu ihnen am Fenster und schaute hinaus. »Schade«, meinte er halblaut. »Wir können jetzt nicht graben. Aber morgen. Morgen ist ein Flohmarkt in Wasserburg. Um halb fünf muss der Stand aufgebaut werden. Um halb fünf. Wir können graben, wenn es hell wird.«

Ottakring stellte sich neben Tilman. Als er beobachtete, wie Ignaz Weigl misstrauisch von unten heraufäugte, stellte er sich hinter ihn.

»Katharina ist tot«, stieß Tilman aus.

Ottakring fasste ihn am Arm, um ihn aus der Schusslinie zu ziehen.

»Nein, tun Sie das nicht!«, rief Marie ihm zu. »Niemals berühren.«

Doch es war zu spät. Tilman anzufassen war, wie ihn unter Strom zu stellen. Er begann heftig zu zittern, ruderte mit den Armen und machte einen weiten Ausfallschritt. Dabei rutschte er auf dem regennassen Balkonboden aus und stürzte in seiner ganzen Zweimeterlänge nach vorn. Der Wäscheständer, an dem er sich festklammern wollte, splitterte, und er krachte mit den Armen gegen die altersschwache Brüstung. Augenblicklich gab sie nach und machte mitsamt den Blumenkästen den Weg frei nach unten.

Marie stieß einen langen, grässlich spitzen Schrei aus. Hätte Ottakring den jungen Mann nicht gerade noch an den Beinen erwischt, wäre er zwei Stockwerke in die Tiefe gestürzt. Statt jedoch in einem weißen Raum mit Ärzten und Schwestern, Schläuchen und Lampen und kleinen Steckern in den Nasenöffnungen fand er sich flach am Boden liegend wieder in einer Schleifbewegung, die vom nassen Balkon ins trockene Wohnzimmer führte.

»Was ist denn da oben los?«, brüllte eine Stimme von draußen, die zornig klang.

Ignaz Weigl.

Marie trat ans Fenster. »Alles in Ordnung. Viel Erfolg morgen in Wasserburg«, rief sie in vollem Vertrauen auf Tilmans Kenntnisse hinunter.

»Woher wissen Sie …?«, begann Weigl mit Zornesröte im Gesicht. Dann winkte er ab. »Ach, vergessen Sie's.«

Tilman hatte sich wieder erhoben. Außer einem verstauchten Daumen war ihm nichts passiert.

Marie kannte Tilman genau. Sie konnte ihn einschätzen, wusste um seine Launen, seine Bockbeinigkeit und kannte seine Reaktionen, wenn etwas nicht nach seinem Kopf ging.

Und nun hatte er sich das Ziel gesetzt, eine Leiche auszugraben. Katharinas Leiche.

»Gut«, meinte Marie. »Wenn der Weigl morgen früh tatsächlich wegfährt, gehen wir beide hinüber und schauen nach. Den Herrn Ottakring lassen wir aus dem Spiel. Bist du damit zufrieden?«

Tilman ballte die Faust. »Ganz entschieden!«, stieß er aus. »Wirklich zufrieden.«

Okay, dachte Marie. Sie sah nur ein einziges Problem auf sie zukommen: Was, wenn sie tatsächlich eine Leiche fanden?

10

Nachts lag die Friedhofgasse wie immer still da. Hier und da ein Moped, später ein Traktor, auf dem ein Landwirt nach seinen ein, zwei Halben vom »Schmiedwirt« heimfuhr, eine Katze, die mit einer anderen im Clinch lag. Dazwischen Stille. Wie das Spiegelbild sanfter Hügel in einem ruhigen Bergsee kurz vor dem Steinwurf.

Tilman stand wieder an der offenen Balkontür. Herr Ottakring hatte die äußere Brüstung notdürftig repariert und abgesichert. Das kalte weiße Leuchten der Straßenlaternen setzte sich gegen das milchige Mondlicht durch, das den Dunst durchdrang. Der Regen hatte die Vertiefungen und Schlaglöcher im Asphalt gefüllt. Die Pfützen schillerten schwankend im leichten Wind. In ein paar Fenstern brannte noch Licht.

Drüben, jenseits der schmalen Teerstraße, war alles dunkel. Tilman wartete darauf, dass irgendwo ein Licht anging und sich hinter den Fenstern etwas bewegte.

Nichts.

Er fieberte dem Morgengrauen entgegen, wenn er mit Marie hinüberschleichen und Katharinas Leiche ausgraben würde. Er hatte sich alles schon ausgerechnet. Er würde Herrn Ottakring verständigen, der würde seine Dienststelle informieren, die Spurensicherung würde anrücken, man würde Weigl direkt von seinem Stand weg verhaften. So hatte sich Tilman das vorgestellt und mit Marie abgemacht, die im Stockwerk unter ihm selig schlief, wie er annahm.

»Anita ist fast tot«, murmelte er plötzlich. Ihr Selbstmordversuch ging ihm nicht mehr aus dem Kopf. Er schaute nach links zur Nummer 15, dem Vierfamilienhaus. Dort hatte er Anita Mittwochnachmittag wie immer auf die kleine Terrasse treten sehen. Etwas war anders gewesen als sonst. Erst nach einer ganzen Weile war er darauf gekommen.

Anita trug ein Oberteil!

Immer war sie nur mit einem Höschen bekleidet gewesen, wenn sie ihre Tai-Chi-Übungen machte. Die »Schiebenden Hände«, den »Weißen Kranich« und die »Mähne des Wildpferds«. Wie sehr hatte er es genossen, wenn sie ihren Brustkorb dehnte oder die Fußspitzen mit den flachen Händen berührte. Anitas Körper einmal berühren zu dürfen, dafür hätte er seine Sammlung berühmter Fußballspieler hergegeben, notfalls auch sein Teleobjektiv. Doch dazu würde es nicht kommen, davon war er zutiefst überzeugt.

Wie gesagt, an jenem Nachmittag trug sie ein Oberteil, als er sie wie immer mit dem Fernglas beobachtete. Wie gewöhnlich begann sie mit Lockerungsübungen. Doch sie waren nicht so fließend und harmonisch wie sonst gewesen. Etwas war anders. Dann begann sie zu schwanken. Sie taumelte unkontrolliert in eine Ecke der Terrasse, wieder zurück, wankte in die nächste Ecke, und schließlich zog es ihr die Beine weg und sie stürzte wie von einer Axt gefällt zu Boden.

Tilman merkte sehr bald, dass diese Bewegung unmöglich zu ihrem Programm gehören konnte. Die unnatürliche Art, wie sie auf dem Steinboden lag, bestärkte ihn in seiner Auffassung. Er hatte so etwas noch nie gesehen, nicht einmal im Fernsehen oder auf DVD. Sein erster Gedanke war, Marie zu verständigen. Ohne Marie fühlte er sich hilflos. Marie war in München in ihrem Prada-Shop gewesen.

Prada. München, Residenzstraße 10, Telefonnummer null-acht-neun Strich zwei-neun-eins-neun-zwei-vier-null. Nachdem er die erste Schockstarre, das Zittern und sinnlose Flüstern überwunden hatte, rief Tilman diese Nummer an.

»Marie Schilling, Marie Schilling«, sprach er aufgeregt ins Telefon.

»Am Apparat«, hörte er. »Tilman, bist du es? Was ist los?«

Aufgeregt stammelnd erklärte er seiner Schwester den Grund seines Anrufs.

Zunächst geduldig hörte sie ihm zu. Doch ihr Bruder war es nicht gewohnt, eine Beschreibung kurz und knapp zu halten. »Ruf den Notruf an«, befahl sie ihm schließlich leicht genervt.

»Eins-eins-zwei«, kam es blitzartig zurück.

»Genau. Die Nummer ist auf deinem Handy gespeichert. Ruf dort an und melde den Vorfall, Tilman. Jetzt.«

Wie erstarrt hatte er sein Mobiltelefon in der Hand gehalten. Die Nummer hatte er in Sekundenschnelle gefunden. Doch lange schaffte er es nicht, die Taste zu drücken. Gelähmt stand er da. Er war überrascht, als wenig später Notarzt, Rettungswagen und dann auch die Polizei mit Sirenengeheul und quietschenden Reifen an der Nummer 15 vorfuhren. Voller Entsetzen verfolgte er, wie Anita auf eine Bahre gepackt und in den Wagen geschoben wurde.

Er war aus allen Wolken gefallen, als das Polizeifahrzeug vor seinem Haus anhielt. Zwei Beamte. »Sie haben den Vorfall gemeldet? Was haben Sie beobachtet?«

Tilman zuckte nur und zitterte und schlug mit der Hand gegen die Schenkel. Er war unfähig zu sprechen.

»Na, komm schon, Mann«, kreischte der eine. »Was hast du gesehen? Hat die Frau was eingenommen? Kennst du sie näher? Nimmt sie Drogen?«

Bei Tilman hatte die Angst wieder die totale Herrschaft übernommen. Der Rückzug in sein geheimes Selbst hatte all seine Rituale ausgelöst. Händeringen … starre Gliedmaßen … starrer Blick. Die Stimmen der Polizisten klangen wie Hundegebell. Münder tauchten auf, verzerrt und wässrig. Farbflecke, die kräftiger wurden, dann wieder verblassten. Er wich zurück und versuchte, sich an der nackten Wand festzuklammern. Er rief Marie zu Hilfe – »Marie! Marie!« –, doch er wurde nicht verstanden.

Als die Polizei nicht mehr weiterwusste und die Nummer 16 wieder verließ, war Tilman am Ende. Er hörte die schweren Schritte die Treppe hinunterpoltern, etwas unbekannt Feuchtes stieg ihm in die Augen und brannte an den Lidern. Er hockte sich hin und band sich die Schnürsenkel fester.

An der Wand, die zur Küche führte, stand die Anrichte. Dort lagerten alle möglichen Gefäße. Eintöpfe, Aufläufe, ganze Mahlzeiten in einzelnen beschrifteten Plastikbehältern, Schokoladenplätzchen, Kuchen, Kekse, Salate … Eine Großfamilie würde Tage brauchen, um alles aufzuessen.

Den Vorfall hatte Tilman in die Liste unerfreulicher Ereignisse mit dem Datum des Tages eingetragen. Dazu saß er vornübergebeugt auf der Couch. Wenn er nicht schrieb, pendelte er den Stift wie einen Klöppel zwischen den Fingern hin und her. Er hatte den Fernseher eingeschaltet und auf den Bildschirm gestarrt, abwesend wie ein alter Mann. Er war ans Fenster getreten und hatte es geschlossen. Es war kalt gewesen im Raum.

Ganz in diese Gedanken zu Anitas Selbstmordversuch versunken, schreckte Tilman nun in der Nacht der geplanten Ausgrabung zusammen, als er das zweimalige Anstupsen in seinem Handy hörte. Den Signalton, der eine ankommende SMS meldete. Sofort dachte er an die Polizei. Aber vielleicht war es Anita?

Er stand auf und checkte den Eingang der Nachrichten. Nur eine einzige. Sie war von Marie. Es war neuneinhalb Minuten nach zwei. Noch zweieinhalb Stunden, bis Weigl wegfahren musste.

»Alles in Ordnung, Bruderherz?«

Für seine Verhältnisse war Tilman froh über die Abwechslung. Dass jemand an ihn dachte. »Prima«, simste er zurück. »Ich warte.«

Schlagartig legte er das Handy wieder auf den Tisch, als drüben in der 13 die Lichter angingen. Wenig später kam Weigl aus dem Haus. Er wickelte den Gartenschlauch ab, der an der Mauer hing, drehte den Wasserhahn auf und schleifte den sprühenden Schlauch zu dem frisch umgegrabenen Beet. Dort goss er die neue Erde mit weichem Strahl. Er hielt den Kopf gesenkt, als benötige die Arbeit seine volle Konzentration.

Tilman sah ihm nach, wie er zu seinem Haus zurückging. Zwei Uhr siebenundzwanzig. Würde Weigl aufbleiben, bis er wegfuhr?

Nach einer Weile erloschen drüben alle Lampen. Nur zwischen den beiden Hälften des Wohnzimmervorhangs war ein dünner Streifen Licht zu sehen.

Tilman war versucht, Marie zu informieren, doch er unterließ es und wartete.

Bei aller Undurchsichtigkeit Tilmans war Marie recht nahe an ihm dran, was seine sparsamen Gefühle betraf. Für sie war es gar nicht so schwierig, sein Verhalten richtig zu deuten. Sie ahnte also, was ihm der Selbstmordversuch der von ihm so verehrten Anita bedeutete. Wie weh ihm das tat. Dass er es war, der sie letztlich vor dem Tod gerettet hatte, dürfte nicht in sein Bewusstsein gedrungen sein.

Weil er es gewesen war, der den Notruf gewählt hatte, lag sie jetzt in der Klinik statt auf dem Friedhof. Obwohl Marie mit dieser Anita wegen ihrer ständigen Aufenthalte in München noch kein Wort gewechselt hatte, war ihr der Fall nahegegangen. Als ob Anita Kutterling tatsächlich Tilmans Freundin gewesen wäre.

Selten lag Marie nachts wach und verstrickte sich in solche Gedanken. Doch in dieser Nacht ließen Spannung und Nervosität sie keinen Schlaf finden. Sie war so leichtsinnig gewesen, ihrem Bruder zu versprechen, mit ihm zusammen das umgegrabene Stück Erde zu untersuchen. Nur um ihn zu beruhigen. Als ob ein Mann wie Weigl, sollte er tatsächlich seine Frau umgebracht haben, die Leiche direkt vor dem Haus einbuddeln würde!

Doch ganz von der Hand zu weisen war es nicht, und Tilman war aus tiefster Seele davon überzeugt. Nur – warum machte sie bei diesem Vorhaben mit? Offenbar war es der Kriminalrat gewesen, der auf die Idee gekommen war. Weshalb ließ sie nicht ihn graben? Weshalb wurde dieser dubiose Fall nicht überhaupt der Polizei gemeldet?

Am liebsten hätte sie Oliver verständigt. Mit ihrem Freund hatte sie noch nicht über diese Angelegenheit gesprochen. Warum auch?

In diesem Augenblick kam ihr das Wetter zu Hilfe. Das wütende Summen einer zwischen Vorhang und Fenster gefangenen nachtaktiven Biene oder Wespe verstummte. Irgendwo im Haus schlug der Wind eine Tür zu. Sie hörte, wie dicke Regentropfen auf das Eternit des Vordachs trommelten. Sie schlug die Decke zurück und glitt aus dem Bett.

Der Nachthimmel war von tiefschwarzen Regenwolken überzogen, und ein stürmischer Wind ließ im Vorgarten die Blätter des Flieders hüpfen und machte den Bäumen entlang der

Friedhofgasse zu schaffen. Der Regen überzog die Teerstraße mit einem Teppich aus aufspritzenden Wassertropfen, ließ das Regenfass unter dem Abflussrohr überlaufen und verschleierte die Häuser auf der anderen Gassenseite. Von dem umgegrabenen Rasenstück war nichts mehr zu sehen. Ein durchnässter Mopedfahrer kämpfte sich durch die Wassermassen unter sich und um ihn herum. Das übliche Knattern eines Mopeds ging im Rauschen des Regens unter. Marie kannte den Mann nicht.

Vielleicht machte das Unwetter den Plan zunichte? Sie war sicher, dass Tilman oben am Fenster stand und sein Projekt den Bach hinunterschwimmen sah. Nein, das war nicht richtig. Bruderherz konnte, wenn es darauf ankam, stur und bockig sein und sich an seinem Willen festbeißen, bis es wirklich nicht mehr anders ging.

Marie ertappte sich dabei, dass sie so etwas wie leichte Eifersucht verspürte. Eifersucht wegen ihres Bruders? Sie starrte in den noch immer durch die Gasse peitschenden Regen. Bisher war Tilman wie ein Baby total von ihr abhängig gewesen. Hatte auf sie gehört, hatte sie um Rat gefragt, nichts ohne sie unternommen. Von dem Tag an aber, an dem er die ungewöhnlichen Beobachtungen in der Nummer 13 gemacht hatte, hatte er sich verwandelt. Auf einmal bildete er sich ein eigenes Urteil, vertrat eigensinnig seine Meinung und hatte sogar selbstständig das Haus verlassen.

Eifersüchtig? Vor sich hin lächelnd goss sie sich ein Glas Mineralwasser aus dem Kühlschrank ein. Wirklich eifersüchtig war sie in ihrem Leben erst ein einziges Mal gewesen. Oliver war dafür der Anlass gewesen. Die Affäre lag – sie überlegte – viereinhalb Jahre zurück und hatte sich zu Beginn ihrer Beziehung ereignet.

Marie hatte Oliver von Kirstein in einem After-Business-Club im Münchener Westen kennengelernt. Sie war damals noch nicht Leiterin des Prada-Shops gewesen, und ihre damalige Chefin Nadine hatte sie überredet, sie zu begleiten. Die Gäste waren junge Angestellte oder Selbstständige aus modernen Branchen wie Consulting, Werbung, Banken, Kanzleien oder Medien oder, wie sie selbst, aus der Mode stammend. Sie alle kamen direkt von der Arbeit und hatten kaum familiäre Verpflichtungen nach ihrem Arbeitstag. Die jungen Leute wollten ihren Feierabend genießen, andererseits am nächsten Morgen pünktlich und nüchtern wieder zur Arbeit erscheinen. So war eine After-Work-Party eine willkommene Innovation für diese Zielgruppe gewesen, da das eigentliche Partyleben in der City erst gegen zehn oder elf am Abend begann. Marie war neugierig gewesen, hatte sich bald von Nadine gelöst und selbstständig gemacht, als Oliver sie ansprach. »Du bist neu hier«, stellte er fest.

Dresscode der Partygänger war legere Geschäftskleidung. Marie verstand etwas davon. Oliver war Banker und trug Dunkelblau mit Streifen. Die Krawatte hatte er abgelegt. Marie trug ein Prada-Kleid mit einem Dekolleté, das ihre Kunden von der Attraktivität des Modells überzeugen sollte. Ein Dekolleté, das einiges hergab.

Oliver blickte ihr tief in die Augen.

Als sie schon vor acht den Club verließen, war es wieder Oliver, der die Initiative ergriff. »Wollen wir was essen?«, fragte er. Gleich ums Eck war eine Pizzeria. Beim Espresso blieb sein Blick an ihrem Ausschnitt hängen. »Unser zweites Date«, sagte er.

»Wieso?«

»Ich habe dich zuerst zu einem Drink eingeladen. Und das zweite Date war zum Essen. Dazu bist du selbstverständlich auch eingeladen.«

»Okay. Wenn du meinst.«

Von diesem Tag an trafen sie sich ein paarmal jede Woche.

Bis sie spürte, dass es da noch eine andere geben musste.

Zuerst war es nur ein Gefühl gewesen, ein unbegründet erscheinender Argwohn. Deshalb fragte sie ihn nicht, sondern spionierte ihm nach, um den Verdacht zu erhärten. Oder nicht, wie sie für kurze Zeit hoffen durfte.

Die Nummer, die auf seinem Handy unter den eingegangenen Anrufen am häufigsten erschien, rief sie kurzerhand an. Es meldete sich eine weibliche Stimme mit seinem Nachnamen. Seine Schwester? Ihr wurde heiß. Seine Frau? Sie hatten bisher nie darüber gesprochen, ob sie oder er verheiratet waren.

Als er am nächsten Wochenende »wegen einer dringenden beruflichen Verpflichtung« verhindert war, stieg sie ohne lange zu fackeln ins Auto und fuhr zu ihm. Hinter seinen Fenstern brannte Licht. Sie wollte sichergehen und schellte.

»Ich bin zufällig vorbeigefahren und habe Licht gesehen. Kann ich reinkommen?«

»Das geht im Moment nicht«, sagte Oliver mit flackerndem Blick. »Ich habe grad Besuch.«

»Geschäftsbesuch?«

»Nein, privat.«

»Na, dann tschüss!«, knallte sie ihm hin, schlug die Autotür hinter sich zu und rauschte mit quietschenden Reifen ab.

Sie hörten auf, sich zu treffen.

Nach einem guten Vierteljahr rief er wieder an. Endlich war er geschieden, verkündete er. Er habe sich, nachdem sie ausgezogen war, damals noch einige Male mit seiner Ex treffen müssen, um Einzelheiten ihrer Vereinbarung zu besprechen.

Noch im selben Jahr wurden er und Marie wieder ein Paar und blieben zusammen.

An diese oft wenig amüsante Zeit musste Marie denken, als sie in dieser Nacht überlegte, ob sie etwa auf Tilman eifersüchtig war, weil er sich so selbstständig verhielt. Weil das womöglich ihren Mutterinstinkt verletzte, den sie so lange hatte pflegen müssen.

Der schwere Regen hatte nachgelassen. Er hatte, soweit sie es feststellen konnte, die Gärten aufgeweicht. Ein grauer Morgen drohte, ein dünner Schleier hing über Häusern und Gärten, die Straßenbeleuchtung blieb die Nacht über eingeschaltet. Marie überlegte, ob Tilman über ihr ebenso am Fenster stand und hinausschaute. Die Antwort kam sofort. Auf der Stelle.

»Bist du wach?«, lautete die SMS. Sie warf einen kurzen Blick auf die Uhr. Es war zwei Uhr siebenundvierzig.

»Nein!«, schrieb sie zurück. Ein Stündchen konnte sie noch schlafen oder sich zumindest hinlegen. Sie zog den Vorhang vor und kroch so, wie sie war, ins Bett.

11

Joe Ottakring erwachte lange vor dem Wecker, obwohl es mitten in der Nacht war. Wenn ihn das Jagdfieber gepackt hatte, fand er nicht zu ruhigem Schlaf. Reflexartig sprang er aus dem Bett.

Ignaz Weigl musste um halb fünf in Wasserburg sein, um seinen Stand aufzubauen. Daher würde er spätestens um halb vier Uhr von zu Hause wegfahren. Dass er seine Flohmarktware bereits am Vorabend im Wagen verstaut hatte, davon hatte sich Ottakring überzeugt. Er zog den blauen Stoffvorhang zur Seite, öffnete das gekippte Fenster ganz und schaute hinaus. Über dem Schrofenweg und weiter unten über der Friedhofgasse lag noch immer ein dünner Schleier, obwohl es aufgehört hatte zu regnen. Die Stille der Nacht und das, was er plante, hatten etwas Bedrohliches. Er schauderte und schloss das Fenster wieder. Wehmütig blickte er auf das noch warme Bett, das ohne Lola so leer erschien. Er wünschte sie sich bald zurück.

Er machte Kaffee, schob sich ein halbes Croissant vom Vortag in den Mund und verließ das Haus. Ein dicker Wolljanker schützte ihn vor der kriechenden Kühle des Morgens. Im Osten dämmerte es. Ein dünner, heller Strich lag über dem Horizont. Das dumpfe Knattern eines Motorrads von weit her platzte in die Stille.

Er hatte eine Dummheit begangen. Er hatte dem Jungen einen Floh ins Ohr gesetzt. »Wir graben nach der Leiche.« Er hatte also einen Autisten in dessen Meinung noch bestärkt. Das wollte er bereinigen. Es gab zwar keinerlei Beweis für einen Mord, doch er hatte sich fest vorgenommen, die Angelegenheit ein für alle Mal in Ordnung zu bringen.

Auf dem kurzen Weg zur Nummer 13 machte er sich noch einmal die Informationen bewusst, die er von Rico und Chili erhalten hatte: Weigl war gelernter Bühnenbildner, wegen Gewalttätigkeit gegen seine Frau vorbestraft, später Tierpfleger in Hellabrunn gewesen, Spezialität Reptilien, seit mehreren Jahren handelte er mit Flohmarktartikeln …

Die Türklinke ließ sich nicht runterdrücken. Joe Ottakring musste über die Gartentür greifen und sie von innen öffnen.

Dabei fühlte er sich trotz der frühen Stunde beobachtet. Entweder von Tilman aus der Nummer 16 oder gar von Weigl aus dem Haus, auf dessen Eingangstür er gerade zielstrebig zuschritt. Ein Bewegungsmelder funktionierte, die Außenbeleuchtung sprang an.

Ottakring trat die zwei Stufen hinauf, die zum Eingangsbereich führten. Ein abgetretener brauner Abstreifer war in eine Vertiefung eingelassen. In der rechten Ecke neben der Tür lehnte ein schwarzer Regenschirm mit Mustern an der Hauswand. »I. & K. Weigl«, stand in Arial-Schrift auf dem Messingschild unter der Klingel. Er drückte auf den Knopf und hörte drinnen ein schrilles Läuten.

Nichts geschah.

Da war ein kleines rautenförmiges Fensterchen in die massive, zentimeterdicke Holztür eingelassen. Dahinter brannte mattes Licht. Ottakring schellte noch einmal.

Wieder nichts.

Über der Tür unter dem Vordach hing ein stillgelegter schmiedeeiserner Glockenzug, der früher einmal fröhlich gescheppert haben musste. Es wurde langsam hell. Unschlüssig wandte er sich um. Er wollte Zeit gewinnen. Er meinte, eine Bewegung auf dem Balkon der Schilling-Geschwister zu erkennen. Gut möglich, dass der Autist ihn beobachtete. Doch er konnte sich auch getäuscht haben.

Gerade als er zum dritten Klingeln ansetzte, wurde die Haustür von innen aufgerissen. Weigl stand ihm gegenüber und musterte ihn aus zusammengekniffenen Augen. Seine Linke steckte in der Hosentasche. Hinter ihm duftete es nach Kaffee. Ein zusätzlicher, unangenehmer Geruch mischte sich darunter.

Ottakring war dem Mann zwar schon einige Male auf der Straße oder mit seiner Frau beim Lassiter begegnet, doch so nahe war er ihm noch nie gekommen. Weigl war vollständig bekleidet, trug Jeans, Hemd, eine gemusterte Strickjacke und hellbraune Camel-Boots. Der Mann war mittelgroß, hatte volles Haupthaar und war ein Durchschnittstyp, wenn man vom Kinn absah, das etwas zum Fliehen neigte.

»Es ist halb vier in der Früh«, sprach Weigl mit Münchener

Akzent. »Was wollen Sie?« Sein Blick war starr und feindselig. Angst zeigte er nicht, auch von Unsicherheit keine Spur.

»Können Sie mir sagen, wo sich Ihre Frau befindet?«, fragte Ottakring streng. Er hatte seine Staatsanwaltsmiene aufgesetzt.

Der Mann schluckte. Sein Kehlkopf sprang rauf und runter. Sonst schien er unbeeindruckt, jedenfalls zeigte er ein unbewegtes Pokerface. »Hä? Sie sind der Kriminaler von da oben, nicht?« Mit dem unterentwickelten Kinn nickte er in die Richtung hinter Ottakring. »Was wollen Sie?«

Ja, was wollte Ottakring? Das wusste er selbst nicht so recht. Den beiden jungen Leuten in seinem Rücken helfen, eine Dummheit zu vermeiden. Dem Mann auf den Zahn fühlen. Wenn der Weigl Dreck am Stecken hatte, ihn zum Handeln bringen. Alles sehr vage, das war ihm klar. Schau' mer mal.

»Darf ich eintreten?«, fragte Ottakring und machte einen Schritt nach vorn.

»Nein«, sagte Weigl in scharfem Ton und schloss die Tür halb.

»Auch recht. Wir vermissen Ihre Frau«, sagte Ottakring klar und bestimmt und lauter als nötig.

»Meine Frau? Wieso? Was geht Sie meine Frau an? Und wer ist ›wir‹?«

»Sie besitzen einen mittelgroßen Schrankkoffer. Ockerfarben, üblicherweise verschnürt. Würden Sie mir den bitte zeigen?«

In Weigls Gesicht regte sich etwas. Er schnitt eine Grimasse, aus der abgrundtiefer Hass sprach. »Warum sollte ich Ihnen mein Reisegepäck zeigen?«, brüllte er gedämpft. »Das ist ja pervers, was Sie da andeuten.«

Ottakring hörte seinen Magen knurren. Weigl musste es auch hören.

Weigl wollte die Tür von innen zuschieben. Ottakring stemmte sich dagegen und stellte den Fuß in die Tür.

»Jetzt reicht's!«, erregte sich der Hausbesitzer. »Nehmen Sie den Fuß aus der Tür. Ich muss …« An seinem unerwünschten Besucher vorbei richtete sich sein Blick ins Unendliche.

Ottakring brauchte sich nicht umzudrehen, um zu wissen, was sich hinter seinem Rücken abspielte. Die Nummer 16 war durch das laute Gespräch aufmerksam geworden und hatte das

Licht im Haus, wahrscheinlich auch auf dem Balkon, eingeschaltet.

»Seit Tagen kein Klavierspiel mehr«, ätzte Ottakring. »Und nichts mehr eingekauft. Von welchen Vorräten leben Sie überhaupt, wenn Ihre Frau verreist ist? Sie ist doch sicher verreist? Das ganze Dorf fragt sich, wo Ihre Frau geblieben ist.«

Ottakring hatte Feuer gefangen. Sein polizeilicher Instinkt war geweckt. Die Situation erinnerte ihn sehr an seine Dienstzeit in der Münchener und später Rosenheimer Mordkommission. Einen Verdächtigen in die Enge zu treiben, bedeutete immer Stress für diesen. Und Stress erzeugte Aufregung, Aufregung erzeugte unüberlegte Handlungen, daraus entstanden Fehler.

Als Weigl nicht antwortete, fuhr der Kriminalrat fort: »Sie ahnen selbstverständlich, was mit Ihrer Frau passiert ist. Warum und wohin sie verschwunden ist. Doch Sie wollen sich diese Ahnung nicht eingestehen, deshalb wollen Sie nicht mit mir darüber sprechen. Sie haben natürlich bisher noch mit niemandem über das Verschwinden Ihrer Frau gesprochen. Sie haben auch keine Vermisstenmeldung aufgegeben. Doch mit mir, verehrter Herr Weigl, müssen Sie darüber sprechen. Ich bleibe Ihnen so lange auf den Fersen, bis Sie mir verraten, warum hier kein Klavier mehr gespielt wird. Und woher die Ansichtskarte ist, die Ihre Frau angeblich geschrieben hat. Übrigens …«, Ottakring legte eine kurze Pause ein, »der Hund aus dem ›Ü 70‹ wurde umgebracht. Nachdem er sich an Ihrem Beet zu schaffen gemacht hatte.«

Wieder veränderte sich Weigls Gesichtsausdruck. Diesmal von zornig zu … bekümmert? Besorgt? Mutlos? Etwas in dieser Art.

»Warten Sie einen Augenblick«, erklärte Weigl auf einmal. »Ich bin gleich wieder da.«

Während der Zeit, in der sich Weigl im Haus befand, ließ Ottakring den Blick nach hinten schweifen. Auf die Nummer 16. Sie stand in Flammen, wenn man das Licht betrachtete, mit dem sie angestrahlt wurde. Außenbeleuchtung, Bewegungsmelder, Innenbeleuchtung, die Balkone, der Vorplatz, Strahler aus den Gartenbüschen zum Haus. Ohne im Gegenlicht jemanden zu erkennen, winkte Ottakring hinüber. Er war sicher, dass der Autist sich irgendwo da oben aufhielt, vermutlich auch die Schwester.

Es war, als ob der frische Wind, der plötzlich aufkam, ihn zu neuem Handeln anspornte. Er wandte sich von der offenen Haustür ab und entfernte sich mit langsamen Schritten. Wenn er sich vorstellte, was sich möglicherweise in diesem Haus abgespielt haben mochte, wurden ihm gewisse Gedanken so unangenehm, dass sich vieles in ihm dagegen sträubte. Nach seiner Pensionierung hatte er sich geschworen, nie mehr vorsätzlich mit menschlichen Kadavern zu tun haben zu wollen.

»Hallo!«, ertönte es hinter ihm. »Die Ansichtskarte.«

Aha, er will mir sozusagen seine Unschuld demonstrieren. So wie Ottakring den Mann einschätzte, hätte der ihn längst vor die Gartentür gesetzt, wenn er ein reines Gewissen hätte. Er hatte zwar nur eine sehr unscharfe Vorstellung davon, wie er weiter vorgehen würde, doch hier war seine Mission fürs Erste erfüllt. Den Herren erschreckt zu haben, das reichte vorerst. Dass Ignaz Weigl eine frisch abgestempelte Ansichtskarte in der Hand hielt, nahm er ihm unbesehen ab. Doch das war noch lange kein Unschuldsbeweis.

»Hallo! Hallo!«

Ottakring winkte ab, ohne sich noch einmal umzudrehen.

Tilman blieb der Mund offen stehen, und Marie kam aus dem Kopfschütteln nicht mehr heraus. Der Herr Ottakring bei Weigl!

»Aha!« Tilman trug den Vorfall unverzüglich in seine Liste ein. Marie hatte Mühe, ihn daran zu hindern, weitere Schritte zu unternehmen, wie beispielsweise lautes Rufen, Lichtsignale und dergleichen.

»Tilman und du, wir wollen graben«, sagte er bestimmt. »Was will Herr Ottakring?«

Das Teewasser kochte. Marie goss es über einen Teebeutel in die großen Tassen und ließ es ziehen. Mei, dachte sie, was sollen wir nur tun?

Noch während sie Ottakring beobachteten, wie er drüben

im Eingang stand, stellte sie Mutmaßungen über den möglichen Zweck seines Besuchs bei Weigl an. Wollte er etwas erfragen? Sich etwas zeigen lassen? Dagegen sprach, dass er offenbar Weigl unverrichteter Dinge unter der Tür stehen ließ, als er wieder abzog. Oder wollte Ottakring nur auf den Putz hauen und den Mann einschüchtern?

Sie ließ einige Atemzüge verstreichen, nahm die Teebeutel heraus, drückte Tilman seine Tasse in die Hand, klemmte sich in einen Sessel und starrte auf die Wandregale mit den endlosen Reihen von CDs und DVDs. Dann schweifte ihr Blick zu ihrem Bruder zurück.

Tilman war wieder einmal erstarrt. Das passierte meist, wenn etwas gegen seinen Willen lief. Er wurde so steif und blass, als hätte die Totenstarre eingesetzt. Heftig schüttelte er den Kopf hin und her. Er verdrehte die Augen. Nicht ausgraben … Ausgraben geht nicht mehr … Herr Ottakring hat alles kaputtgemacht … Weigl weiß jetzt Bescheid.

Ungeachtet der Innentemperatur des Tees stürzte Tilman die halbe Tasse in einem Zug hinunter und mampfte ein paar Chips und Kekse. Zwischendrin verfiel er immer wieder in sein heiseres, unverständliches Flüstern, verschluckte sich, bekam einen Hustenanfall und … fasste offensichtlich einen Entschluss. Seine Augen begannen stillzustehen, er wirkte konzentriert.

»Wir werden hinübergehen«, sagte er energisch, »und Tilman und du, wir werden ausgraben. Katharinas Leiche ausgraben. Ganz entschieden werden wir das.«

In Maries Körper herrschte Aufruhr und in ihrem Kopf eine unzumutbare Hysterie der Gedanken. Sie musste sie bändigen. In zweieinhalb Stunden hatte sie in München im Shop zu sein.

»Aha. Da schau hin«, sagte Tilman plötzlich. »Der Weigl fährt jetzt weg. Wir müssen handeln. Auf der Stelle.«

12

Die Friedhofgasse glänzte nass im Morgenlicht, Ringeltauben heulten von der Trauerweide. Ihr Weckruf begann mit einem klagenden »Rugugu, gugu« und endete mit einem elegischen »Grrugu-ru«. Von der ausgemusterten Kaserne her drang minütlich das metallische Scheppern der Abbruchgeräte. Es hatte mit dem ersten Tageslicht begonnen. Als die Vespa mit der Zeitungsausträgerin vorbei war, eilten Tilman und Marie über die glitschige Asphaltdecke. Marie geduckt wie aus dem Schützengraben hechtend, den Spaten an der Seite. Tilman senkrecht trippelnd mit einer Tüte Chips im abgewinkelten Arm. Am Gartentürchen zur Nummer 13, das Ottakring schon in der Früh bewältigt hatte, sammelten sie sich.

Marie musste an das Grundstück ihres Freundes denken. Oliver wohnte in einem Haus, dessen Garten vollkommen verwildert und verlassen war. Verwildert deshalb, weil niemand sich darum kümmerte. Alle waren Mieter und hatten andere Interessen als Gartenarbeit. Putz blätterte dort von den Außenwänden, die Fenster waren verschattet. Hier auf Weigls Grund genau das Gegenteil. Jeder Grashalm stand senkrecht, jedes Blümchen schien abgestaubt. Einzig das kurze Unwetter hatte die Flora etwas beunruhigen können. Die umgegrabene Erde war ein Schlammloch.

Beunruhigt war Marie nicht. Weigl hatte eine Dreiviertelstunde Fahrtzeit, er musste seinen Stand aufbauen, die Veranstaltung würde bestimmt bis mindestens mittags dauern. Ihr Vorhaben aber würde vielleicht eine halbe Stunde in Anspruch nehmen, schätzte sie. Nein, Angst hatte Marie nicht.

Das sanfte Geräusch, wenn der Spaten mit der Schneide in das aufgeweichte Erdreich drang, hatte etwas Verlockendes. Wie es Erwartungen, die man an die Zukunft stellt, oft haben. Tilman machte seine Sache gut. Marie war sich nicht sicher gewesen, ob er es schaffen würde, die feuchte, schwere Erde umzustechen. Nicht, weil es ihm an Kraft mangelte, sondern an Koordinationsfähigkeit und Durchhaltewillen.

»Denkst du, du schaffst das?«

»Aber ja. Ganz entschieden. Tilman holt Katharina.«

»Na gut. Du musst systematisch vorgehen. Und wirf die Erde hier am Ende auf einen Haufen. Du musst sie nachher ja wiederzurückschaufeln. Wir müssen den gleichen Zustand wieder herstellen. Das Beet darf nicht anders aussehen als vorher.«

Marie hatte allerdings ihre Zweifel, dass sie das hinbekommen würden. Freilich musste es zwar nicht unbedingt zutreffen, dass Weigl sich den exakten Zustand eingeprägt hatte. Sie hätte nur zu gern den Grund gewusst, warum Paula, die Hündin, in der Erde gebuddelt hatte. Und ob sie etwas gefunden hatte. Warum sonst hätte Weigl die Hündin umbringen sollen? Doch selbst dies war nur eine ungesicherte Annahme. Alle Menschen im Dorf sprachen von Weigl als dem Täter, und Lotte Fußwinkel war schon auf der Polizei gewesen …

Bei diesem Gedanken war Marie sekundenlang wie gelähmt von der Vorstellung, was auf sie zukommen könnte. Wenn sie fündig würden. Erst in diesen Sekunden fiel ihr auf, dass sie gerade sehr unüberlegt handelten. Sie hatte vorher nicht über mögliche Konsequenzen nachgedacht. Was wäre, wenn sie tatsächlich Katharina Weigls Leiche fanden, wie von Tilman vorhergesagt? Sollten sie dann die Polizei in der Stadt rufen oder Ottakring? Und die Leiche solange bewachen? Urheber der Idee war ja der Kriminalrat gewesen. Er hatte Tilman den Floh ins Ohr gesetzt, und als die gemeinsame Unternehmung im wahrsten Sinn des Wortes ins Wasser fiel, war sie praktisch für ihn eingesprungen.

Hinter ihnen hatte sich die Friedhofgasse etwas belebt. Einzelne Autos rauschten in maßlosem Tempo vorbei, obwohl dreißig vorgeschrieben war. Ein Motorrad, zwei Mopeds, etliche Fahrradfahrer, zwei Frauen, die sich auf dem Weg zum Bäcker unterhielten.

Die Sonne stand tief. Tilman warf einen langen Schatten. Er war ins Schwitzen geraten. Körperliche Arbeit war er nicht gewohnt. Er hielt den Kopf zur Seite geneigt und stach und grub und schaufelte.

»Soll ich dich ablösen?«, fragte Marie.

Statt einer Antwort grub Tilman noch schneller und noch tiefer. »Bald muss Katharina auftauchen«, sagte er prustend.

Katharina tauchte aber nicht auf.

Gott sei Dank, dachte Marie. Während Tilman immer mehr und immer intensiver die Erde aushob, den Spaten einstach und die Erde auf den Haufen warf, sah seine Schwester sich um. Die halb volle Chipstüte hatte sie auf dem Fenstersims deponiert. Am Balkon zum ersten Stockwerk lehnte eine Metallleiter. Die Tür zum Zimmer dahinter stand eine Handbreit offen.

Aha.

»Tilman hat was!« Er hatte mit dem Graben aufgehört und schien auf seine Fußspitzen zu starren. Doch das täuschte. Etwas Weißes lugte aus dem Boden.

Marie bekam einen Schreck. »Lass mich mal sehen«, rief sie Tilman zu. Ihr graute beim bloßen Hinsehen. Waren sie tatsächlich auf die Leiche gestoßen?

»Gib her«, sagte sie und nahm ihm den Spaten ab. Vorsichtig stocherte sie um das Weiße herum, bis mehr zum Vorschein kam. »Riechst du das auch?«, fragte sie.

»Schon lange. Tilman riecht schon lange. Tote Katharina.« Er schnupperte wie ein Hund.

Eindeutig Aasgeruch. Es roch nach Aas! Es war eklig.

Marie erinnerte sich an die Beerdigung ihrer Freundin Isabel. Isabel war spanische Austauschschülerin, und sie waren in der achten Klasse des Gymnasiums gewesen. Isabel verschwand eines Abends spurlos, im wahrsten Sinn des Wortes. Vorher war sie noch bei den Eltern einer weiteren Klassenkameradin zum Abendessen eingeladen gewesen. Danach wurde sie nicht mehr gesehen, sie verschwand auf dem Heimweg. Es wurde ein Gewaltverbrechen vermutet, Polizeitaucher suchten den Inn ab. Am Inndamm entlang führte ein Fußweg, den Isabel möglicherweise genommen hatte. Zwei oder drei Tage später wurde ihre Leiche gefunden, festgehakt am Wurzelwerk einer Blutbuche. Sie hatte die ganze Zeit im Wasser gelegen.

Die Eltern hatten Marie die Flugreise nach Barcelona ermöglicht, damit sie an der Beisetzung der Freundin teilnehmen konnte, die in Granollers, einem Städtchen nördlich der Großstadt, stattfand. Sie hatte in der Kirche in der ersten Reihe bei der Familie gesessen. Irgendwann bemerkte sie den komischen Geruch. Er wurde immer intensiver und war fast nicht mehr auszuhalten. Der erbärmliche Gestank drohte Gehirne zu sprengen und Augen wie Sülze aufzulösen. Heute wusste Marie natürlich, dass Isabel als sogenannte Wasserleiche eingestuft wurde und der Sarg nicht dicht war. Auch die Dosen mit Blumenduft, die zuhauf versprüht worden waren, halfen nichts. Der Leichengeruch überlagerte alles.

Exakt so roch es jetzt in Weigls Garten. Die Ausdünstung ging von dem weißen Etwas aus, das sich vor ihren Füßen befand. Sie war kurz davor, sich zu übergeben.

Tilman stand auf dem Gehweg, der ums Haus führte, und nagte an seinen Chips herum. Ausdrucklos starrte er Marie an. »Was ist?«, fragte er. »Grab doch weiter.«

Sollte sie nicht doch lieber Ottakring verständigen?

Mit dem Mut der Verzweiflung wickelte sie sich ein Tuch aus ihrer Jackentasche um die Hand, bückte sich und griff mit abgewandtem Gesicht und unter Luftanhalten in die Erde. Sie spürte etwas sehr Weiches – igitt, wie eklig! – und schluckte. Dann schaute sie kurz zu Tilman, schloss die Augen wie vor einem großen Unglück und zog das Ding langsam aus der Erde. Sie wunderte sich, dass es so leicht ging.

Über Tilmans Gesicht breitete sich etwas wie ein gnädiges Lächeln. *»Oryctolagus cuniculus forma domestica«*, sagte er leise. Mitleid schwebte in seinem Ton mit. »›Das Hauskaninchen ist die domestizierte Form des Wildkaninchens. Es wird sowohl als Nutztier zur Fleisch- und Pelzproduktion als auch als Heimtier gehalten. Umgangssprachlich ist auch die Bezeichnung Stallhase gebräuchlich‹«, zitierte er sein angelesenes Wissen.

Der *Oryctolagus cuniculus forma domestica* baumelte in Hüfthöhe am ausgestreckten Arm in Maries rechter Faust. Die Ohren des weißen Hasen hatten Form und Farbe behalten. Der Rest war halb verfallen und modrig. Ein Auge hing nur mehr an einem glibberigen Strang. »Neiiiiiiiiin!«, schrie Marie entsetzt und ließ den Kadaver fallen. Noch mehr Schreie steckten in ihr, fanden aber keinen Weg ins Freie. Es stank entsetzlich.

Anschließend durchfuhr sie ein weiterer Schreck. Auch Tilman hatte die Konsequenz erkannt. Sein Kopf ruckte, seine Blicke irrten über den Garten, hin zur Straße. Wie sollten sie den ursprünglichen Zustand der Ausgrabung wiederherstellen? Und weiter gedacht: Warum vergrub Weigl ein Kaninchen? Noch weiter dachte Marie: Warum nur eines?

»Tilman wundert sich!« Seine flache Hand bearbeitete die Außenseite des Schenkels.

Ja, er hatte Katharinas Leiche fest erwartet. Und nun das. Ich wundere mich auch sehr, dachte Marie.

Die Ringeltauben hatten ihr Konzert beendet. Amseln hatten ihren Platz eingenommen und krakeelten fröhlich vor sich hin. Die Friedhofgasse hatte sich belebt. Nicht unwahrscheinlich, dass ein zufälliger Passant ihr Treiben bemerkte und nachfragte. Oder später als Allwissender auftrat. Außerdem saß Marie ihre Fahrt zur Arbeit nach München im Nacken.

»Komm, wir packen den Scheiß wieder ein. Und legen ein gleichmäßiges Bett aus Erde darüber. Vielleicht merkt der Weigl nichts.« Marie war befreit, als sie den Hasen mitsamt ihrem Tuch wieder eingrub und Tilman die Schaufel zum Weitermachen reichte.

»Und dann setzt du dich auf diese Terrasse und rührst dich nicht«, ordnete Marie an. Automatisch setzte sich Tilman in Gang. »Wundere dich nicht über mich. Ich bin bald wieder da. Ruf mich über Handy an, falls jemand kommen sollte.« Sie deutete auf ihr Handy am Gürtel und ließ sich seines zeigen.

Minuten später stand Marie auf der Leiter. Eine weitere Minute später hatte sie die dreckigen Schuhe ausgezogen und bewegte sich barfuß durchs Schlafzimmer der Weigls. Zwei getrennte Betten, darüber eine Wandtapete mit dem Schwarz-Weiß-Foto einer Konzertpianistin, gegenüber ein altmodischer Kleiderschrank. In die Ecke gezerrt, wie zum Verstauben abgestellt, ein niedriges, weiß glänzendes Yamaha-Digitalpiano mit zugeklapptem Deckel und ohne Sitzbank. Alles hier drinnen erinnerte an die Hausherrin.

Der Aasgeruch hatte sich mit Maries Naseninnenwand wie zäher Leim verbunden. Noch nimmer roch es grauenhaft. Sie sehnte sich nach dem Duft von frisch geschnittenem Gras. Einer Eingebung folgend wollte sie noch einmal nach Tilman schauen.

Die Leiter stand unverändert draußen an den Balkon gelehnt. Marie blieb kurz stehen, streckte wie eine Vogelscheuche die Arme nach hinten weg, legte den Kopf in den Nacken und schloss die Augen. Das warme Licht der Morgensonne legte sich über ihre Lider. Der Balkon verlief über die gesamte Hausbreite. Marie ging nach links und sah hinunter auf die Terrasse.

Tilman hatte sich wieder auf die ihm eigene Art in seine private Welt zurückgezogen, wo er nicht erreicht werden konnte. Er wäre nicht ansprechbar, außer ein Weltuntergang würde ihn jetzt zurückholen. Tilman kannte nur zwei Emotionen: Angst und Nichtangst, also die zeitweilige Abwesenheit von Angst. Marie konnte nicht beurteilen, in welchem Zustand er sich momentan befand. Doch wenigstens war er für die nächsten zehn, dreizehn Minuten ruhiggestellt. Wie eine Seiltänzerin arbeitete sie sich zurück ins Haus.

Konnte sie sicher sein, dass sich niemand in den Räumen befand? Tilman hatte gemeint, nachts einen hin und her gleitenden weiblichen Schatten beobachtet zu haben. Wenn er recht hatte, konnte die Inhaberin dieses Schattens sich ebenso gut im Haus aufhalten. Das hatte Marie vorher nicht bedacht. Deshalb ging sie zunächst ins Wohnzimmer. Den Schlafraum würde sie sich als Letztes vornehmen. Vor allem würde sie nach Blutspuren suchen. Wenn es stimmte, dass Weigl seine Frau umgebracht hatte, müsste sie irgendwo auf frisches oder eingetrocknetes Blut stoßen.

Die Treppe nach unten bog scharf nach rechts ab, ein mitlaufender hellroter Läufer wölbte sich an einer Stelle in der Mitte. Die Seiltänzerin gab ihre Haltung auf und hielt sich vorsichtshalber am schmiedeeisernen Geländer fest.

Das Erdgeschoss bestand aus einem kleinen Gästezimmer, einer Gästetoilette mit Fenster zur Straße und einer kleinen Küche mit Herd, einem Speise- und einem niedrigen Getränkekühlschrank, einer Spülmaschine, Hängeschränken und Arbeitsplatte. Eine altmodische gelbe Küchenuhr zeigte sechs

Uhr neun. Zwischen Küche und Wohnzimmer befand sich ein quadratischer uriger Jogltisch mit massiver Nussbaumplatte, in die intensive Gebrauchsspuren eingekerbt waren. An der Wand hinter diesem Essbereich eine graue Stahltür, die allem Anschein nach in den Keller führte. Marie rüttelte am Griff. Sie war abgeschlossen. Ein Schlüssel war nicht zu finden. Länger konnte sie nicht suchen, dafür war die verbleibende Zeit zu knapp. Die Küchenuhr zeigte sechs Uhr vierzehn. Obwohl einige Fenster gekippt waren, hing ein seltsam modriger Geruch in der Luft.

Das Wohnzimmer der Weigls bot keine Überraschungen: Geschnitztes, Hölzernes, Ledernes. Marie war erstaunt, wie unaufgeräumt der Raum war. Überall lagen Dinge am Boden oder waren achtlos auf Couch und Sessel hingeworfen, die dort nicht hingehörten. Zeitungen, Zeitungsausschnitte, Klaviernoten und Kleidungsstücke. Sosehr sich Marie wünschte, etwas zu entdecken, das ihr weiterhalf – sie scheiterte. Der Vorhang war halb zugezogen. Sie schaute von hier aus hinüber zu Tilmans Balkon auf der anderen Straßenseite. Ja, das passte. Er hatte von dort einen tollen Blick auf jedes Detail. Auch darauf, ob sich jemand bewegt hatte. Doch Spuren in Weigls Haus waren vorläufig nicht zu finden.

Sie suchte das Klavier. Eigentlich, so bildete sie sich ein, müsste das Klavier, auf dem Katharina spielte, ein Steinway-Flügel sein, so gut, wie es sich immer angehört hatte. Sie sollte recht behalten. Das Instrument fand sie in einem kleinen Raum, der an das Wohnzimmer grenzte. Der Raum hatte ein einziges Fenster, und dieses Fenster ging zur Friedhofgasse hinaus. Wenn sie sich auf den Klavierhocker setzte, konnte sie ihr Haus, die Nummer 16, sehen. Aha, dachte sie, so einfach ist das.

Marie nahm zwei Stufen auf einmal nach oben. Sie musste nach Tilman schauen, sein Abenteuertrieb war oft grenzenlos. Kurz vor der Wölbung im hellroten Läufer stieg ihr ein seltsamer Geruch in die Nase. Ein Geruch wie im Zoo vor dem Gehege der Wölfe oder Wisente oder Hirsche. Ein Wildgeruch. Sie schnüffelte, ohne den Kopf zu bewegen. Nein, es war nicht der Aasgestank, der noch in ihrer Nase hing. Doch sie konnte den Geruch nicht identifizieren. Sie zuckte die Schultern und schüttelte ihn ab.

Die Tür zum Badezimmer stand offen. Alles in Weiß. Ein Hängeschrank mit darunterliegender Ablage. An der linken Wand die Badewanne, in der rechten Ecke eine geräumige Dusche hinter Glas. Zwei Waschbecken mit Ablagen und einem wandbreiten Spiegel darüber. Die weiblichen Utensilien standen sorgfältig aufgereiht auf der rechten Seite. Auf den Knien rutschte Marie über den weiß gefliesten Boden. Wie Sherlock Holmes untersuchte sie jede Fliese und die Duschwanne. Keinerlei erkennbare Spuren von Blut oder Gewalt, auch nicht in den Waschbecken. Sollte ihr riskanter Ausflug vollkommen für die Katz gewesen sein?

Der Schrank im Schlafzimmer war ein ziemlich altmodischer hellgrüner Schleiflackschrank mit drei Türen und nahm die gesamte Wandfläche ein. Er hatte wohl schon den Zweiten Weltkrieg miterlebt. Die rechten zwei Drittel waren mit Männersachen ausgefüllt, das linke Drittel schien der Dame des Hauses zu gehören. Ineinandergerollte Gürtel auf dem Schrankboden, Kleider, Hosen, Fächer mit Unterwäsche, Blusen, Taschen.

Taschen!

Es waren drei. Zwei elegantere aus Leder, eine aus geblümtem Tuch wie vom Hippieflohmarkt. Bevor Marie sie alle öffnete, warf sie wieder einen Blick auf die Uhr. Sechs Uhr neunundzwanzig. Eine gute Minute später hatte sie die Ledertaschen durchsucht. Nichts. Was jedoch aus der halb gefüllten Hippietasche zum Vorschein kam, brachte ihr Herz fast zum Stillstand.

Tilman war aus seiner Erstarrung aufgewacht. Er hatte sich die Chipstüte vom Fensterbrett gegriffen und schob sich im Sitzen bedächtig ein Stück nach dem anderen in den Mund. Dabei starrte er in einem fort die Leiter entlang nach oben in die Richtung, aus der seine Schwester kommen musste. Mit vollem Mund sagte er sich zu jeder vollen Minute – ohne auf eine Uhr zu sehen – die Zeit vor. »Sechs Uhr neunundzwanzig.« Exakt eine Minute später: »Sechs Uhr dreißig«.

Um sechs Uhr zweiunddreißig löste die Rabenkrähe, die den Menschen unter sich beobachtet hatte, die Krallen vom Rand der Dachrinne und ließ sich fallen. In der nächsten Sekunde tauchte sie zwischen Tilmans Kopf und der Tüte hindurch und schnappte sich den Chip aus seinen Fingern. Es musste ein Versehen sein, dass sie ihm mit dem Schwung ihrer Flügel die aufgerissene Tüte entriss. Und während diese Tüte malerisch zu Boden schwebte und dort den Inhalt ausbreitete, streckte Tilman fassungslos beide Arme zum Himmel, als flehe er den Herrn um Erbarmen an. Die Krähe lachte und krächzte und jagte mit der Beute im Tiefflug zu ihrem Lieblingsbaum in Weigls Garten.

»Entschuldigung. Sind Sie der Autist?«

Eine ältere Frau mit einem eng anliegenden T-Shirt hatte sich in die Einfahrt gedrängt. »VivaLotte«, stand auf dem Shirt, es brachte ihre prallen Hängebrüste vollendet zur Geltung. Neben ihr ein unscheinbarer Mann mit Brille und Glatze, der ihre Hand hielt. Lotte und Theo Fußwinkel. Es war Lotte gewesen, die Tilman die Frage zugerufen hatte.

Vielleicht hatte Lotte Fußwinkel eine Antwort wie »Ja, der bin ich. Sie wünschen?« erwartet. Doch die Wirklichkeit sah anders aus.

Tilman war beim ersten Laut aus dem Mund der Frau aufgesprungen. Sein Gesicht glich dem eines Toten, er verdrehte die Augen zum Himmel. Sein Gesichtsausdruck zeigte eine Mischung aus ratlosem Entsetzen und schierem Horror. Dabei wirbelte er mit beiden Armen, zerfetzte die Luft und rief einen Namen, den Lotte nicht verstand.

»Das ist wirklich der Autist«, flüsterte sie ihrem Mann zu. Der nickte. Beider Blicke waren wie gebannt auf Tilman gerichtet. Wie bei einem exotischen Tier im Zoo verfolgten sie jede seiner Bewegungen mit faszinierter Ungläubigkeit.

»Entschuldigung«, ergriff der Mann das Wort. »Wir wollten, äh, nicht stören. Wir wollten nur fragen, äh, wegen unserer Paula, Sie wissen schon, die ist brutal ermordet worden. Und da haben wir gedacht, äh …«

»… dass Sie etwas gesehen haben, was uns weiterhelfen könnte. Der Lassiter hat so etwas angedeutet. Verstehen Sie?«

Eine Antwort erhielten sie nicht. Stattdessen ging mit dem jungen Mann nun eine Veränderung vor, die sie gleichermaßen überraschte wie vorhin.

Tilman hörte auf, mit den Armen zu schlagen, seine Miene und der ganze Kerl schienen sich zu beruhigen. Die Fußwinkels wollten schon zu einem neuen Vorstoß ansetzen, da zückte Tilman unvermittelt eine Kamera, richtete sie auf sie und machte zwei, drei Fotos im Schnellschuss. Lotte öffnete den Mund, um zu protestieren, da steckte Tilman die Kamera weg und hatte plötzlich ein Handy in der Hand.

»Tilman ist in Not«, sprach er kaum hörbar hinein.

Theo und Lotte Fußwinkel sahen sich fragend an.

Die Tasche, die Marie in beiden Händen hielt, hätte gut und gern von einem Hippiemarkt in San Francisco oder auf Ibiza stammen können. Vielleicht war es auch so. Sie war dazu bestimmt, an einem geflochtenen Band über die Schulter gehängt und so getragen zu werden. Sie bestand aus wolligem Stoff, war mit einer Perlenstickerei in außergewöhnlichen Mustern und kunterbunten Farben versehen und hatte die Maße eines modernen Notebooks. Das Teil war ganz bestimmt nicht nach Maries Geschmack, und doch gefiel ihr die Tasche irgendwie vom ersten Anblick an. Sie öffnete den Verschluss, wie man ein Geheimnis öffnet. Es gab ein geräumiges Hauptfach, ein seitliches Zipperfach und zwei Steckfächer. Genügend Platz für den Hausrat einer Kleinfamilie.

Der übliche Inhalt einer Frauenhandtasche: eine Packung Tempos, eine Tube Handcreme, ein Feuerzeug, wahllos verstauter Modeschmuck im Hauptfach … Im Steckfach ein Kamm, ein Handspiegel, ein paar Spangen.

Als sie den Reißverschluss zum letzten Fach zurückzog, hörte sie draußen durch die geöffnete Balkontür das laute Kreischen einer Krähe. Es klang fast wie Lachen. Wieder der grauenhafte Gestank zwischen den Nasenflügeln. Sie quetschte die Nase fest zwischen Daumen und Zeigefinger, sodass sie fast keine Luft mehr bekam.

Dann glitt Maries Hand noch einmal zur Tasche und zum

Geheimnis des Zipperfachs zurück. Der Anblick des Inhalts ließ ihren Unterkiefer herunterklappen. Nicht sofort, denn zuerst begriff sie nicht. Was suchten Personalausweis, Handy und Ehering einer Frau, die verreist ist, an diesem abgelegen Ort?

Innerhalb einer Sekunde durchblickte sie die Situation. Eher würde eine verheiratete Frau sich einen Finger abbeißen, als Handy und Ehering zurückzulassen, wenn sie sich auf Reisen begab.

Sechs Uhr achtundvierzig. Es wurde Zeit. Eilig streifte sie sich den Ehering über den Finger und steckte das Handy in die Tasche. Den Ausweis beließ sie, wo er war. Sie war keine Beamtin des Einwohnermeldeamts.

Als sie die Tasche wieder in ihren ursprünglichen Zustand versetzte und in das Schrankfach zurückstellte, wurde sie von ihrem Mobiltelefon alarmiert. Schon beim ersten Klingeln musste sie an Tilman denken. Ihr Gefühl trog nicht.

»Tilman ist in Not.«

Sie klappte den hellgrünen Schleiflackschrank zu, eilte zur offenen Balkontür und warf einen Blick hinunter. Was sie sah, löste augenblicklich heftige Bauchschmerzen bei ihr aus. Ein erstarrter, verängstigter Tilman, und ein paar Meter entfernt das Paar aus dem »Ü 70«, das ihn entgeistert anstarrte. Über allen hatte sich eine Wolke der Hilflosigkeit ausgebreitet.

Auch über Marie selbst, denn ihr fiel momentan keine Möglichkeit ein, Tilman beizustehen, ohne sich selbst als Einbrecherin zu brandmarken. Ein kurzer Blick auf die Uhr zeigte ihr, dass es bald Zeit wurde, ins Geschäft nach München zu fahren. Sie musste sich sputen.

Zeitdruck schaffte oft Kreativität. Marie drückte Tilmans Kurzwahltaste auf ihrem Handy. Das Geschehen unter ihr behielt sie derweil im Auge.

Sie hörte das Läuten. Sie sah, wie Tilman zusammenfuhr und kurz danach abnahm. »Hallo, hallo«, sagte er leise. Im selben Augenblick landete sein gequälter Blick bei ihr. »Aha, du bist's nur«, bemerkte er.

»Ja, Tilman, ich bin's«, flüsterte sie. »Sieh zu, dass du die beiden loswirst. Jag ihnen einen Schrecken ein. Sie dürfen nicht merken, weshalb wir hier sind. Und am besten auch nicht, dass ich überhaupt auf diesem Grundstück bin. Ende.«

Tilman hatte verstanden. Er schüttelte allerdings den Kopf, was alles heißen konnte. Sein Gesicht verriet nichts, doch seine Körpersprache drückte nervöse Besorgnis aus.

Marie hatte sich unter die Balkonbrüstung geduckt. Auf keinen Fall wollte sie von den ungebetenen Besuchern gesehen werden. Tilman schüttelte noch immer den Kopf von einer Seite zur anderen. Ja, ja, ja.

Der Frau, die gemäß Auskunft auf ihrem Busen Lotte hieß, war die Sache nicht geheuer. Sie nahm ihren Mann am Arm und wollte ihn mit zum Ausgang ziehen. Beschleunigt wurde ihre Absicht dadurch, dass Tilman seine Digitalkamera zog. Wie eine Waffe richtete er sie auf das Paar vor ihm, knipste und knipste und jagte sie mit Vollgas in die Flucht.

Erst am Gartentürchen drehte sich Lotte noch einmal um und sagte: »Du, Theo, des is wahrhaftig der Autist. Dass ich des noch amal hab erleben müssen!«

13

Joe Ottakring musste sich um den Garten kümmern, wenn Lola nicht da war. Er kümmerte sich gern darum. Vor allem an einem Morgen wie diesem, der ausgesprochen lieblich und wohlriechend war. Schon in der Frühe zeigte sich, dass es ein schöner Tag werden würde. Die Luft war klar, eine leichte Brise wehte von Süden her, am strahlend blauen Himmel zogen weiße Wolkenfetzen vom Gebirge herüber. Zwischen ihnen blitzten Sonnenstrahlen hindurch, spiegelten sich in dem schmalen Bach, der am Anwesen vorüberfloss, und krochen über Ottakrings Gesicht, das er ihnen über die Tageszeitung hinweg entgegenreckte. Er hatte es sich auf der Terrasse bei einer weiteren Tasse Kaffee gemütlich gemacht und genoss noch das Telefonat, das er vor wenigen Minuten mit Lola geführt hatte.

Sie hingen aneinander, Joe Ottakring und Lola Herrenhaus. Ihre Liebe umgaben Gitterstäbe aus Glück, und wenn sie getrennt waren, so wie in dieser Woche, spürten sie es am intensivsten. Ottakring sehnte sich so heftig nach ihr, dass es schmerzte. Auf einmal hatte er den Duft von Rosen und Apfelblüten wahrgenommen. Sekundenlang, nachdem sie ihr Gespräch beendet hatten, jagten ihm verrückte Gedanken durch den Kopf. Wie kleine Türchen, die man öffnet und rasch wieder zumacht.

Lola kannte sich mit Gewächsen aus, und sie war es gewesen, die den Garten mit dem ihr eigenen Zauber erfüllte. Wie andere Menschen Postkarten oder Restaurantrechnungen sammeln, brachte Lola von all ihren Dienstreisen als kleines Souvenir stets eine Pflanze mit. Eine Latschenkiefer aus Norwegen, eine Zeder aus dem Libanon, eine Agave aus Valencia, verbotenerweise sogar Enzian und Edelweiß vom Matterhorn bei Zermatt. Die Zeder war ein kleiner Ärmling gewesen und überragte inzwischen von der Bachseite her alle anderen Büsche und Bäume. Voller Hingabe hingen sie beide an dem Korkenzieherahorn, den sie vor Jahren aus ihrem ersten gemeinsamen Urlaub in Kärnten mitgebracht hatten. Diesem wollte er sich heute widmen. Denn der Ahorn quoll über, beherrschte seine Umgebung mit wichtigtuerischem Gehabe und würde alle Nachbarn unterdrücken, würde man ihm nicht Einhalt gebieten.

Ottakring hatte seine Gärtnerklamotten an. Heute waren es ein getragenes beiges Hemd mit Schweißflecken unter den Armen, eine kurze blaue Hose und die alten roten Joggingschuhe, die jede Federung in den Sohlen verloren hatten. Ahornast für Ahornast musste er an Lola denken. Sie hätte sich darüber lustig gemacht, wie ungeschickt er sich in seinen verschwitzten Klamotten verhielt. Er hörte im Geist ihr liebenswertes Kichern. Ihrem Spott wollte er unbedingt ausweichen. Als Ausrede wählte er seinen aufkommenden Hunger.

Weder hatte er vor der Arbeit gefrühstückt, noch war der Kühlschrank ausreichend bestückt. Ob er beim Lassiter etwas zu essen einkaufen würde oder ob er sich beim »Schmiedwirt« bedienen lassen wollte, das zu entscheiden überließ er dem spontanen Wunsch vor Ort. »Gottesurteil«, pflegte Lola zu sagen. Um den Garten hatte er sich genug gekümmert. Den Ahorn hatte er in vernünftige Form gebracht.

Er ging ins Haus, duschte, holte sein Radl aus dem Schuppen und machte sich auf den Weg zum Dorfkramer. Zunächst zweihundert Meter im Leerlauf und mit immer wieder angezogener Handbremse den Schrofenweg hinunter, vorbei am Friedhof. Dann nach links einbiegen in die geteerte und ebene Friedhofgasse. Es tat gut, sich vom kühlen Fahrtwind streicheln zu lassen, der vermischt war mit dem Geruch nach totem Holz und lebendem Vieh. Er passierte die Stelle, wo noch vor zwei, drei Jahren die einzige Telefonzelle des Orts gestanden hatte. Das Fundament war noch zu erkennen. Ein Rauhaardackel stand wie zufällig dort herum und schaute zu dem Radfahrer auf mit einem Blick, als flehe er ihn an, ihn von einem schweren Schicksal zu erlösen.

Exakt zwei Personenwagen war Ottakring begegnet, und eine Frau mit Kinderwagen hatte er überholt, bevor er die Nummer 13 im Blickfeld hatte, das Haus der Weigls. Es war selbstverständlich kein richtiger Fall, den der Autist ihm da serviert hatte, und so richtig glaubte er auch nicht, dass sich in dem Haus etwas Tödliches abgespielt hatte. Doch auszuschließen war es nicht. In solche Gedanken versunken, hätte er beinahe ein Paar gerammt, das Hand in Hand aus der Einfahrt zur Nummer 13 gestürzt kam. Er presste beide Bremsen gegen die Reifen und machte einen Schlenker. Er kannte die beiden vom Sehen. Das Paar aus dem »Ü 70« mit dem Hund.

»Aufpassen!«, rief er ihnen halb warnend, halb scherzhaft zu.

»Huch!«, rief Lotte Fußwinkel zurück.

Ottakring hielt an und stellte einen Fuß auf den Boden.

»Sie müssen reden«, kommentierte Lottes Mann Richtung Ottakring. »Von wegen ›aufpassen‹.«

An dem Mann fiel Ottakring der gekrümmte Rücken auf. Die Frau betrachtete ihn mit einem leicht traurigen und ein wenig prüfenden Blick. Als ob sie überlegte, wer er sei. Sie wusste genau, sie hatte den Mann schon vorher gesehen, doch sie kam weder drauf, wo, noch, wobei. Sie machte zwei Schritte auf Ottakring zu, als wollte sie mit ihm sprechen, doch dann seufzte sie nur schwer, packte ihren Mann am Arm und zog ihn weiter.

Den Kriminalrat interessierten die beiden schon nicht mehr. Denn hinter ihnen her schritt erhobenen Hauptes Tilman Schilling mit vorgehaltener Kamera in der Hand. Er wirkte wie ein Storch im hohen Schilf, der grimmig vor sich hin nickte. Er klickte und klickte und fotografierte hinter dem alten Paar her. Als er Ottakring wahrnahm, hielt er inne, blieb stehen und schaute den Kriminalrat mit undurchdringlicher Miene an. Die mageren Arme mit der Kamera hingen an ihm herab, als gehörten sie nicht zu ihm, sein Gesicht verriet nichts.

Der Kriminalrat wandte seinen Blick für eine Sekunde ab, beobachtete die Vögel, die laut kreischend unter dem hohen Sommerhimmel ihre Kreise zogen, und nahm das Licht wahr, das über den Häusern, den Bäumen und der gesamten Friedhofgasse Hof hielt.

Was hatte Tilman auf Weigls Grundstück zu suchen? Und wo war Marie? Wo Tilman existierte, konnte seine Schwester nicht weit sein.

Der Junge war aus seiner Erstarrung erwacht. Seine Augen

begannen für die Dauer eines Wimpernschlags mit Ottakring zu sprechen, und es sah so aus, als wollte er etwas sagen. Er bewegte den Arm mit der Kamera nach vorn, trippelte ein paar Schritte. Dann blieb er abrupt stehen und wirkte, als hätte er vergessen, was er hatte mitteilen wollen.

»Sind Sie der Autist?« Aha. Tilman war nicht blöd. Es gab Stimmen, die behaupteten, sein Geist sei von Finsternis umgeben. Auch Marie gehörte dazu, aber nur, wenn sie ihn necken wollte, was sie von Zeit zu Zeit tat. Selbst dann verriet Tilmans Gesichtsausdruck weder Aufregung noch Ärger noch sonst eine Reaktion. Er ließ Marie einfach im Dunkeln. Entschieden im Regen stehen.

Nein, Tilman war nicht dämlich. Er konnte eine Frage, wie sie die naive Lotte Fußwinkel gestellt hatte, sehr wohl interpretieren. Er war fünfundzwanzig Jahre alt. Sein Erfahrungsschatz und sein perforiertes Bewusstsein ließen solche Interpretationen zu. Lottes Frage entsprang der gleichen Neugier, die man in früheren Jahrhunderten auf dem Jahrmarkt Menschen mit einem Wasserkopf oder einem Rindvieh mit fünf Beinen entgegengebracht hatte. Oder wie 1958 dem Clubberer Max Morlock nach seinem berühmten Hattrick. Die Frage war an Tilman abgeprallt wie Hagelkörner von einem Autodach. Ebenso wie die Gegenwart der beiden alten Leute.

Für Tilman war nur eines von Interesse: dass Marie wieder heil aus dem Haus herauskam. Schon zu Beginn des Unternehmens war ihm klar gewesen, dass sie ein Risiko eingingen, das er nicht abschätzen konnte. Er verließ sich voll auf seine Schwester. Wie immer.

Die alten Leute waren ihm egal. Als es ihm gelungen war, sie auf die Straße zu treiben, hatte er sich umdrehen und zu Marie zurückkehren wollen. Doch da tauchte plötzlich Herr Ottakring auf. Im selben Moment stieg ihm der Gestank des toten Hasen in die Nase. *Oryctolagus cuniculus forma domestica.* Er hätte alles über diese Tierart herbeten können, doch dazu blieb keine Zeit.

Sollte er zuerst Marie retten, oder sollte er vorher Herrn

Ottakring über ihren Erdenfund informieren? *Oryctolagus cuniculus forma domestica*. Dieser Zwiespalt hatte für Tilman die gleiche zerstörende Wirkung wie seine Angst vor dem Gewitter. Gefühle dieser Art höhlten ihn aus. Ungewissheit und Verunsicherung waren Gift für sein Befinden.

Er hatte das absolute Bedürfnis, sich jetzt Notizen zu machen. Alles, was er meinte, bewältigen zu müssen, schrieb er in sein rotes Buch. Todesanzeigen. Katastrophenberichte. Flugzeugabstürze. Sturmwarnungen. Gefährliche Situationen versuchte er zu kontrollieren, indem er sie sicher in seinem Buch unterbrachte. Gleichzeitig behielt er sämtliche Notizen im Gedächtnis. Alle Einzelheiten jeder notierten Katastrophe. Windstärken, Wellenhöhen, Flugzeugmuster, Opferzahlen, Geburtsdaten. Alles.

Für Tilman war das Leben ein einziger Strudel von Gefahren. Ein ständiger Ausnahmezustand. Um sich davor zu schützen, hatte er sich im Lauf der Zeit eigene Rituale angeeignet und sich in Routine gepresst. Jedes Ereignis, das nicht bereits Erlebtem entsprach, ließ die Alarmglocken läuten.

Allerdings hatte er sein Notizbuch nicht bei sich, ebenso wie er seinen Rückenbeutel in der Eile vergessen hatte, und das verstärkte seine Unruhe noch mehr. Früher wäre er einer Verfassung wie dieser in der Weise begegnet, dass er wild die Augen in den Höhlen verdreht, unverständliche Worte gestöhnt und sich mit den geballten Fäusten gegen die Schläfen geschlagen hätte. Doch er hatte gelernt. Er spürte, dass dieses Verhalten in seiner Umgebung nicht gut ankam, und bei Lieblingsmenschen wie Marie oder Herrn Ottakring bemühte er sich daher, es zu unterdrücken.

»Da schau her«, sagte er, als er nun in seinem Wohnzimmer am Fenster stand und hinüberschaute zur Nummer 15, dem Vierfamilienhaus. Anita war auf ihre kleine Terrasse getreten und beschattete die Augen mit der Hand. Wie üblich hatte sie nur ein Höschen an, sodass sich Tilman gezwungen sah, das Fernglas zur Hand zu nehmen. »Anita wieder da«, sprach er leise vor sich hin. »Das ist gut. Dann ist sie wieder gesund.«

Ihre gummiroten Lippen, die merkwürdig rauchfarbenen

Augen, ihre Brüste mit den rosa Knospen, die sich im sanften Rhythmus ihres Atems hoben und senkten und schaukelten, das alles war ihm vertraut. In entrücktem Schweigen glitten seine Augen über den halb nackten Frauenkörper und verfolgten die gleitenden Bewegungen.

»Anita wieder da«, wiederholte er. »Und wieder gesund. Das ist gut.« Irgendwo in seinem Inneren, dort, wo bei jedem Menschen alle starken Gefühle Nahrung und Ausdruck fanden, da spürte Tilman Schilling etwas, das er bisher nicht gekannt hatte. Etwas, das bei anderen Menschen Glück genannt wurde. Er putzte sich resolut die Nase und rieb sich die Augen mit dem Handrücken trocken. »Anita ist wieder da.«

»Ja, freilich«, sagte eine Stimme hinter ihm. »Und du musst sie gleich mit dem Fernglas ausziehen.«

Augenblicklich verfiel Tilman in sein übliches krampfartiges Zucken. Tierische Geräusche kamen aus seinem Mund. Er wusste, wer da sprach. Doch Unerwartetes hatte keinen Platz in seiner Gefühlswelt.

»Oh, entschuldige«, sagte Marie. Sie hatte geräuschlos den Raum betreten. »Ich wollte dich nicht erschrecken.« Sie ging hin, wollte schon den Arm um seine Schulter legen, als er rechtzeitig zurückzuckte. »Ja, ja, ich weiß. Keine Berührung«, sagte sie. »Aber das junge Ding da drüben würdest du schon gern berühren, gib's doch zu.«

Sie nahm ihrem Bruder das Fernglas aus der Hand und brachte ihm ein Glas Wasser. Als er die Angst abgeschüttelt und sich wieder beruhigt hatte, hielt sie ihm den Finger mit dem Ring hin. Sie wendete die Hand nach links und nach rechts und ließ das Schmuckstück funkeln. »Weißt du, was das ist?«, fragte sie.

Beinahe verständnislos schaute Tilman auf den Ring. »Ja, ja, ja«, sagte er und schüttelte heftig den Kopf.

Marie zog überrascht die Augenbrauen hoch. »Sag bloß, du ahnst die Antwort?«

Wieder Kopfschütteln. »Katharina ist tot. Weigl ist ein Mörder. Hast du Herr Ottakring gesehen?«

Marie vernahm zum ersten Mal den Begriff »Mörder« aus Tilmans Mund. Darüber hinaus die interessante Frage nach Ottakring. Nein, sie hatte ihn nicht gesehen.

»Warum fragst du? Bist du ihm begegnet?«

»Natürlich bin ich ihm begegnet. Herr Ottakring hat mich nicht gesehen. Definitiv nicht.«

Sie sollte ihren Fund, das Handy und den Ring, mit Ottakring besprechen. Keine Frau würde ohne Ehering und Handy verreisen. Doch nun hatte sie keine Zeit mehr, der Shop rief.

»Kann ich dich allein lassen, Tilman? Bist du okay?«

Tilman breitete die Arme wie zum Segen aus. »'türlich«, rief er fast befreit. »Wie immer. Allein.« Und ging wieder zum Fenster, um nach Anita zu schauen. Doch Anita war von ihrer Terrasse verschwunden.

Ottakring ließ das alte Paar hinter sich und radelte weiter. Wie üblich war alles ruhig. Eine Frau, die ihren Vorgarten richtete, der schwarze Labrador vom »Schmiedwirt«, der seinen Weg kreuzte und ihn neugierig ansah, eine Gärtnerfirma, die sich an einem langen Vorhang von Laubbäumen zu schaffen machte, ein Mädchen, das in die Pedale ihres Fahrrads trat, dass ihr Rock flatterte, und das er trotzdem überholte – das war alles. Beim Radeln steckte er die Nase in den Wind. Es roch nach Erde, Gras und etwas, das wahrscheinlich Wald war. Eine Art erfrischender Wohlgeruch.

Noch immer war er unentschlossen, ob er beim Lassiter einkaufen oder beim »Schmiedwirt« frühstücken sollte, als ihm von vorn ein Motorrad entgegenkam. Kein übliches Motorrad, also keine Aprilia oder Suzuki oder so. Es war ein Chopper, wie ergraute Sechzigjährige mit Vollbart und angewachsener Sonnenbrille ihn – Arme und Beine ausgestreckt – fuhren. Je näher der Chopper kam, desto langsamer wurde er. Schließlich stand er neben ihm, und der Fahrer hatte einen Fuß am Boden. Er klappte das Visier hoch.

»Hi, Joe!«

Chili! Chili Toledo von der Kripo Rosenheim. Das war kein Zufall. Es gab nur einen einzigen Grund für sie, hier aufzutauchen: Sie wollte zu ihm, und sie hatte ihn gefunden. Und wenn sie zu ihm wollte, hatte das einen Grund.

»Zu dir wollte ich gerade.«

»Aha.« Mehr sagte er nicht. Ottakring war abgestiegen und lehnte sich gegen die Querstange seines Fahrrads.

Chili hatte das Motorrad neben ihn bugsiert. »Willst du's hier hören, oder möchtest du wieder ins Wirtshaus?«

Gottesurteil, dachte Ottakring. »Zum ›Schmiedwirt‹«, sagte er.

Wenig später saßen sie auf einer Holzbank mit Stoffkissen an der Hauswand und steckten die Nase ins Sonnenlicht. Vor ihnen weiß-blau gedeckte Biertische, über ihnen von Sonnenstrahlen umflutete Edelkastanien. Chili trug eine einteilige Ledermontur, an der sie den Reißverschluss bis zur Hüfte geöffnet hatte. Ihre Mähne fiel locker über die Schulter. Sie bestellte ein Kännchen Kaffee, er ein Weißbier, das oberbayrische Nachkirchgangsgetränk.

»Ein bissl was«, begann sie und lehnte sich an die gerundete Banklehne zurück, »haben wir noch über die Katharina Weigl rausgekriegt.« Sie goss sich etwas Milch nach. »Willst du's hören?«

Chili Toledo übte eine ganz besondere Faszination und Magie auf Joe Ottakring aus. Ja, es war sogar ein blitzender Funken Erotik dabei, auch wenn er sich das nicht eingestehen wollte. Sie war die Tochter seines Freundes, der sie ihm für den Fall seines Todes anvertraut hatte. Sie könnte seine eigene Tochter sein. Nie hatten Chili und er darüber gesprochen, doch Ottakring war sich sicher, dass sie umgekehrt ähnlich empfand. Jetzt hob er das Glas und reagierte auf ihre Frage.

»Freilich will ich das wissen. Das spielt genau in unsere Karten.«

»Gleich«, sagte sie mit plötzlich ernster Miene. »Zuerst musst du mir noch sagen, warum du dich so in diese Sache reinhängst. Wenn ich dich vorgestern am Telefon richtig verstanden hab, handelt es sich um die Aussage eines Autisten, der einen Mord beobachtet haben will.« Sie räusperte sich mit einer Hand vor dem Mund. »Ich hab mich von unserem Doc aufklären lassen, was ein Autist ist. Ich hab's vorher nicht gewusst. Und dem seine Hypothese teilst du jetzt? Der Rico Stahl hält dich in diesem Punkt offen gesagt nicht für ganz dicht. Also hab ich allein weiterrecherchiert.«

Ottakring sank in sich zusammen, doch das war gespielt. »Wahnsinn«, sagte er, »was du für mich tust. Und? Gibt's was zu berichten?«

»Die Frau ist in Wien geboren. Sie hat Klavier und Flöte in Wien und München studiert, und eine Zeit lang ist sie öffentlich aufgetreten. Bis sie den Ignaz Weigl kennengelernt hat. Dass der ein Tunichtgut war, muss sie wohl relativ rasch begriffen haben, doch sie blieb erst mal bei ihm. Erst als er im Knast saß, kam sie wohl ins Schwanken. Sie hatte damals einige flüchtige Affären, blieb aber schlussendlich bei ihm. Mit ihrem Klavierspiel hielt sie sich finanziell und wohl auch psychisch über Wasser.«

Ottakring tippte nervös mit den Fingerkuppen auf der Tischfläche herum.

»Mögen S' noch was?«, fragte Steffi, die Juniorchefin.

»Magst was essen?«, fragte Ottakring die Chili.

»Nur Chili«, sagte sie mit ernster Miene.

»Nur Chili, ehrlich?«, sagte die Steffi.

»Ja. Die meint das ernst«, sagte Ottakring. Dann wandte er sich wieder Chili zu und fragte: »Und? Wie geht's weiter mit der Frau? Du willst mir doch noch was Bedeutendes erzählen, wie ich dich kenne. Einen Schlüsselfakt.« Er hatte die Arme vor der Brust verschränkt und wippte vor und zurück. »Zum Beispiel indem du mir verrätst, wo sie sich aufhält.«

Chili lachte ihr helles Lachen, das Ottakring so mochte und von dem sie wusste, dass er darauf abfuhr. Es war ein Lachen, das zuerst im Hals kratzte, dann in der Mundhöhle gurrte und schließlich glitzernd ans Tageslicht trat wie eine sprudelnde Bergquelle in der Oktobersonne. »Nein, das musst du schon selber herausfinden. Aber ich kann dir verraten, dass Katharina Weigl eine Zwillingsschwester hat.«

Chili machte eine Pause, um die Wirkung abzuwarten. Doch Ottakring blieb undurchsichtig wie ein Autist.

»Hier, da wär Ihr Chili«, brachte Steffi vor.

Ein mittelgroßer Teller mit roten, gelben und grünen Schoten, deren Schärfe einem Mississippi-Alligator die Zähne verbogen hätte.

»Ups«, meinte Ottakring.

»Passt«, sagte Chili. Mit spitzem Finger griff sie mit der linken Hand nach einer grünen Frucht. Mit der rechten griff sie in die Innentasche ihres Overalls und förderte kauend eine Fotografie zutage. »Hier«, sagte sie. »Angelina Metz.«

Während Ottakring das Foto auf der glatten Tischplatte und die Brille auf der Nase zurechtrückte, kaute Chili bereits an einer gelben Chili. Gelbe galten als weniger bissig.

»Katharina ist eine geborene Metz«, fügte Chili immer noch kauend als Erklärung hinzu. »Angelina ist Journalistin. Zurzeit ist sie in einem Hotel in Rosenheim gemeldet. Im ›Alpina‹. Na, wie findest du die Ähnlichkeit?«

Ottakring hatte Katharina Weigl bei ihren seltenen Begegnungen mehr oder weniger übersehen. Doch mit dem Bild, das bei ihm hängen geblieben war, hatte dieses Foto eine massive Ähnlichkeit. Seine Gedanken begannen bereits, sich damit zu beschäftigen, welche Möglichkeiten sich hier eröffneten …

14

Einen Jux wollte sie sich machen. Marie ließ sich das Leben nicht verdrießen. Trotz Tilman. Trotz Oliver. An ihn musste sie am intensivsten denken, als sie an diesem erlebnisreichen Morgen über die A 8 nach München fuhr. Doch sie zwang sich, ihre Gedanken noch einmal auf die Geschehnisse des heutigen Morgens zu lenken. Wenn an der ganzen Hypothese wegen der verschwundenen Frau Weigl überhaupt was dran ist, musste sie denken, werde ich den Ottakring einschalten. Und er war es, an den sich ihr Jux richtete.

Sie rief ihn von Katharina Weigls Handy aus an. Die Geheimzahl war auf der Rückseite aufgeklebt gewesen. Sie war versucht gewesen, angenommene Gespräche und gewählte Rufnummern zu überprüfen. Doch aus Zeitgründen ließ sie es bleiben. Vielleicht auch, weil es nicht ihre Art war, das zu tun.

Sie fuhr gerade an der Einfahrt Weyarn vorbei, über die der Verkehr vom Tegernsee in die fließenden Kolonnen hineinquoll. Im Nordwesten hing eine dunkle Wolkenwand. Sie sah verdächtig nach Regen aus.

»Guten Morgen, Herr Ottakring. Sind Sie noch interessiert an Tilman Schillings Mordfall?« Es sollte nicht ironisch klingen. Doch als sie den Satz ausgesprochen hatte, klang er in ihren eigenen Ohren sehr danach.

Sie hörte nur ein Räuspern. Dann eine kurze Pause. Dann Ottakrings sonore Stimme. »Wer spricht denn da?« Wieder dieses Verlegenheitsräuspern. »Sind Sie das, Marie Schilling?«

»Ja. Marie Schilling. Überrascht Sie das?«

»Überrascht mich was?«

»Dass ich Sie anrufe?«

»Nein.«

»Aber Sie wirken überrascht.« Marie versuchte, einen rumänischen Laster zu überholen. Doch ein türkischer war vorher ausgeschert und blockierte ihre Absicht. Sie trottete hinter dem Türken her.

»Ja, das bin ich«, kam es von Ottakring.

»Was sind Sie?«

»Überrascht. Überrascht, dass Sie von Katharina Weigls Mobiltelefon anrufen. Ist da der Tilman wieder im Spiel? Ich hab ihn heute früh aus dem Weigl'schen Anwesen kommen sehen.«

»Woher wissen Sie …?

Marie hörte Ottakrings tiefes, überlegenes Lachen. »Ich habe halt die Nummer auf meinem Display erkannt.«

»Ja, woher …?«

»Betriebsgeheimnis.« Räuspern. Ausfahrt Holzkirchen. Staugefahr. »Und? Was kann ich für Sie tun, Marie Schilling? Wo sind Sie überhaupt?«

Sie erklärte es ihm. Auf dem Weg in die Firma. Und sie müsse ihn sprechen.

»Gern«, sagte er. »Und weshalb und wo und wann?«

Die drei Ws fielen ihr auf. »Hätten Sie heute Abend ein Stünderl Zeit? Am liebsten bei uns im Haus?«

Der stinkende Hasenfund in Weigls Garten hatte den Anfang gemacht. Und der Inhalt des Hippiebeutels den Rest gegeben. An Tilmans Theorie musste etwas dran sein. Ottakring sollte das wissen. Er hatte ja sozusagen den Fall mitsamt der Ermittlung übernommen.

»Sagen Sie«, hörte sie ihn noch fragen. »Hab ich das recht in Erinnerung? Tilman hat nachts einen weiblichen Schatten hinter dem Fenster gesehen?«

»Nicht nur einmal. Mehrfach. Und nicht nur hinter dem Vorhang«, sagte sie.

»Aha«, sagte er.

Inzwischen war der Regen losgeprasselt. Aufs Autodach, auf die Frontscheibe, Millionen weiß glänzende Spritzfontänen bildeten auf der Straße einen Begrüßungsteppich. War ihm dieser Ausdruck immer schon so leicht über die Zunge gekommen, überlegte Marie in der halben Minute, in der sie entschleunigte und auf das Ende der Autobahn in Ramersdorf zufuhr, wo sie nach rechts auf den Mittleren Ring abbiegen musste, oder hatte er den von Tilman übernommen?

Ihre Gedanken sprangen zu Oliver. Eigentlich hatten sie vereinbart, sich heute Abend zu treffen. Sie würde sich selbst in ihren süßen kleinen Hintern beißen, dachte sie, erwiese sich das frühabendliche Treffen mit Ottakring als Flop.

Der Regen hatte etwas nachgelassen, als sie um kurz vor halb neun in die Tiefgarage vor der Oper einfuhr, wo sie einen reservierten Dauerparkplatz hatte. Die schweren Schauer waren von dünneren, vom Wind vorwärtsgetriebenen Schleiern abgelöst worden, aber so richtig hatte der Niederschlag nicht aufgehört. Einen Schirm hatte Marie nicht mit. Sie ging die paar Stufen an der Oper hinauf, hielt sich die quadratische Prada-Tasche über den Kopf, als sie die Maximilianstraße überquerte, und wenige Minuten später sperrte sie den Shop auf. Von irgendwoher schlug eine Kirchturmuhr zwei Mal.

Pffff. Sie ließ erst mal die Luft raus. Um halb zehn würden Maxima und Andrea, ihre beiden Mitarbeiterinnen, erscheinen, um zehn Uhr hoffentlich gleich die erste Kundschaft. Sie überprüfte die Auslage im Schaufenster, die Deko im Showroom und die Sauberkeit der Toilette. Ab und zu kam es vor, dass eine Kundin sie benutzen wollte. Alles in Ordnung. Mit der neuen Putztruppe war sie zufrieden.

Sie warf die Kapsel-Kaffeemaschine an. Der Duft war verlockend. Der kinoähnliche Raumklang aus den Lautsprechern passte dazu. Beschwingt nahm sie Tasse und Untertasse auf und tanzte durch den weiten Raum, verfolgt von einer Münchener Stubenfliege. Als sie stehen blieb, ließ die Fliege sich auf dem Tassenrand nieder. Als sie den Tanz fortsetzte, kreiste die Fliege fröhlich summend um sie herum. Marie hielt an. Die Fliege setzte zur Landung an. Das Spiel ging so weiter, bis Marie durch ein heftiges Klopfen aufgescheucht wurde.

Der Regen draußen über der Residenzstraße hatte sich zu einer nebligen Gardine gemausert. Vor der Gardine, verschwommen und geheimnisvoll umwabert, waren die Umrisse einer Gestalt zu erfassen, das Gesicht an die Scheibe gepresst. Darüber, blass zu erkennen, ein Regenschirm.

Marie machte einen Schritt vorwärts.

Oliver!

Sie schloss auf.

Wie immer in Dunkelblau, heute mit gestreiftem Hemd. Beide Ärmel des Anzugs waren nass. Dunkle Krawatte mit gelben Papageien. Sicher von Hermès, gleich ein paar Häuser weiter.

Sie sah es ihm an. Etwas Ungewöhnliches musste geschehen sein. Sie nahm ihm den nassen Schirm ab und stellte ihn in den Behälter.

Flüchtige Umarmung. Kein Kuss. »Grüß dich, Marie. Ich muss weg. Ich wollt es dir nicht am Telefon sagen. Das schien mir zu unpersönlich.«

Bevor sie noch eine Reaktion zeigen konnte, ging die Tür auf. Andrea, die jüngere der beiden Mitarbeiterinnen, schlüpfte herein. »Hi!«, grüßte sie mit piepsiger Stimme. Wie immer war sie zu stark geschminkt.

Marie lotste Oliver in ihr Büro. Vorher hatte sie Andrea gebeten, auf den Shop aufzupassen. »Warum?«, fragte sie ihn. »Was ist so dringend?«

Er hielt ihr sein Handy hin. »Soeben hab ich den Anruf erhalten …«

Unausgereifte Gedanken blitzten durch Maries Kopf. Seine Mutter hat Krebs. Der Bruder ist verunglückt. Ein Flugzeug ist in seine Wohnung gestürzt. Aber nichts dergleichen.

»Ich soll eine Position in unserer Zentrale in Frankfurt besetzen. Sie machen ein Assessment. Ich muss sofort los. Ich bin ganz aufgeregt.«

Ja, Marie regte das auch auf. Zweifel kamen hoch. Eifersucht erglühte. Wieso musste er so rasch dorthin? War doch sehr ungewöhnlich, oder? Ihr schoss das Blut ins Gesicht. »Oliver –«, begann sie.

Doch er ließ sie gar nicht erst zu Wort kommen. »Ich hab wirklich keine Zeit mehr zu verlieren. Flug buchen, Koffer packen, all der Scheiß. Ich muss mich wirklich beeilen. Ich ruf dich wieder an.« Ein letztes Mal reckte er ihr zum Beweis sein Handy entgegen. Nach einem flüchtigen Kuss auf ihre Wange war er weg.

»Guten Morgen, Marie!« Maxima, die ältere der beiden.

Am liebsten hätte sie alles hingeworfen. Am liebsten in einen

Wald rennen und losheulen. Krankschreiben, das wäre jetzt die Lösung. Doch lassen Chefinnen sich krankschreiben?

Als exakt drei Minuten nach zehn die erste arabische Familie in den Shop flog und ihn zu erobern begann, tat sie wieder, was ihrer Natur am ehesten entsprach: Sie lächelte. Bis mittags waren es siebenundzwanzig Käufe mit einem Umsatz, der sonst nur zur Weihnachtszeit zustande kam.

Von einem übergroßen, schlaksigen Mann, der zwei Handtaschen, einen Gürtel und zwei Sonnenbrillen erwarb, fühlte Marie sich stark an Tilman erinnert. Nicht für sich kaufte er natürlich, sondern für seine Mutter, die er begleitete. Die Mutter war edel gekleidet und mochte wohl noch vor wenigen Jahren attraktiv gewesen sein. Doch nun war sie ein Wrack. Sie schien zu keiner Minute zu wissen, wo sie war und was mit ihr und um sie herum geschah.

»Was soll ich damit?«, fragte sie, als ihr Sohn ihr die Sonnenbrille aufsetzte. »Sind die aus meinem Erbe?«

Der Sohn hob entschuldigend die Schultern, als es um die Handtaschen ging. Letztlich blieb die Frage offen, warum er überhaupt noch mit ihr shoppen ging.

Der Zustand von Tilmans und Maries Mutter Beate war sehr viel ernster als der dieser Dame. Marie hatte die Krankheit erstmals zu ahnen begonnen, als die Familie unterwegs in das Ferienhaus am Gardasee war, das Beate als Abfindung aus ihrer ersten Ehe mitgenommen hatte. Vater, der lieber mit dem Wagen gefahren wäre, bereute es bald, dass er sich hatte überreden lassen, mit der Bahn zu reisen. Mutter zeigte sich nämlich während der ganzen Fahrt von einer Seite, die neu war. Fast eine Stunde waren sie zu früh am Bahnhof, weil Mutter sie alle so antrieb. Sie suchte immer wieder nach den Fahrkarten, zählte pausenlos die Koffer und Taschen und war während der ganzen Fahrt so angespannt und nervös und in einer Tour kritisch, dass die ganze Familie völlig fertig war, als sie schließlich in Riva ankam. Tilman spürte das fremde Verhalten seiner Mutter am allerdeutlichsten. Es war sein erster Schock gewesen, was Beate Schilling anging.

Besonders unerquicklich war es allerdings, als er im vergangenen Jahr zur Adventszeit erstmals darauf gedrängt hatte, Mutter im Heim zu besuchen, in das sie im Sommer eingewiesen worden war. Er war augenblicklich in eine Schockstarre geraten, als er ihr gegenübertrat. Mutters Gesicht war aufgedunsen und blassgrau, ihr Lebendgewicht hatte sich verdoppelt, seit er sie zum letzten Mal gesehen hatte, und ihr vorher schwarz gefärbtes Haar war schneeweiß geworden. Sie hatte vergessen, dass sie Vegetarierin war und schlug hemmungslos Geschnetzeltes, fette Braten und dicke Soßen in sich hinein. Oder wie zu jener Zeit Christstollen mit Schlagsahne.

»Wenn ich alt bin, lass ich den Zucker weg«, sagte sie mit vollem Mund.

Tilman hatte unverständliche Laute ausgestoßen, hatte kehrtgemacht und danach nie wieder von seiner Mutter gesprochen.

Der Anblick der Frau im Shop hatte Anlass zu solchen Erinnerungen gegeben. Maries heutiger Arbeitstag war zwar extrem erfolgreich. Als wäre Weihnachten auf diesen Samstag gefallen. Doch wie kurze, zündende Blitze wurde sie außerdem immer wieder von Gedanken an Oliver abgelenkt. Von heute auf morgen bot man ihm eine Position in Frankfurt an. Ohne Vorankündigung erfolgte die Einladung zu dem zugehörigen Assessment. Die frühere Eifersucht flammte wieder auf, die alten Bilder entstanden in ihrem Kopf. Wie sie vor seinem Haus stand und das Licht in seiner Wohnung an war, obwohl er angeblich an einem geschäftlichen Meeting teilnahm. Er hatte sie damals belogen. Warum sollte er heute die Wahrheit sprechen?

Mittags gönnte sie sich eine kleine Pause. Maxima und Andrea schafften den Ansturm auch allein. Mit einem doppelten Espresso zog sie sich in ihr Büro zurück. Das Fiasko in ihrem Kopf hielt an, seit Oliver den Shop verlassen hatte. Wirre Gedanken wanderten entlang ihrer Gehirnstränge, schlugen Haken und kehrten immer wieder an den Ausgangspunkt zurück: Hatte Oliver sie belogen, oder bildete sie sich alles nur ein?

Hätte Marie Schilling gewusst oder auch nur im Entferntesten geahnt, was sich bei ihr daheim abspielte, hätte sie ihre schmerzvollen Erwägungen beiseitegelegt. Oder sie hätte sich entschlossen, nach Feierabend in München zu bleiben und im Büro zu schlafen, um die Tragödie in der Friedhofgasse nicht mitzubekommen. Einzig die wiederkehrende Geruchserinnerung in ihrer Nase, der intensive Gestank nach Aas und Verwesung, hätte sie wahrscheinlich davon abgehalten.

15

Bis über die Straße reichte der Gestank, der von Weigls Grundstück kam. Tilman stand mit angelegten Armen auf dem Balkon und atmete ihn in tiefen Zügen ein, als ob's ein Wohlgeruch wäre.

»Katharina«, brummelte er vor sich hin. »So riecht Katharina. Katharina ist tot, und Weigl hat's getan. Weigl hat Katharina getötet.«

Je mehr er sich das einflüsterte und dann sogar wild mit den Augen rollend hinausschrie, desto stärker wuchs seine Überzeugung, er müsse etwas dagegen tun.

»Marie ist in München, Prada-Shop. Weigl auf dem Flohmarkt. Herr Ottakring muss ermitteln. Keiner hat Zeit. Tilman muss das übernehmen«, schrieb er mit auffallend senkrecht stehenden Buchstaben in sein Notizbuch.

Und er fotografierte das Rasenstück mit dem »Grab«, wie er es getauft hatte. Bei dieser Gelegenheit machte er auch Aufnahmen von Anitas Terrasse, während er spontan überlegte, ob er sie nicht bitten sollte, ihm bei seinem Vorhaben zu helfen. Diese Idee ließ er jedoch wieder fallen. Er wollte seiner Freundin den Anblick der Hasenleiche und den Aasgeruch nicht zumuten.

Ob es nur die Leiche von einem Hasen war? Warum so ein großes Grab schaufeln, um einen einzigen Kadaver zu vergraben? Den Gedanken hatte er schon vorhin gehabt, als er mit Marie drüben war. Doch Marie hatte es eilig gehabt, und da war keine Zeit für weitere Nachforschungen gewesen. Er war unverbesserlich und felsenfest der Ansicht, dass Katharina Weigl in siebenunddreißig Metern Entfernung in der Nummer 13 begraben lag. Wenn kein anderer ihm half, blieb ihm nur ein Weg, es herauszufinden, nur ein einziger: Er selbst musste es tun!

Bisher hatte Tilman Schilling das Verbot nur selten gebrochen, das Haus in Maries Abwesenheit zu verlassen. Einmal, als er Herrn Ottakring einen Besuch abstattete. Also, geht doch, so oder so ähnlich dachte er nun auch. Sein Plan war absolut schlüssig. »Ein Mörder muss gefasst werden«, sagte er laut. Hätte ihn jemand in diesen Sekunden der Entscheidung beobachtet, hätte er einen tatkräftigen jungen Mann erlebt, mit gewölbter Brust, vorgerecktem Kinn und flammendem Blick.

Und mit Spaten unterm Arm, als er unten aus dem Haus trat. Es war neun Uhr dreiundfünfzig, ein Flohmarkt dauerte bis weit über die Mittagszeit hinaus. Vor Weigl war er demnach sicher.

Eine Zeit lang hatte Tilman die Friedhofgasse beobachtet. Der übliche Betrieb. Nur wenige Autos, ein paar Fahrradfahrer, Frauen, die zum Lassiter gingen oder vom Einkaufen kamen – das Übliche. Nein – es geschah noch etwas Besonderes: Ein Huhn mit langen gelben Beinen überquerte kurz vor ihm die Gasse. Weitere Störungen waren nicht zu erwarten. Trotzdem spürte er tief im Inneren eine hochgradige Erregung, eine Nervosität, die ihm unbekannt war und ihm zu schaffen machte. Etwas wie Bedrohung durch einen unsichtbaren Feind.

Gebückt, als wollte er in Deckung gehen oder sich verstecken, öffnete er die Gartenpforte, sicherte nach beiden Seiten und storchte mit wenigen gewaltigen Schritten über die Friedhofgasse hin zu seinem Ziel.

Tilman Schilling war von Weigls Anwesen gekommen. Er war also auf dessen Grund gewesen. Was hatte er dort gewollt oder gemacht?, fragte sich Ottakring, als er nach dem Intermezzo mit Chili Toledo wieder daheim war. Die Sache mit der Zwillingsschwester war ein äußerst interessanter neuer Aspekt. »Mal schauen, was sich daraus ergibt«, murmelte er vor sich hin, als er, die Hände am Rücken verschränkt, durch seinen Garten flanierte.

Er war gespannt, was Marie zu berichten wusste. Wenn es keine Neuigkeiten gäbe, hätte sie ihn sicher nicht um das abendliche Treffen gebeten. Sollte er sich aber vorher nicht noch um Tilman kümmern? Seine Beobachtung ließ ihm keine rechte Ruhe. Zum Äpfelpflücken hatte der Mann das Anwesen ganz sicher nicht betreten. Es konnte eigentlich nur eines bedeuten: Tilman wollte die Lage sondieren, um Katharina Weigls Leiche auszugraben, wie er es sich vorstellte. Oder war er etwa bereits zu Werke gegangen?

Tilmans Nervosität ließ nicht nach. Als er die Klinke des Gartentürchens zur Nummer 13 herunterdrückte, hatten sich Ameisen unter seinen Armen gesammelt, krabbelten ihm über die Brust, wimmelten am ganzen Körper. Ein solches Gefühl war Tilman bisher unbekannt gewesen.

»Nein, nein, nein!«, kreischte er mit angsterfüllter Stimme, als er vor dem Erdstück stand, das er Grab nannte. Er war von unaussprechlichem Horror erfasst. Mit aller Kraft rammte er den Spaten in die Erde und fand daran Halt. Er hatte sich von der Straße abgewandt und seinen Blick ins Grüne gerichtet.

»Kann ich Ihnen helfen?«, fragte eine melodische Stimme hinter ihm.

Tilman kannte diese Stimme nicht. Er hatte sie noch nie gehört. Langsam, sehr langsam und zögernd drehte er sich um, immer noch auf den Spaten gestützt.

Wieder flog eine Krähe wie zum Angriff knapp über seinen Kopf hinweg und plärrte. Laut zeternd verschwand sie in Richtung Straße. Die Frau, deren Stimme Tilman gehört hatte, duckte sich.

Als Tilman die Person erkannte, wurde er blass. Alles Blut wich aus seinem Gesicht, die Knie wurden weich, die Hände kalt, und die Ameisen begannen ihr flirrendes Spiel erneut.

Katharina Weigl!

»Nein, nein, nein«, stöhnte Tilman auf. »Das kann nicht sein!«

Er drehte sich weg, schluckte, schloss kurz die Augen und sah wieder hin.

Diesmal lächelte die Frau und hob belustigt die Augenbrauen. Sie trug einen hellen Hosenanzug, ihre Wangen hatte er so eingefallen nicht in Erinnerung. Sie sah schlecht aus. Dennoch: Dies war eindeutig die Frau, die Tilman vom Balkon oder vom Fenster aus beobachtet hatte und die so fabelhaft Klavier spielen konnte. Die Frau, die so lange nicht mehr gespielt hatte und die jetzt hier unter dieser Scholle liegen sollte. Zusammen mit einem oder mehreren weißen Kaninchen.

Tilman streckte die Nase aus und schnupperte wie eine Katze. Nein, die Frau roch keineswegs wie Aas.

»Was suchen Sie hier auf diesem Anwesen, wenn ich fragen darf?« Eine sympathische Stimme.

Damit war Tilman überfragt. Hilflos zog er sein Handy und checkte das Display in der Hoffnung, Marie rufe im selben Moment an und eile ihm zur Hilfe.

»Glauben Sie, Sie finden die Antwort im Handy?« Sie machte zwei Schritte auf ihn zu.

Er trat zwei Schritte vor.

Und dann geschah etwas Unglaubliches. Tilman überkam eine große Ruhe. Er ließ den Spaten schräg neben sich ins Gras fallen. Dann trippelte er wenige Zentimeter vor, holte aus und versetzte der Frau, von der er nicht angenommen hatte, dass sie unter den Lebenden weilte, eine schallende Ohrfeige.

Etwas ebenso Atemberaubendes geschah exakt vier Zehntelsekunden danach. Die Frau, die Tilman in diesem Augenblick für eine schlecht gemachte Attrappe hielt, schlug zurück! Dann sah sie Tilman tief in die Augen und wartete. Sein Kopf war zur Seite geflogen, und die malträtierte Wange hatte sich blitzartig gerötet.

»Guter Treffer!« Kriminalrat Joe Ottakring lehnte sein Fahrrad gegen die auffallend weiß berindete Birke, die innerhalb der kiesgestreuten Einfahrt zielgerichtet in den Himmel wuchs, und kam näher. Eine erschreckte Ringeltaube, die unter dem Baum geparkt hatte, flog mit singenden Flügelschlägen auf.

Gerade rechtzeitig, um Ignaz Weigl Platz zu machen. Ignaz Weigl hatte nach einem enttäuschenden Verkaufsvormittag die Koffer gepackt und war abgereist. Es waren nur wenige Menschen auf dem Markt gewesen, und diese wenigen interessierten sich kaum für sein Material. Der Flohmarkt musste ohne ihn auskommen. Die Reifen quietschten wütend, als er in seine Einfahrt biegen wollte, sie aber besetzt vorfand.

»Raus!«, schrie er. »Raus!« Wen er damit meinte, war unbestimmt.

Ignaz Weigl in Rage, Joe Ottakring absolut im Bilde, Tilman Schillings Mordtheorie in Frage gestellt, Katharina Weigl von den Toten auferstanden – das gesellschaftliche Leben in der Friedhofgasse strebte einem Höhepunkt zu, als Marie am frühen Abend nach Hause kam. Von unterwegs hatte sie Tilman angerufen, um nach dem Rechten zu hören, und hatte nur unverständliches Gestammel gehört. Ihr schwante nichts Gutes.

Vor allem wurde sie von einem üblen Gefühl überfallen, als sie Ottakring mit Tilman auf der braun gestrichenen Ruhebank vor ihrem Haus vorfand. Tilman mit einem leeren Wasserglas in der Hand, den anderen mit einem halb leeren Weißbier. Der Garten, in dem sie jede einzelne Blume, jeden Strauch und jedes andere Gewächs beim Namen kannte, lag in der tiefer sinkenden Sonne. Deren Strahlen zwängten sich durch die dichten Zweige der Blutbuche, die das Haus überragte, und zeichneten Kreise auf Gras und Kies.

Kaum hatte sie den Wagen vor der Garage abgestellt, kam ihr Tilman mit staksigen Bewegungen entgegen. »Katharina Weigl ist zurück«, rief er aufgeregt keuchend schon aus zehn Metern Entfernung. Dabei ließ er den Arm mit dem Glas in der Hand kreisen. Seine Bewegungen waren nervös und eckig. »Sie ist zurück! Tilman hat sie selbst gesehen.« Auf seiner Stirn zeigte sich ein feuchter Schimmer, und auf der Oberlippe hatten sich winzige Tröpfchen gebildet.

Maries Gesichtsausdruck zeigte jetzt eine Mischung aus Horror und Neugier. Fragend sah sie Ottakring an. Auch er war aufgestanden, als Marie näher getreten war. Der Mann hatte Manieren.

»Tilman und ich haben einmal gesammelt, was es so an Informationen gibt, kriminaltechnisch gesprochen. Gell, Tilman?«

Maries Blick war fest auf den Bruder gerichtet. Seit ihrem Anruf bei ihm von unterwegs und den Gedankenfäden, die sich anschließend in ihrem Kopf aufgedröselt hatten, war sie beseelt von der Gewissheit, dass Tilman, ihr autistischer Bruder, keine Belastung mehr war, sondern seit dem Tod des Vaters und der Demenz der Mutter zu ihr gehörte wie ihr linkes Bein, ihr rechtes Auge oder ihre Stimme. Er war wie eine Narbe in ihrem Fleisch zu einem Teil ihrer selbst geworden. Manchmal empfand sie seine Existenz als lästig, als schränkte er ihre Freiheit ein. Doch im selben Augenblick schlug dieses Empfinden wieder um.

In eine Wolke aus Zärtlichkeit gehüllt sah sie ihn an. Beinahe hätte sie angefangen zu weinen. So aber ging sie nur hin und nahm Tilman, den Wasserglas schwingenden Riesen, in den Arm.

Augenblicklich stoppten seine Bewegungen. »Nein, nein, nein«, rief er laut und nickte heftig mit dem Kopf. Geschickt entwand er sich ihrer Umschlingung. Das Wasserglas glitt ihm aus der Hand und fiel auf den gepflasterten Boden. Es zersplitterte nicht. Marie bückte sich danach, ergriff es mit zwei Fingern und hob es auf, dann stellte sie es weg. Noch einmal betrachtete sie das vertraute Gesicht des Bruders, der sie aus schmalen, müden Augen ansah, und stieß mit offenem Mund einen tiefen Seufzer aus, in dem alles lag: das Mitgefühl mit Tilman, ihre Liebe zu ihm und ihre Sorge um ihn, sämtliche Zweifel an Oliver und ihre Eifersucht. Das Leid, das sie in ihrer Lebenslage immer wieder empfand.

Joe Ottakring stand da wie ein Zuschauer bei einem Fußballspiel. »Marie, Sie haben mich um ein Gespräch gebeten«, sagte er freundlich. »Sind sie noch daran interessiert?«

Marie suchte nach einem amüsierten oder zynischen Ausdruck in seinem Mienenspiel und in seinen Augen. Vergeblich. »Ja freilich«, sagte sie. Ein kleines Lächeln konnte sie sich nicht verkneifen. »Wollen wir reingehen?«

Ottakrings Frage schien Tilman zu berühren. »Welches Gespräch?«, fragte er mit einem Anflug ungewöhnlicher Neugier. »Tilman will dabei sein.«

Ottakring warf Marie einen fragenden Blick zu. Sie nickte, hob die Hände und zuckte die Achseln.

Ottakring strich sich die Hose glatt. »Okay«, sagte er. »Auf geht's.«

16

Vor dem Eingang zu Maries Wohnung im Erdgeschoss zweigte nach links die Treppe ab, die zu Tilmans Domizil führte.

Marie führte die beiden in ihr Wohnzimmer. An der Schwelle prallte Ottakring zurück. Maries Naturell und dem Beruf entsprechend hatte er eine junge, frische Einrichtung erwartet. Hier stand er jedoch vor dunklen Möbeln und abgenutzten braunen Ledersesseln, an der Stirnwand neben der Glastür zum Balkon mit einem interessanten Blick auf die Nummer 13 eine ebensolche Ledercouch. Ein paar wie zufällig hingeworfene Stoffkissen und zwei Wandaquarelle waren die einzigen Farbtupfer im Raum.

Marie hatte seine Reaktion bemerkt. »Das Wohnzimmer meiner Eltern«, sagte sie wie entschuldigend. »Ich hab mich nicht getraut, die Einrichtung auszutauschen.«

Ottakring ließ sich auf die Couch fallen. Das Möbel sah vertrauenerweckend aus und rechtfertigte den Vorschuss. »Bitte«, wandte er sich an Marie. Er winkte ihr freundlich zu. »Was haben Sie auf dem Herzen?« Denken konnte er es sich.

»Es hat sich heute einiges ereignet«, kam es aus ihr heraus.

Tilman, der sich mit dem Rücken zu ihnen an die Balkontür gestellt hatte, drehte sich um. »Das kann man wohl sagen«, meinte er sonderbar bestimmt. »Einiges ereignet.«

Marie hatte in einem Sessel gegenüber Ottakring Platz genommen. »Als Tilman mir zum ersten Mal seine Theorie von der Ermordung Katharina Weigls erzählt hat«, begann sie das Gespräch, »war ich zunächst sehr skeptisch.«

»Das kann man wohl sagen«, bestätigte Tilman.

Marie streifte ihn mit einem genervten Blick. »Doch die Fakten«, fuhr sie fort, »sprechen langsam für seine Theorie.«

Ottakring sah sie mit unbewegter Miene an.

»Ich hab Sie heute von Katharina Weigls Handy aus angerufen«, sagte sie so bedeutungsvoll, als spreche sie von der Eroberung des Mars. »Sie waren offenbar nicht erstaunt. Wollen Sie gar nicht wissen, wie ich es mir unter den Nagel gerissen habe?«

Tilman hatte sein Notizbuch aufgeklappt und schrieb eifrig mit.

»Sie werden es mir schon sagen, denke ich«, gab Ottakring trocken zurück. Seine Lippen waren ein Strich.

Marie ging vor ihm in die Hocke und reichte ihm die rechte Hand wie zum Handkuss. Den Ring an ihrem Finger hatte Ottakring längst bemerkt. »Das Handy und diesen Ehering habe ich im Weigl'schen Haus gefunden. Und ihren Personalausweis. In einer Handtasche. Ist das nicht sehr erstaunlich, wenn sie doch angeblich verreist ist und Postkarten schreibt?«

Erstaunt zog Ottakring beide Augenbrauen hoch. »Sie waren in Weigls Haus?«

»Aha«, kommentierte Tilman. »Aha, der Ehering. Und ich hab den Schatten gesehen. Hinterm Vorhang. Und wie die Frau den Weigl begrüßt hat.« Er hatte sein Buch aufgeschlagen und pickte sich die Notizen heraus.

»Wie lange«, sagte Ottakring, »ist es jetzt her, dass Katharina Weigl nicht mehr gesehen wurde? Dass ihr Klavierspiel verklungen ist? Wie lange? Tilman, du hast doch dieses sensationelle Datengedächtnis, oder?«

Tilman blühte auf, wenn er direkt angesprochen wurde. Dann stand er im Mittelpunkt, er konnte seine Schatten abstreifen. Wieder schlug er sein Buch auf. Er zitterte vor Aufregung am ganzen Körper. »Am vergangenen Sonntag, null Uhr zweiundzwanzig«, erwiderte Tilman prompt. Die Zeit hatte sich in Tilmans Hirn eingebrannt. »Und ein Uhr vier in der Früh.«

»Aha«, sagte Ottakring unwillkürlich. »Und was war da?«

Tilmans Miene verzerrte sich. Sein Mund stand offen. Die Augen waren groß wie kleine Teller. Er brachte kein Wort heraus.

»Nun sag's ihm doch, Tilmännchen«, rief Marie ihm aus ihrem braunen Ledersessel zu. Im selben Moment hielt sie sich die Hand vor den Mund. Diese Verniedlichungsform seines Namens entsprang ihrer Zärtlichkeit, war aber nicht im Sinn des Namensinhabers. »Entschuldige. Tilman«, korrigierte sie, bevor ihr Bruder einen Anfall bekam. »Schildere dem Herrn Ottakring, was du in dieser Nacht beobachtet hast.«

»Ja, bitte!«, warf Ottakring ein. Er ließ sich nicht anmerken, wie es ihn amüsierte, wie die so unterschiedlichen Geschwister miteinander umgingen.

Tilman hatte den zweiten Sessel in Beschlag genommen und ließ die Arme zu beiden Seiten herunterhängen. »Weigl hat Rückenbeutel und Tasche zum Auto geschleppt. Rückenbeutel und Tasche waren voll. Es hat stark geregnet. Er hat im Regen geschleppt. Mitten in der Nacht.« Er legte den Kopf zurück, als ob er überlegte, und blickte zur Zimmerdecke. »Es war null Uhr zweiundzwanzig. Ganz entschieden. Und ein Uhr vier.«

»Ja, das ist in der Tat merkwürdig«, sagte Ottakring. »Dass ein Mann ohne Anlass nachts mit Gepäck durch den Regen geht. Sag mal …«, er beugte sich zu Tilman, »… könnte es nicht sein, dass es Katharinas Sachen waren, die er ins Auto verladen hat, bevor sie abgereist ist?«

Tilmans überlange Arme machten einen Satz nach oben. »Oh nein«, rief er erregt aus. »Tilman hat Messer geblitzt gesehen. Tilman hat ein Sägegeräusch gehört. Tilman hat Blut gerochen.« Überlegen nickte er sich selbst zu.

Ottakring richtete wortlos den Blick auf Marie.

»Das kann schon sein«, sagte sie. »Tilman besitzt einen unglaublichen Geruchssinn. Gut möglich, dass er Blut über die Straße wahrnehmen kann.« Sie pausierte kurz, dann ergänzte sie: »Ich hab aber keine Blutreste im Haus bemerkt, obwohl ich danach gesucht habe.«

Durch Ottakring ging ein Ruck. »Noch einmal: Sie wollen leibhaftig in Weigls Haus gewesen sein? Meinen Sie tatsächlich die Nummer 13?«

Marie bemerkte zu spät, dass sie den Kriminalrat unvorbereitet getroffen hatte. »Ja, allerdings. Da muss ich Ihnen etwas beichten.«

Und sie schilderte, wie sie mit Tilman das verweste Kaninchen unter der feuchten Erde gefunden hatten. Danach musste Paula, die Hündin, gegraben haben, bevor sie starb. Ottakring wurde besonders hellhörig, als Marie gestand, wie sie ins Haus der Weigls eingestiegen war.

»Ich habe sämtliche Räume und das Badezimmer durchsucht. Ohne Auffälligkeiten. Im Schlafzimmer schließlich hab ich die Tasche mit dem persönlichen Besitz der Frau Weigl gefunden.«

»Handy, Personalausweis und Ehering?«

»Genau. Und bei dieser Gelegenheit fällt mir noch etwas ein.«

Marie hatte zwei aufmerksame Zuhörer. Auch Tilman hörte die Geschichte zum ersten Mal. »Erstens riecht es im ganzen Haus sehr seltsam«, sagte sie, »besonders im Erdgeschoss. Irgendein seltsamer Wildgeruch oder so was. Unangenehm. Und in der Küche ist eine Stahltür angebracht. Ich vermute, es ist der Abgang zum Keller, einen anderen hab ich nicht entdeckt. Ein Stahltür in der Küche, das ist doch nicht normal, oder?«

Ottakring hob die Schultern. Was sollte an einer Stahltür in der Küche nicht normal sein? Doch es war immerhin ein Info-Baustein. »Sie trauen sich ja was«, sagte er zu Marie. »Wenn nun Weigl dazugekommen wäre? Wenig später fuhr er ja auf den Hof.« Er nahm Tilman ins Visier. »Nicht wahr, Tilman?«

Tilman fuhr zusammen. »Weigl dazugekommen«, stammelte er. »Auf der Stelle ist er das.«

»Und ausgerechnet, als du der Frau eine Watschn gegeben hast, nicht wahr, Tilman? Warum eigentlich?« Ottakring sah Marie belustigt an. Er wartete auf eine Reaktion von ihr.

»Wie bitte?«, rief sie laut aus und sprang auf. »Was reden Sie denn da?«

Tilman zitterte am ganzen Körper. Schweiß stand ihm auf der Stirn. Langsam erhob er sich, ging langsam auf Ottakring zu und blieb Zentimeter vor ihm stehen. Wie ein Racheengel wirkte er. Ein Wesen, das Ottakring in der nächsten Sekunde enthaupten würde. Ansatzlos schlug er zu.

Ottakrings Nase fing zu bluten an. Das Blut tropfte auf die grüne Trachtenweste und die Hose. Ottakring war perplex. Was sollte er tun? Zurückschlagen?

Marie war weiß im Gesicht, ihre Augen blitzten. Ottakring musterte sie mit schiefem Blick. Schön anzuschauen, das Mädel, dachte er, während er das Blut mit einem rot karierten Taschentuch abtupfte.

Marie reckte sich Tilman entgegen und presste sein Gesicht zwischen ihre beiden Hände. Sie ging nicht gerade zimperlich mit ihm um. Erschreckend deutlich sah sie ihren Bruder dicht vor sich, sein hageres Gesicht, die leicht abstehenden Ohren und – am markantesten – die angsterfüllten Augen mit einem Blick, der flackerte wie Flammen im Wind.

»Was tust du da, Tilman?«, quetschte sie durch die Zähne. Und zu Ottakring gewandt sagte sie entschuldigend: »So etwas hat er noch nie getan. Das kam noch niemals vor. Es muss die Aufregung sein.«

»Lassen Sie's gut sein.« Ottakring winkte ab. »Die Reaktion zeigt doch nur, wie viel Leben in ihm steckt. Nicht wahr, Tilman?«

Unter dem zupackenden Griff seiner Schwester fing ihr Bruder sich langsam wieder. »Das tut Tilman leid«, sagte er kurz darauf, als sie die Hände wieder zurückgezogen hatte. Er hatte sich erhoben, vor Ottakring hingestellt und auf seine eckige Art etwas wie eine Verbeugung angedeutet.

Der Kriminalrat unterdrückte ein belustigtes Lächeln. »Wo waren wir stehen geblieben?«, fragte er, um die Situation zu entschärfen.

»Was war mit der Frau, von der Sie gesprochen haben?«, half Marie ihm weiter. »Wer war sie? Hast du sie erkannt, Tilman?«

»Ganz entschieden erkannt«, betonte Tilman. »Die Frau war Katharina Weigl. Katharina Weigl lebt. Tilman ist erleichtert. Aber wieso spielt sie nicht mehr Klavier?«

Ottakring räusperte sich bedeutungsvoll. Er hatte sein Taschentuch unter den Wasserhahn gehalten und wischte sich nun den letzten Rest Blut von der Weste, bevor es eintrocknete.

»Also, es ist so«, stellte er mit Blick auf Tilman fest. »Katharina Weigl hat eine Zwillingsschwester. Sie heißt Angelina Metz, ist Journalistin und hält sich derzeit in Rosenheim auf –«

»Seit wann wissen Sie das?«, unterbrach ihn Marie. »Und von wem?«

»Aha, aha«, kommentierte Tilman. »Eine Schwester. Sie sieht Katharina Weigl ähnlich.«

»Eine Zwillingsschwester, ja. Es wäre also durchaus möglich«, fuhr Ottakring unverdrossen fort, »dass sie hier in Erscheinung getreten ist. Dass du also nicht Katharina, sondern Angelina eine runtergehauen hast, Tilman.«

Er schwieg für eine Sekunde, um Tilmans Reaktion zu prüfen. Doch der schlug sich nur mit der flachen Hand gegen das Bein.

»Und zu Ihrer Frage, liebe Marie. Ich sauge mir solche Informationen nicht aus den Fingern. Ich habe natürlich recherchiert. Beziehungsweise habe ich meine Leute für so etwas.« Mehr sagte er nicht. Er rieb noch einmal an dem Blutfleck herum, trat ans Fenster, um sich die Spiegelung seines Gesichts und der Nase anzusehen, und ging zufrieden wieder an seinen Platz zurück.

»Können Sie mir noch einmal verdeutlichen, Marie, weshalb Sie mich tatsächlich hergebeten haben? Wollten Sie mir von Ihrer Hausdurchsuchung berichten?«

»Das Handy, der Ausweis, der Ehering!«, bellte Tilman dazwischen. Er sprang auf und postierte sich an seinem Lieblingsplatz, der Tür zum Balkon.

Ottakring nickte.

Marie hielt ihm noch einmal die beringte Hand hin, bevor sie sich wieder setzte.

Ottakring nickte wieder. »Und? Was schließen wir aus alldem?« Er richtete das Wort an Marie.

Tilman verharrte an der Balkontür und machte fleißig Notizen.

»Katharina Weigl ist ungefähr eine Woche verschwunden«, betonte Marie. »Es war kein Klavierspiel zu hören. Angeblich gab es eine Postkartennachricht von ihr an ihren Mann. Und Tilman hat nach ihrem Verschwinden nachts drüben im Haus etwas Weibliches bemerkt. Hinter dem Vorhang und live.« Sie unterstrich dies mit einer weiten Handbewegung.

»Für ein Verbrechen spricht, dass ihr Mann nachts heimlich Sachen aus dem Haus ins Auto geräumt hat und dass ich Ausweis, Handy und Ring gefunden habe. Blutspuren waren nicht vorhanden.« Dann sah sie Ottakring geradewegs in die Augen. »Das mit dem Zwilling kann ich noch nicht einordnen. Wenn es jedoch die Schwester war, der Tilman begegnet ist, spräche auch das für ein Verschwinden Katharinas.«

Tilman, noch immer mit dem Rücken zum Raum, schrieb eifrig mit. Am Ende schüttelte er wieder einmal heftig zustimmend den Kopf.

Ottakring erhob sich ächzend und hielt sich das Kreuz. »Wissen Sie, Marie«, brummte er, »was mich stutzig macht? Ich habe aufmerksam zugehört, was Sie da über den seltsamen Geruch und die verschlossene Stahltür geschildert haben. Können Sie Leichengeruch von anderem Fremdgeruch unterscheiden? Könnte es sein, dass es Aasgeruch war, den Sie im Hausinneren wahrgenommen haben?«

Marie schien nicht zugehört zu haben. Es verging eine halbe Minute, während der sie nur dasaß und anscheinend keinen klaren Gedanken zustande brachte.

»Hören Sie mir überhaupt zu?«, wollte Ottakring wissen. »Es roch also nicht nach Aas?«

Als ob Marie aus einem entfernten Traum erwachte, so sah es aus. »Nach Aas roch es, als wir das tote Kaninchen entdeckten …«

»Erzählen Sie endlich«, hakte Ottakring ein. »Was ist da los gewesen bei Ihrer archäologischen Expedition?«

Auch Marie hatte sich aus ihrem Sessel erhoben und stand mit verschränkten Armen hinter ihrem Bruder.

In die entstandene Stille hinein gab Tilman plötzlich Laut. »Anita«, flüsterte er leise, fast andächtig, aber hörbar. »Anita!« Sein Buch legte er auf die Fensterbank und setzte einen Fuß vor den anderen Richtung Balkon. »Anita!« Es war fast ein Rufen.

Marie warf Ottakring einen verschwörerischen Blick zu.

Der trat vor und blickte Tilman über die Schulter. Was er sah, erstaunte ihn. »Da schau her!«, entfuhr es ihm.

»Anita!«

Sie erschien ihm wie ein Engel. Für einen Mann wie Tilman war die Schwärmerei für Anita kein Verliebtsein im üblichen Menschensinn. Kein Schmetterlingsflattern im Bauch, keine Fleischeslust. Beides war einem Mann wie Tilman fremd.

Stattdessen ergötzte er sich an der Eleganz ihrer Bewegungen, mochte es, wenn er auf die Entfernung ihren Schweiß roch. Mehr und mehr wagte er sich an die kühne Vorstellung heran, sich Anita zu nähern. Oder sie dazu zu bringen, auf ihn zuzugehen.

Ganz fremd war sie ihm ja nicht, die Anita. Was andere übersehen oder längst vergessen hatten, war in seinem Kopf haften geblieben. Er hatte in einem Wartezimmer vor einer Behandlung beim Psychiater gesessen. Dort hatte er in einem Psychoblatt einen Bericht über ihre Lebensgeschichte gefunden.

Tilman Schilling, der Autist, war zu totaler Erinnerung verdammt. Nichts, was er je erlebt, gesehen, gehört oder gelesen hatte, entging seinem Gedächtnis. Anita Kutterling, hatte in dem Blatt gestanden, war mit einem Bundeswehr-Unteroffizier liiert gewesen, der schwer traumatisiert aus Afghanistan zurückgekehrt war. Zuerst gaukelte er ihr ein Leben in Glanz und Überfluss vor, dann erschoss er sich an einem düsteren Novembertag mit einer entwendeten Dienstpistole und hinterließ ihr tatsächlich ein für ihre Verhältnisse kleines Vermögen.

Zum einen war sie angesichts dieses Schicksals von einer unsagbaren Trauer und Verzweiflung überfallen worden. Zum anderen von einem unerklärlichen Bedürfnis, mit dem Geld etwas Gutes in ihrem Leben anzurichten. Was erschien da natürlicher, als sich einem der Unglücklichen unserer Gesellschaft anzunehmen, der auf kalten Parkbänken und in gewärmten Bahnhofshallen darben musste? Gesagt, getan. Sie schloss sich dem eingetragenen Verein »Rette deinen eigenen Stadtstreicher« an und betrat eines regnerischen Märznachmittags mit einem selbst gebackenen Apfelkuchen und einer Schachtel Marlboro das Leben des Fritz Kreisel.

Sie heirateten in einer kleinen Kapelle am Rande der Stadt, mieteten eine Wohnung in einem anonymen Achtzehnfamilienhaus, planten eine gemeinsame Zukunft und versuchten, ein Kind zu bekommen. Fritz Kreisel wusch sich täglich, rasierte sich regelmäßig und versuchte, Arbeit zu finden. Das gelang. Er erhielt eine Stelle als Hausmeister, dann als Monteur in einem Fahrradgeschäft. Nach weiteren sechs Wochen fiel ihm ein Angebot als Drogenkurier zu, er fuhr mit einem fremden Auto regelmäßig nach Amsterdam und wurde bald gefasst. Erst vor Gericht erfuhr Anita von den Vorstrafen ihres Ehemanns.

Auch dies und die Gefängnisstrafe hielten sie nicht davon ab, zu ihm zu stehen. Seine zwanzig Monate hinter Gittern erwiesen sich bald als die beste und angenehmste Zeit ihres bisherigen gemeinsamen Lebens. Anita besuchte Fritz Kreisel ein- oder zweimal in der Woche, und sie berichteten einander von den kleinen, anspruchslosen Ereignissen aus ihren getrennten Welten. Leicht und problemlos verhielt sich da alles zwischen ihnen. Anita hatte sich vorgenommen, diesem Menschen weiterhin aus der Patsche zu helfen.

Doch das Schicksal spielte nicht immer so, wie man es sich wünschte. Als Kreisel entlassen wurde, als sie sich plötzlich wieder dieselbe Welt unter demselben Dach teilen sollten, stellte sich heraus, dass sie einander fremd geworden waren und sich nicht mehr viel zu sagen hatten. Eigentlich so gut wie gar nichts. Er drückte sich vor regelmäßiger Arbeit, und sie blieb beharrlich auf der Suche nach dem Glück.

Nach einem wackeren halben Jahr trennten sie sich. Jeder ging seiner Wege. Fritz Kreisel kehrte zurück in den Park, und Anita zog in die Wohnung in der Friedhofgasse 15. Er hatte seine Freiheit wieder, und ihr war das kleine Glück zugeflogen. Beide schöpften erleichtert tief Luft.

Kurz nach ihrem Einzug hatte Anita mit ihren Freiluftübungen auf der Terrasse begonnen. Seither stand sie unter Tilmans steter Observierung. Ebenso wie die Menschen in Nummer 13.

»Das ist sie«, hatte er geflüstert, als er den Schatten hinter dem Vorhang entdeckt hatte. Und »Das ist sie«, als sich Weigl bei seiner nächtlichen Heimkunft zwei Arme entgegenreckten. Anita! Tilman war sicher, dass sich Anita in der Nummer 13 befunden hatte.

Einem Autisten war jegliche Form von Eifersucht fremd. Deshalb fand Tilman es beinahe normal, jedenfalls nicht ungewöhnlich, dass sich Weigls Nachbarin zu nächtlicher Stunde in dessen Haus aufhielt. Er konnte lediglich vorerst mit dieser

Information, die er beschloss, für sich zu behalten, nichts anfangen.

»›Das Glück ist wie ein Schmetterling‹«, zitierte Tilman Schilling, inspiriert vom Blick auf die Tai-Chi übende Anita Kutterling. »›Je mehr du ihn suchst und ihm hinterher bist, desto mehr entzieht er sich dir. Erst wenn du dich anderen Dingen zuwendest und den Schmetterling am wenigsten erwartest, kommt er angeflogen und lässt sich sanft auf deiner Schulter nieder.‹«

Joe Ottakring warf einen erstaunten Blick auf Marie.

»Von wem ist dieses Zitat, Tilman?«, fragte sie.

»Anthony de Mello, 1966«, kam es pfeilschnell zurück.

Ottakring wunderte gar nichts mehr. Er trat auf den Balkon und blickte hinüber. »Hübsches Mädel«, sagte er anerkennend nickend.

Welche Rolle das hübsche Mädel in absehbarer Zeit spielen würde, konnte er nicht im Entferntesten ahnen.

»Was war da eigentlich los bei Ihren Ausgrabungen?«, fragte er noch einmal. Das erste Mal waren sie von Tilman unterbrochen worden.

Marie sagte es ihm. Das machte Ottakring nachdenklich. Weigl hatte einen toten Stallhasen vergraben. Warum?

17

»Lassiters Kolonialwarenladen. Seit 1862.«

Es waren nur ein paar Meter, die Roswitha Maria Schmied vom »Schmiedwirt« aus zu gehen hatte. Einfach im Haus die Treppe aus ihrer Dachwohnung runter, dann aus dem Haus und über die Friedhofgasse, schon war sie da. Immer ohne die geringste Eile, vorsichtig und am Stock.

»Griaß di, Lassiter«, sagte Roswitha Maria Schmied mit dünnem Stimmchen, nachdem die Ladenglocke gebimmelt hatte.

Wie gewöhnlich stand der Inhaber auf seinem fußwärmenden Teppich vor dem Schnapsregal. Er hielt die Hände gefaltet auf der Wampe und freute sich über die Kundschaft, obwohl er sicher sein konnte, dass dieser Besuch nicht mehr einbringen würde als den Erlös aus einem Stück Seife, einem Paar Schnürsenkel oder einem Fliegenfänger. Er sollte sich die Nasenhaare schneiden, dachte Roswitha Maria Schmied. Ein schlechtes Gehör hatte sie dank ihrer zweiundneunzig Jahre. Doch ihre Augen waren die eines Bussards. Sie hatte noch nie im Leben eine Brille getragen.

»Griaß di, Roswitha«, grüßte er zurück und blickte der alten Frau mit ernster Entschlossenheit entgegen. »Was darf's heute sein?«

»Roswitha Maria«, verbesserte sie ihn. Darüber hinaus gab sie keine Antwort. Was hätte sie schon sagen sollen?

Alles sah aus wie immer. Aufgeräumt, staub- und spinnenlos, praktisch. Die Angestellte mit dem Buckel saß an der Kasse und wartete geduldig. Das tat sie seit ihrem vierzehnten Lebensjahr. Das hatte sie gelernt, das war ihr Leben.

Roswitha Maria Schmied schaute sich um. Sie befeuchtete mit der Zunge die trockenen Lippen. Während sie unschlüssig überlegte und mit einem knochigen Finger prüfend an ein Marmeladenglas im Regal klopfte, öffnete sich unter großem Hurra die Ladentür. Es war zwar nur die Glocke über der Tür, die durch Berührung zum Schwingen gebracht wurde, doch das Geläut, das dadurch ausgelöst wurde, klang wie der Alarmruf nach der freiwilligen Feuerwehr.

Roswitha Maria Schmied war sehr klein, und das Regal war ziemlich hoch. So konnte sie nicht erkennen, wer das war, der den Laden betrat. Also wuselte sie um das Gerüst herum und stellte sich ans Kopfende, von wo aus sie die Übersicht behielt.

Sie traute ihren Augen nicht.

Und auch Lassiter musste total überrascht sein, dem Ton nach zu schließen, in dem er die angekommene Frau begrüßte.

»Ja, Frau Weigl, das ist ja eine Überraschung«, hörte sie ihn ausrufen. »Wir haben lange nichts von Ihnen gesehen.«

Dass Frau Weigl von ihrem Mann begleitet wurde, davon nahm er offensichtlich keine Notiz.

Freilich, sie hat ihm ja eine Postkarte geschrieben, dachte Roswitha Maria Schmied. Und jetzt ist sie halt wieder da. Doch sie konnte sich nicht erinnern, je ihren Mann mit ihr zusammen gesehen zu haben, wenn sie einkaufen war beim Lassiter. Und nun turtelten die zwei wie Verliebte aus der Plattlerjugendgruppe. Er trug den Einkaufskorb, und sie legte hinein. Ja, bitte hundert Gramm von der Bierwurst, nein, das ist zu viel, geben Sie mir fünfundsiebzig Gramm. Fünf Scheiben vom Prager Schinken, nein, bitte machen Sie sieben. Käse, eine Flasche Rosé, Brot, Tomaten, ein Sackerl Zwiebeln. Wo stehen die Waschmittel, Herr Lassiter? Führen Sie zufällig auch Haushaltsgeräte? Wir bräuchten eine neue Spülbürste.

Hä?, dachte Roswitha Maria Schmied. Der Lassiter hat Spülbürsten, seit ich denken kann. Und wieso fragt sie nach den Waschmitteln? Die hat doch immer schon Waschmittel beim Lassiter gekauft. »Was soll der Scheiß?«, sagte sie halblaut vor sich hin und setzte den Stock vorsichtig ein, um ein paar Schritte auf das Paar zuzugehen, das sich wieder zur Wursttheke hinbewegte. Diese Frau Weigl wollte sie sich genauer ansehen.

Rrrrrrrrabäng!!! Die Ladenglocke.

An sich nichts Besonderes, wenn beim Lassiter die Ladenglocke anschlug. In Roswitha Maria Schmieds Ohren wurde der Lärm durch biologische Umstände eh etwas gedämpft, obwohl sie ihr Hörgerät eingeschaltet hatte. Doch dass unter der Tür Anita Kutterling aus der Friedhofgasse 15 stand, das war für alle Anwesenden etwas ganz Besonderes.

Das ganze Dorf hatte von Anitas Suizidversuch mit einer stattlichen Handvoll Tabletten gehört, Arztgeheimnis hin oder her. Ohne dass es jemand auszusprechen wagte, stand der misslungene oder verhinderte Versuch eines Freitods auf einer Stufe mit Ehebruch, Ladendiebstahl, Tierquälerei oder Geiselnahme, wurde jedenfalls moralisch höherwertiger eingestuft als ein Steuerdelikt. Für Anita versprach die Situation schwierig zu werden.

Deshalb, als sie nichts ahnend den Lassiter betrat, schaute man sie an, als wüchsen ihr Schlingpflanzen in den Gedärmen oder ringelten sich Schlangen aus ihren Ohren.

Nur nicht Roswitha Maria Schmied. »Gut siehst du aus, mein Kind«, sagte sie in mütterlichem Ton. »Wie geht's dir denn nach dem kleinen Versehen?«

Anita sah tatsächlich nicht aus wie eine erst kürzlich aus der Obhut einer Klinik Entlassene. Knackig und frisch, jugendliche Frisur, ein Lächeln auf den Lippen, so stand sie in der Anklagebank.

Roswitha Maria Schmied schenkte sie keinerlei Beachtung. Nicht einmal eine Antwort gab sie ihr. Stattdessen rief sie Lassiter einen kurzen Gruß zu, umkurvte die erste Regalreihe und schritt in gemütlichem Tempo auf die Weigls zu. Etwa so, wie ein Revolverheld in Westernfilmen sein Opfer angeht.

Zieh, Weigl, zieh!

Ja, auf Weigl hatte sie es abgesehen. Die Frau neben ihm beachtete sie zu keiner Sekunde.

Lassiter, wie in Zeitlupe, ließ die Flasche, die er zum Abstauben in der Hand hielt, unnatürlich langsam auf das Regalfach, aus dem er sie genommen hatte, herabsinken. Er hielt den Atem an und starrte auf die Szenerie.

Anita hatte sich an der Wursttheke direkt vor Ignaz Weigl postiert. Sie tat nichts anderes, als die Arme in die Hüften zu stemmen und ihn aus eiskalten Augen zu mustern. Wie ein Scanner bewegte sich ihr Blick über den gesamten Körper, als würde sie ihn ausziehen, während er reglos vor ihr stand, und blieb am Ende wieder an seinen Augen hängen.

Roswitha Maria Schmied fand das alles unerhört spannend. Vor allem die Reaktion der Frau neben Ignaz Weigl.

Diese Frau, der Spülbürsten und Waschmittel in Lassiters Kolonialwarenladen fremd waren, war blass wie der leibhaftige Tod geworden. Ihr Blick wanderte fiebrig von Ignaz Weigl zu Anita Kutterling und zurück und wieder hin und zurück, während Anita den Weigl mit dem Giftstrahl aus ihren Augen in Schach hielt. Schließlich ließ Anita die Arme sinken, spuckte vor Weigl auf den Boden, suchte ein letztes Mal den Augenkontakt mit ihm und strebte dann um Regale, Bierkisten und Stapeln mit Obst und Gemüse herum dem Eingang zu.

Dort stand bereits Roswitha Maria Schmied. »Das war aber nicht nett«, sagte sie leise. »Was hat er dir denn getan?«

»Kann ich Ihnen weiterhelfen?«, fragte Lassiter von seinem Stammplatz aus. »Suchen Sie etwas?«

»Nein, heute nicht«, kam es rasch aus Anitas Mund. Dann klappte unter heftigem Getöse die Tür hinter ihr zu.

Für eine halbe Minute herrschte Grabesruhe in Lassiters Kolonialwarenladen. Ignaz Weigl, die Frau neben ihm, Roswitha Maria Schmied sowie Lassiter selbst verharrten wie in einer Momentaufnahme in derselben Pose, die sie bei Anita Kutterlings ungewöhnlichem Abgang eingenommen hatten. Wie eingefroren wirkten sie alle.

Roswitha Maria Schmied war die Erste, die sich wieder fing. Weil ihr die Worte wieder einfielen, die ihr der Kriminaler hinterlassen hatte, als er sie im Wirtshaus angesprochen hatte. »Und wenn Ihnen noch was einfällt über die Katharina Weigl«, hatte er gesagt, »dann geben Sie mir Bescheid. Aber nur mir allein! Es muss unser Geheimnis bleiben.« Ja, das hatte er zu ihr gesagt, der Herr Otterfing oder wie er hieß.

Hier beim Lassiter hatte sie nichts mehr zu suchen. Weshalb sie überhaupt hier war und was sie einkaufen wollte, hatte sie eh vergessen. Ja, ja, man wird halt ned jünger. Es war schon a Kreuz mit dem Alter!

Sie hatte die Klinke schon in der Hand, als sie sich noch einmal umwandte, den Spazierstock hob und Lassiter damit zuwinkte. Die beiden Weigls streifte sie mit einem bissigen Blick, dann war sie draußen und stand auf der Friedhofgasse. Sie holte tief Luft und marschierte los Richtung Schrofenweg.

Das, was sie dem Kriminaler zu melden hatte, wollte sie ihm persönlich sagen.

Während Joe Ottakring an diesem Tag zu seinem Haus ging, holte er sich alle Fakten noch einmal in den Kopf. Freilich hatte er zu Beginn geglaubt, der Verdacht gegen Weigl sei dem Gehirn eines phantasiebegabten Autisten entsprungen. Doch inzwischen war er zu der Einsicht gelangt, dass etwas ganz und gar nicht stimmte. Er glaubte nicht mehr daran, dass Katharina Weigl verreist war, zu viel sprach dagegen. So hatte er sich bei seinem letzten Besuch mit einem flauen Gefühl im Magen von den beiden Schillings in der Nummer 16 verabschiedet.

Wind war aufgekommen, er stellte Ottakrings Haar auf. Erst dadurch stellte er fest, dass er seinen Strohhut vergessen hatte. Obwohl es ihm keine Schwierigkeiten bereitete, dem ansteigenden Schrofenweg hinauf zu seinem Haus zu folgen, ging sein Atem schnell und schwer.

Sein lange trainierter Polizeiinstinkt sagte ihm, dass Marie recht hatte, wenn sie sich die Frage stellte, was sich hinter der Stahltür verbarg, die sie in der Küche entdeckt hatte. Er bewunderte den Mut der jungen Frau, sich auf ein solch riskantes Experiment einzulassen.

Dieser Gedanke führte logischerweise zu der Frau, der Tilman die Watschn geben hatte. Katharina oder Angelina? Er selbst hatte Frau Weigl, also Katharina, wohl vor ihrem Verschwinden ein-, zweimal auf der Straße gesehen, sie aber kaum beachtet. Erst auf dem Digitalfoto, das Tilman von ihr geschossen hatte, war es ihm gelungen, sie zu identifizieren.

Er blieb kurz unter einer sattgrünen Linde stehen und reckte und dehnte sich. Das Kreuz schmerzte. Da das ein Dauerzustand war, achtete er nicht besonders darauf, er war daran gewöhnt. Dann ging er weiter. Lola kam ihm in den Sinn. Sie hatten gestern – oder war es vorgestern? – telefoniert, ihr ging es gut. Am kommenden Wochenende plante sie von ihrer Dienstreise zurückzukommen. Sein Herz hüpfte, wenn er daran dachte. Er freute sich auf Lola.

Mit diesen positiven Gedanken schloss er das Haus auf und

betrat den Eingangsbereich. Wie es oft so war, schellte ausgerechnet in diesem Augenblick das Telefon.

»Du erinnert dich wahrscheinlich nicht an mich«, sagte die Frau, die sich am Telefon als Evi vorstellte.

»Äh, nein«, sagte Ottakring sehr bestimmt.

»Ich bin ein paar Jahre jünger als du. Ich bin vierundfünfzig. Aber wir sind in München aufs selbe Gymnasium gegangen …«

»Auf welches Gymnasium?«, erfolgte prompt die Probefrage.

»Hä?«, fragte Evi zurück. »Aufs Karlsgymnasium in Pasing natürlich. Ich war ein paar Klassen unter dir. Ich habe dich bewundert, seit du Schulsprecher wurdest.«

»Aha«, sagte Ottakring. Er versuchte sich zu erinnern. Evi? Evi wer? »Wie heißt du denn mit Nachnamen?«

»Oh entschuldige. Ich bin davon ausgegangen, dass du dich erinnerst. Evi Melcher heiß ich. Du wunderst dich natürlich, warum ich anrufe. Das ist ja alles ewig her.«

»Allerdings.«

Evi Melcher?

Nein, er konnte sie unmöglich aus der Erinnerung hervorfischen. Wenn er ein Schulfoto hätte anschauen können, hätte er sie womöglich wiedererkannt, aber er hatte keine Fotos aus jener Zeit oder alte Schuljahrbücher. Joe Ottakring gehörte nicht zu der Sorte Mensch, die solche Reliquien aufbewahrten.

Sollte er einfach auflegen? Ihn interessierte diese Frau nicht. Angenehme Stimme, aber was soll's? Davon gab es viele.

»Ich habe deinen Berufsweg etwas verfolgt«, fuhr sie fort. »Chef der Mordkommission in München, interessant. Dann in Rosenheim. Viele Erfolge, oft in der Zeitung. Daher hab ich meine Weisheiten.«

»Na ja«, wendete Ottakring zögernd ein. »Aber ich weiß noch immer nicht, was du von mir willst.«

»Ich weiß natürlich auch, dass du verheiratet bist. Lola Herrenhaus. Sie ist eine Berühmtheit, sie kennt doch fast jeder. Glückwunsch, Seppi!«

Seppi! Das traf ihn wie ein Schlag. Kein unangenehmer

Schlag, wenn er ehrlich war. Und dieser Name konnte beinahe als Beweis herhalten, dass diese Frau, wie immer sie in Wirklichkeit heißen mochte, mit seiner Jugend zu tun hatte. Damals in Pasing, an der Schule und auch sonst, war er nur »der Seppi« gewesen. Später, im Beruf, ganz seriös der Josef Ottakring. Irgendwann hatte er intensiv mit John Douglas zu tun gehabt, dem Leiter der FBI-Spezialeinheit für Serienverbrechen in Quantico, Virginia. John war es gewesen, der ihn »Joe« genannt hatte. Von da an hatte Ottakring den Vornamen beibehalten.

Aber Seppi?

»Ich will dir sagen, wie's ist, Seppi«, machte Evi weiter. »Es ist einfach so, dass ich … mei, ich weiß nicht recht, wie ich dir's beibringen soll. Ich mag dich, seit du Schulsprecher gewesen bist, Seppi.«

Ja, das hast du mir vorhin schon gesagt, dachte er. Doch welcher Mann fühlte sich bei solch einem Geständnis nicht gebauchpinselt? »Hm«, machte er. Und: »Danke.«

Zu diesem Zeitpunkt hätte er den Hörer einfach auflegen wollen. Er war nicht verpflichtet, ihr weiter zuzuhören. Doch etwas war in ihrer Stimme, das ihn hielt. Sie schmeichelte ihm nicht nur, sie klang sogar etwas schroff, auf jeden Fall ernsthaft. Sie war auch nicht neben der Spur, auch wenn das, was er bisher von ihr gehört hatte, darauf hindeuten konnte.

»Tatsache ist, Seppi, dass ich dich immer gemocht habe. Du warst einer der wenigen Jungs, die wirklich etwas Besonderes waren. Wenn du wüsstest, wie oft ich an dich gedacht habe, als wir damals zusammen in der Schule waren.« Sie ließ ein tiefes, kehliges Lachen hören, das ihm gefiel. »Und …«

»Und?«

»Und du erinnerst dich nicht an mich. Weißt wahrscheinlich immer noch nicht, wer ich bin. Ist das nicht ein … ein … ein bisschen ungerecht?«

Er sagte nichts. Schwieg einfach. Er hatte keine Vorstellung davon, womit dieses Gespräch enden würde.

»In diesem Alter ist einem in erster Linie der eigene Jahrgang wichtig. Ich mach dir doch keinen Vorwurf. Du wärst der

Letzte gewesen, der in deiner Position sozusagen nach unten geschaut hätte. Du hattest wahrhaftig genügend andere um dich herum.«

Wieder schwieg er einfach. Er hatte sie kommen lassen wollen. Das tat sie, und sie führte ihm ihr Motiv immer deutlicher vor Augen. Nach dieser Pause hätte er sich problemlos verabschieden und auflegen können. Im Übrigen hatte er das Gefühl, sie wollte ihm diese Chance noch einmal geben.

»Hm, und warum rufst du an? Oder hab ich da etwas verpasst?«

»Entschuldige. Du bist doch jetzt pensioniert. Hast nichts Rechtes zu tun, nehme ich an, gemessen an früher. Deine Frau ist oft auf Achse. Deshalb habe ich gedacht, dass du wissen solltest, dass es jemanden auf der Welt gibt, der dich sehr mag. Ohne Einschränkung.«

»Hm«, brummte Ottakring nach kurzer Überlegung.

»Ich ruf dich an, weil ich in deiner Nähe bin, in Rosenheim. Ich besuche gerade meine Schwester, bleibe ein paar Tage und wäre froh, wenn ich einmal für kurze Zeit von ihr fortkommen würde.« Sie hüstelte kurz und kicherte etwas verlegen. »Ich kann verstehen, dass du zurückhaltend reagierst. Ist ja nur ein Vorschlag. Aber ich bin seit Langem geschieden und habe seit einem Dreivierteljahr keine feste Beziehung mehr. Ich hätte Lust, mit dir bei einem Glas Wein über alles Mögliche zu quatschen.«

»Hm.«

»Ich hab keine Kinder, keinen Hund, keinen Vogel. Hehehe. Soll ich dir meine Telefonnummer geben, dann kannst du mich anrufen, wenn du Lust hast? Ich bin noch ein paar Tage im Land. Vielleicht wär's doch mal ganz schön für dich, ein bisschen Abwechslung zu haben?«

Während Evi plapperte, schoss Ottakring ein abwegiger Gedanke durch den Kopf. »Wohnst du in Rosenheim bei deiner Schwester?«, fragte er sie.

»Nein, in einem kleinen Hotel.«

»In welchem?«

»Es liegt am Südrand von Rosenheim. Das ›Alpina‹.«

Als hätte er es geahnt. Das »Alpina«. Dort hatte sich auch Angelina Metz einquartiert, Katharina Weigls Schwester.

»Warte, ich hole einen Stift«, sagte der Seppi.

Roswitha Maria Schmied keuchte und schwitzte, und die rechte Hand, mit der sie den Stock gehalten, und der Arm, mit dem sie sich darauf gestützt hatte, taten ihr weh. Lange nicht hatte sie solch eine qualvolle Tour hinter sich gebracht wie die vom Lassiter bis zum Ottakring im Schrofenweg 3.

Auf Höhe der Nummer 13 war sie schon versucht gewesen, umzukehren. Vor allem, weil sie sich die Frage stellte, wie um alles in der Welt sie wieder zurückkommen sollte. Auf Knien wollte sie nicht kriechen. An der Abzweigung Friedhofgasse/Schrofenweg überlegte sie ernsthaft, ob die Botschaft, die sie dem Kriminaler überbringen wollte, es überhaupt wert war, überbracht zu werden. Eine lange Minute hatte sie sogar das Gefühl, das, was sie ihm sagen wollte, sei in den Tiefen ihres löchrigen Gehirns verloren gegangen.

Doch als sie schließlich schwer schnaufend vor dem Haus stand, in dessen Fenster blaue Vorhänge flatterten, fühlte sie sich in jeder Hinsicht jung und frisch, wie neugeboren.

»Hallo, Roswitha! Was machen Sie denn hier? Kommen Sie rein, Sie sind ja ganz außer Puste!«

»Und wie!«, murmelte Roswitha Maria Schmied, während sie am Drehgriff des Gartentürls fingerte.

Doch da war Ottakring schon bei ihr und nahm ihren Arm. »Wollen Sie zu mir?«, fragte er. »Oder machen Sie grad eine Bergwanderung?«

Sie kicherte dünn, gab erst mal keinen anderen Laut von sich als »Pfffffhhh«.

Dann saßen beide auf der Holzbank vor dem Haus und starrten auf die Margeriten, Lilien, Rosen und den Rittersporn im Garten, auf die Dächer der Friedhofgasse vor ihnen, die Berge dazwischen und in die Luft. Hoch über ihnen in einer hohen Kastanie gab sich eine Schar Krähen dem Small Talk hin. Es roch nach bayerischem Sommer.

»Also«, quetschte Roswitha Maria Schmied durch die wenigen gelben Zähne, die ihr verblieben waren. Ein hoffnungsvoller Beginn für ein Gespräch. Dann hatte sie anscheinend vergessen, was sie sagen wollte, denn sie sagte nichts mehr.

»Also«, sagte Ottakring, der etwas zu ahnen begann. »Was wollen Sie mir sagen? Ist Ihnen etwas eingefallen oder aufgefallen?« Nur um ihr ein Stichwort zu geben, sagte er: »Katharina Weigl? Ignaz Weigl?«

Roswitha Maria Schmieds runzelige Wangen begannen sich zu glätten, Farbe kehrte in ihr Gesicht zurück. Die mageren Hände hatte sie im Schoß gefaltet. Beide Zeigefinger bewegten sich wie Krebsscheren gegen- und ineinander. »Genau«, sagte sie. »Deswegen bin ich hier. Stellen S' Eahna vor. Ich bin grad beim Lassiter, da kommt der Weigl mit seiner Frau herein. Der Weigl war bestimmt vorher noch nie beim Lassiter gwesn, des schwör i Eahna. Warum kommt der grad heut herein und noch mit seiner Frau, die, wo doch verreist is? Wissen S' scho, was i mein?« Sie verrenkte den Hals, um Ottakring ins Gesicht zu schauen, der neben ihr saß.

»Absolut«, sagte Ottakring und nickte leicht abwesend. Als ob er gerade an etwas anderes denken musste.

»Und – stellen S' Eahna vor. Da fragt diese Frau glatt, wo die Waschmittel stehen. Dabei hat die doch seit Jahr und Tag dort eingekauft. Die weiß genau, wo die Waschmittel stehen. Und dann fragt sie den Lassiter noch, ob er Spülbürsten führt. Wissen S' scho? Spülbürsten! Die liegen im Dutzend dort rum, und die Dame fragt danach. I sag's Eahna, da stimmt was ned. Pfeilgrad überhaupt ned.«

Erwartungsvoll ließ sie sich wohlig in die Wölbung der Banklehne zurückfallen und ächzte ein wenig. »Gell, da schaugst?«

Ja, das stimmte. Ottakring war nachdenklich geworden. »Die Frau, hat die grad so ausgeschaut wie die Frau Weigl, die Sie kennen?«, hakte er nach. »Oder ist Ihnen was aufgefallen an ihr?«

»Ja, scho. Ausgschaut hat s' wie immer. Vielleicht a bissl aufgedonnerter. Aber benommen haben die zwei sich wie frisch verliebte Liebesleut.« Roswitha Maria Schmied richtete sich auf. »Und jetzt halten S' Eahna fest«, sagte sie. Und schwieg. Die Frau verstand es, Spannung aufzubauen.

»Und?«, sagte Ottakring. »Ich halt mich ja schon fest.«

»Diese … diese … die kam dann rein zum Lassiter. Die mit dem Selbstmord.«

»Anita? Kutterling?«

»Genau die. Und wissen S', was die gmacht hat? Können Sie sich des vorstellen?«

Hilflos breitete Ottakring die Arme aus, Handflächen nach oben. »Nein«, sagte er, »ned so recht.«

»Also, i sag's Eahna. Die kommt rein, schaut sich um, sieht den Weigl und geht stracks auf ihn zu. Wie früher der Tschon Wein in seine Cowboyfilm geht sie auf ihn zu. Die Frau beachtet sie gar ned. Wo sie vor dem Weigl steht, was meinen S', was die dann macht?«

Wieder Ottakrings Geste des Ahnungslosen.

»I sag's Eahna. Die spuckt direkt vor ihm aus. Ob das der Boden war oder seine Füß, was sie getroffen hat, des hab i natürli ned gsehn. Aber direkt vor ihn hin hat die gspuckt. Nix weiter. Nur gspuckt. Und dann ist sie gegangen.« Sie wischte sich mit der Hand über den Mund. »Also i frag Sie: Warum spuckt die direkt vor ihm aus? Des machst du doch bloß bei einem Verbrecher. Hast mi?«

18

Als Tilman Schilling an diesem Abend auf den Balkon trat, traute er seinen Augen nicht. Vier Scheinwerfer waren in Weigls Garten aufgebaut. Sie waren punktförmig auf die Grube gerichtet, sodass sie taghell beleuchtet war. Zwei Männer in weißen Kapuzenanzügen schaufelten das weiche Erdreich auf, eine dritte Person hielt sich am Rand auf und sprach in ein Gerät, entweder ein Handy oder ein Diktiergerät, Tilman konnte es nicht genau erkennen.

Als die Person sich umwandte, erkannte er, dass es eine weibliche Gestalt war. Am Rand der Grube lag ein Kadaver mit weißem Fell.

Vor dem Haus auf der Straße war ein Polizeikombi geparkt.

»K-a-t-h-a-r-i-n-a«, buchstabierte Tilman kaum hörbar vor sich hin. »K-a-t-h-a-r-i-n-a … K-a-t-h-a-r-i-n-a …« Wieder und immer wieder. Eine Litanei, wie ein magischer Name. Die in seinem Herzen aufquellende Freude begann sich im ganzen Körper auszubreiten. Er fühlte einen Zwang, diese Freude mitzuteilen. Auf der ganzen Welt gab es dafür nur einen einzigen Menschen: Marie!

Tilman holte sein Handy und drückte ihre Nummer. Keine Antwort. Er probierte es noch einmal. Als wieder nichts geschah, öffnete er seine Wohnungstür, ging die Stufen hinunter und klopfte an ihre Tür.

Nichts.

Panik begann in ihm emporzukriechen. Wie bei einem Kind, das sich alleingelassen fühlt. Die rechte Hand rüttelte an seinem Oberschenkel, der Mund stand weit offen, die Augen rollten, als er langsam, Stufe für Stufe, die Treppe hinauf zu seiner Wohnung zurückging. Erst als er auf dem Balkon stand und die Aktion drüben in der Nummer 13 wieder in sein Blickfeld geriet, normalisierte sich sein Zustand. Er verkehrte sich quasi ins Gegenteil und wich einer angenehmen Euphorie. So als er ob er sagen wollte: »Seht ihr, ich hab's doch gleich gesagt.«

Er holte sein Buch hervor und machte sich Notizen. Er

vermied es, etwas in die Liste unerfreulicher Ereignisse einzutragen.

Vom Staatsanwalt die Genehmigung zu erhalten, die Grube zu öffnen, war nicht leicht gewesen. Doch Chili Toledo, einmal angestachelt und gefordert, konnte unglaublich stur und hartnäckig sein und, wenn es sein musste, jeden Mann um den Finger wickeln. Sie hatte sich von Joe Ottakring noch einmal eine Zusammenfassung der Ereignisse, der Fakten und der Indizien liefern lassen, sich daraus ihr eigenes Bild gefertigt und war damit zur Staatsanwaltschaft marschiert. Sie hatte Glück, denn zuständig war Dr. Aragon. Chili hatte früher schon bemerkt, dass Aragon ein Verhältnis mit einer der Sachbearbeiterinnen hatte. Das hatte sie wie eine heimliche Waffe für sich behalten für den Fall, dass sie die Waffe einmal benutzen musste. Diesen Umstand spielte sie jetzt aus.

Keine fünfzehn Minuten hatte die Prozedur gedauert. Sie hatte Aragon gerade bei einer kleinen Feier im Büro erwischt, wo er mit anderen, auch mit dieser Sachbearbeiterin, zusammenstand. Es wurde gerade für irgendetwas applaudiert, und man schüttelte sich die Hand. Chili Toledo bekam ein Glas Prosecco in die Hand gedrückt, an dem sie mit einer Mischung aus Höflichkeit und Berechnung nippte. Dann nahm sie den Staatsanwalt für eine Minute zur Seite und platzierte ihre Andeutung, die auf den Ahnungslosen wirken musste wie eine kleine Explosion. Sie nahm noch einmal Schwung auf und unterbreitete ihm in aller Knappheit und Konsequenz einen Vorschlag, den er unmöglich ablehnen konnte. Bevor sie die kleine Gesellschaft ohne ihren Triumph zu zeigen verließ, nippte Chili ein zweites Mal an ihrem Glas. Das war's dann gewesen.

Nun stand sie am Rand der Grube, für die sie die Erlaubnis bekommen hatte, sie zu öffnen. Die beiden Männer von der Spurensicherung waren ihren Anweisungen zunächst mit ausdrucksloser Miene gefolgt. Bald schon hatten sie das Objekt erobert, von dem keiner wusste, was er damit anfangen sollte: nicht ein einzelnes Tier, nein, ein Rudel von elf weißen Hasen. Die Mimik der Beamten änderte sich dabei rapide, denn der Aasgeruch war intensiv und erbärmlich. Sie waren von ihrer Tätigkeit einiges gewohnt, doch ein solch hochgradiger Gestank, das war neu.

Hilfesuchend sah Chili sich um, als die weißen Hasenkadaver zutage gefördert und zur Seite gelegt wurden. Im Haus war alles finster. Sie hatte eigentlich damit gerechnet, zumindest Ignaz Weigl anzutreffen, und wäre mit ihm bestimmt an einen heftigen Gegner geraten. Deshalb war sie heilfroh, ihm nicht begegnen zu müssen. Auch der Zwilling, wenn es einen gab, blieb unsichtbar.

»Und? Was machen wir jetzt mit den ganzen Viechern? Und was bringt uns das?«, fragten die beiden SpuSi-Beamten. Sie hatten Leichensäcke zweckentfremdet und die toten Tiere einzeln hineingepackt.

Auf solche Fragen hatte Chili auch keine Antwort. Elf vermoderte Hasenkadaver statt der erwarteten Frauenleiche. Elf tote Körper, die zum Himmel stanken. Ein einen Meter zweiunddreißig tiefes und zwei Meter vier breites Loch, in dem schichtartig wie in einer Lasagne die toten Körper eingelegt worden waren. Warum in alles in der Welt buddelte jemand tote Tiere auf diese Weise in die Erde? Warum besaß ein Mensch elf weiße Kaninchen, die alle gleichzeitig starben? Oder hatte er sie alle getötet? Wieso gab es keine Frauenleiche, und weshalb hatte Chili mit solchem Nachdruck auf einer Freilegung bestanden?

Chili Toledo fiel es schwer, sich mit dem Gedanken anzufreunden, diesen Umstand Dr. Aragon und ihrem Chef, Kriminalrat Rico Stahl, erklären zu müssen. Rico hatte sich eh schwergetan, sie in die freie Wildbahn zu entlassen.

Sie ließ das übrige Grundstück untersuchen. Sie begannen am entgegengesetzten Teil des Gartens und arbeiteten sich methodisch ums Haus herum nach vorn durch. Die beiden Kollegen von der SpuSi deckten die Grube mit einer Plane ab und stellten die Scheinwerfer um. In einer stillen Minute stand Chili ganz still da und ließ den Blick über das dunkle Haus und den hell erleuchteten Teil des Anwesens schweifen. Hatte hier einmal eine Frau gelebt, die aus irgendeinem Grund von ihrem Mann ermordet und im Garten verscharrt worden war? Davon waren Ottakring und sie ausgegangen. Was sollte sich hier abgespielt haben?

Sie wollte nicht einfach aufgeben. Menschen hinterließen immer Spuren. Von Ottakring hatte sie Kenntnis, dass die Schwester des Autisten das Haus bereits durchsucht hatte, wenn auch illegal. Sie hatte Verdächtiges gefunden, jedoch nichts, was direkt auf den Tod der Katharina Weigl hinwies, lediglich auf ihr mögliches Verschwinden.

Zweifel überkamen die Kommissarin. Sie hatte Vertrauen aufgebaut und missbraucht, dachte sie, und ihre Initiative hatte zu keinem Ergebnis geführt. Sie war ihrem Instinkt und Gefühl und ihrem Ehrgeiz auf den Leim gegangen, und da spielte es keine Rolle, dass sie – wenn sie ehrlich zu sich war – am Ende nur Joe Ottakring einen Gefallen tun wollte.

»Da ist nichts«, raunte ihr der eine der Spurensicherer zu. »Nicht einmal ein Stall für die Hasen. Wie geht's jetzt weiter?«

Ja, das fragte sie sich auch: Wie geht's jetzt weiter? Scheinwerfer abbauen, Plane entfernen und Grube wieder auffüllen, und was tun mit den weißen Kaninchen? Sie hatten ganze Arbeit geleistet, nur das Ergebnis konnte sich unmöglich sehen lassen. Nie im Leben hatte sie sich dermaßen lächerlich gemacht wie mit dieser Aktion. Welche Blamage!

Doch wie nicht selten im Leben und somit auch in der polizeilichen Tätigkeit regelte sich vieles von selbst. Ein Umstand trat ein, mit dem man nicht im Geringsten gerechnet hat. Oder das Gegenteil: *Shit happens.*

Wieder einmal machte Chili Toledo diese Erfahrung. Ein Motorgeräusch kam von weit her und näherte sich. Das Fahrzeug verlangsamte sein Tempo, bog in die Einfahrt zur Nummer 13 ein und hielt vor der Garage.

»Was ist denn hier los?«, brüllte Ignaz Weigl.

»Aha!«, stieß Tilman Schilling aus, als er Ignaz Weigls Wagen einparken sah. »Sehr unerfreulich.« Sein Kopf mit den riesigen Augen drehte sich von einer Seite zur anderen. Hin und her und hin und her.

Mit Verwunderung hatte er zunächst die polizeilichen Anstrengungen drüben im Garten verfolgt. Einen *Oryctolagus cuniculus forma domestica* nach dem anderen förderten sie zutage. Das Fragezeichen hinter K-a-t-h-a-r-i-n-a wuchs und wurde nach jedem Stallhasen größer. In Tilmans feiner Nase potenzierte sich der Gestank. Er wunderte sich, warum nicht die ganze Friedhofgasse erwachte und rebellierte.

Zwischendurch holte er die Digikamera und wollte Aufnahmen machen, doch der Blitz versagte, und die Bilder waren zu dunkel. Tilman fasste das als Niederlage auf. Er wandte sich um und schmiss die Kamera unter heftigem Mienenspiel ins Wohnzimmer, wo sie über den Boden bis in die Diele schlitterte.

»Etwas haben«, sagte er halblaut zu sich selbst, als er merkte, dass seine Hände leer waren, »Tilman muss etwas in der Hand haben.« Er griff in die Tasche und fingerte das Handy heraus. Zuerst tippte er noch einmal Maries Nummer ein. Erfolglos.

Seine Gedanken rotierten. Instinktiv spürte er, dass drüben durch Weigls plötzliche Anwesenheit Gefahr drohte. Am liebsten wäre er die Treppen hinab- und hinübergelaufen, um der Frau und den zwei Männern zu Hilfe zu eilen. Doch er stand bewegungslos wie ein versteinerter Storch. Die innere Unruhe war ein Monster und drohte ihn aufzuzehren. Schließlich gelang es ihm, sich aus der Erstarrung zu lösen, und er fand den Weg ins Wohnzimmer.

»Herr Ottakring!« Wie ein einsamer Stern am Firmament tauchte dieser Name auf. Das Bild des verehrten Kriminalrats erschien an der weißen Wand. Dessen Handynummer hätte er im Tiefschlaf hersagen können.

»Hock dich hin!«, hörte er plötzlich Maries Stimme. »Hock dich hin und gib a Ruh!« Erfreut sah er sich um. Doch da war niemand. Es war lediglich das Kommando, das Marie manchmal gab, wenn ihr Tilmans Unruhe zu viel wurde. Gehorsam ließ er sich im nächsten Sessel nieder und gab die Zahlen ein, die er leise hersagte.

»Ottakring«, hörte er die vertraute Stimme.

Ein bisschen Glück durchströmte Tilmans Körper. Alles

Glück, das zu empfinden er fähig war. Er hörte tatsächlich die Stimme des Mannes, den er wie einen Vater verehrte.

»Herr Ottakring, Tilman hier.«

Als er dem Kriminalrat das Problem geschildert hatte, ließ er sich zu Boden fallen, streckte die Hand nach der Fernbedienung aus, die unter das Regal mit den DVDs gerutscht war, und schaltete den Fernseher ein.

Dann zog er die Beine an den Körper, schlang die Arme darum, stützte sein Kinn auf die Knie und hielt die Luft an, bis er fast erstickte.

Ottakring hatte sich mit einem selbst zubereiteten Abendessen überrascht. Den Vorschlag dazu und das Rezept hatte Lola ihm in der Früh am Telefon eingeflüstert. Den Saibling vorbereiten und würzen, die Kartoffeln schälen und kochen, den Salat putzen, Essig, Öl und einen Löffel Maggi dazutun und mischen, Zwiebeln und Knoblauch schälen und schneiden – das alles nahm die gleiche Menge Zeit in Anspruch, die Lola gebraucht hätte, um ein dreigängiges Menü für acht Personen auf den Tisch zu bringen. »Aber sie könnte keinen Mord aufklären«, brummte er wie zur Entschuldigung. Doch sicher war er nicht. Bei Lola konnte man niemals und mit nichts sicher sein.

Jedenfalls war es spät geworden. Er hatte auf der Terrasse die Flasche Wein noch genüsslich geleert und war gerade bei seiner Lieblingsbeschäftigung, dem Abwasch und dem Saubermachen, als das Telefon schellte. Er versuchte den Anrufer anhand der Nummer zu identifizieren. Sie war ihm nicht ganz fremd, doch zuordnen konnte er sie nicht.

»Ottakring«, meldete er sich.

Es war Tilman. Tilman hatte ein Problem. Ein Problem, das er zunächst nicht verständlich formulieren konnte. Doch wenn Tilman von sich aus zu später Stunde anrief, war das nicht aus einer Laune heraus.

»Nummer 13. Weigl. Stallhasen ausgegraben. Scheinwerfer.« Einzelne Worte bröckelten wie hartes Gestein aus Tilmans Mund und machten zunächst nicht viel Sinn. Erst als Ottakring »weiße Anzüge« und »Kapuzen« hörte, machte er sich einen Reim auf das Gestammel. »Die Polizei untersucht Weigls Grundstück bei Scheinwerferbeleuchtung und hat Stallhasen gefunden«, war wohl die Botschaft. Hatten sie etwa nach einer weiblichen Leiche im Garten gesucht und waren auf Grund gelaufen?

Ottakring spielte mit einem Kugelschreiber. Er ließ ihn artistisch um die eigene Achse wirbeln und tippte dazwischen damit auf die Platte des Tisches, vor dem er saß. Er war nervös.

»Wo bist du, Tilman?«, fragte er überflüssigerweise. Er wartete die Antwort nicht ab und setzte nach: »Ist Marie bei dir?«

Als Tilman verneinte, schwang sich Ottakring aufs Fahrrad und radelte die paar Meter bergab.

Ignaz Weigl war aus dem Wagen gesprungen und brüllte und blökte wie ein tollwütiger Hirsch. Er warf die Arme in die Luft und sah mit seinem prallen Gesicht, das im Scheinwerferlicht glutrot glänzte, zum Fürchten aus.

In all seiner ausufernden Erregung musste er aber erkannt haben, wer der Boss der Truppe war. Wie ein Stier stürzte er auf Chili zu.

Chili blieb bei alldem sehr cool. Im letzten Augenblick trat sie wie ein Torero einen Schritt zur Seite, und der Toro raste ins Leere. Als er zurückkam, hielt sie ihm das staatsanwaltliche Papier vor die Nase.

Doch Weigl nahm es gar nicht mehr zur Kenntnis. Er schwankte, kniff die Augen zusammen und atmete schwer mit offenem Mund. Er drehte ab und machte einen Schritt auf die Straße. Lautes Hupen ertönte. Mit einem Ruck blieb er stehen, nahm das durchs offene Fenster gebellte Fluchen eines Taxifahrers entgegen. Aus kurzer Entfernung war das Geräusch einer Fahrradklingel zu hören. Sekundenlang bewegte sich Weigl nicht von der Stelle. Er stand da und presste beide Hände gegen die Brust.

Chili Toledo eilte zu ihm, um zu helfen. Doch Weigl schob sie wortlos zur Seite, stürzte, übergab sich in einen Busch, kroch in sein Auto, legte den Rückwärtsgang ein und schlitterte mit laut protestierenden Reifen die Friedhofgasse hinunter Richtung Rosenheim.

»War das der Weigl?«, fragte Ottakring und stieg vom Rad. »Was ist denn in den gefahren?«

19

Insgeheim war Joe Ottakring erfreut über Chilis Initiative. Auch er hatte felsenfest mit einer Frauenleiche gerechnet. Sollte er betrübt sein, dass er sich geirrt hatte? Jedenfalls für Chili tat es ihm leid, sie hatte bestimmt ziemliche Handstände machen müssen, um die Genehmigung zu kriegen.

»Wie hast du denn den Staatsanwalt herumgekriegt?«, fragte er sie. Es interessierte ihn wirklich. Er hätte das in seiner aktiven Zeit nicht geschafft.

»Es gibt nicht nur einen einzigen Unterschied zwischen Mann und Frau«, antwortete sie geheimnisvoll.

Das war zwar Chili, wie sie leibte und lebte und wie er sie kannte. Doch er war so schlau als wie zuvor.

Drüben hatten die Männer die Scheinwerfer abgeschaltet und wickelten die Kabel auf. »Verschwundene Personen«, sagte Ottakring. »Nichts ist so spannend wie Menschen, die sich in Luft auflösen. Wobei wir uns bisher nur auf die Beobachtung eines Autisten und seine Schlussfolgerung verlassen haben. Und auf die einer Zweiundneunzigjährigen. Beinahe hätte ich mich auch dem Verdacht angeschlossen, dass diese Katharina ermordet wurde. Blödsinn, wie wir inzwischen erkennen müssen.« Ottakring wirkte mutlos. Unbeweglich und mit ausdruckslosem Gesicht wirkte er, als hätte er Maß an Tilman Schilling genommen.

Chili tippte ihm mit der Faust sanft gegen die Schulter. »Aber wir haben doch schon eine Menge Indizien«, meinte sie. »Denk nur an die Beobachtungen, die dieser Autist gemacht hat, und an seine Fotos. Warum lädt Weigl mitten in der Nacht bei strömendem Regen geheimnisvolle Behälter in sein Fahrzeug? Tilman, der dazu in der Lage ist, riecht Blut. Er weist Fotos eines langen Messers und einer Säge aus. Wozu hat Weigl diese Werkzeuge gebraucht? Warum, glaubst du wohl, hat Katharina Weigl, wenn sie angeblich verreist ist, so vitale Utensilien wie Trauring, Handy und Ausweis zurückgelassen?«

Chilis attraktives Gesicht leuchtete vor Überzeugungskraft. Sie schien zu spüren, wie bei Ottakring die Spannung wieder hochschnellte. Ein letztes Schlusswort war nötig, um ihn wieder aus dieser seltsamen Lethargie zu holen. »Willst du allen Ernstes die Möglichkeit ausschließen, dass Ignaz Weigl tatsächlich seine Ehefrau zerstückelt und abtransportiert hat?« Sie tätschelte seine Wangen. »Joe Ottakring, großer Kriminalrat, willst du das wirklich?«

Ottakring schien wie aus einer Trance zu erwachen. In seinem Kopf überschlugen sich unkontrollierte Bilder. Im Gebüsch am Gartenrand hörte er einen Vogel singen. Verschwommen dachte er, dass es ein Buchfink sein musste. »Puuuhh«, zischte Ottakring, »du hast ja recht. Ich hab mich anscheinend schon zu sehr an meine Pensionierung gewöhnt.« Er lachte auf und musste husten. »Mir fehlt das tägliche Training.«

Chili war erleichtert. »Na, siehst du«, sagte sie. »Diese ganzen Überlegungen sind kein Blödsinn. Ich bin überzeugt, hier ist noch alles drin. Was ist eigentlich mit dieser Zwillingsschwester, frage ich mich. Darüber hinaus gibt es bei uns eine Vermisstenstatistik, die dir auch noch geläufig sein dürfte. Die allermeisten Menschen, die als vermisst gemeldet werden, tauchen nach kurzer Zeit wieder auf. Nach ein paar Tagen oder vielleicht einer Woche. Nur ein sehr geringer Prozentsatz wird nicht gefunden.«

Ottakring kannte diese Statistik. Doch sie war in diesem Fall nicht anwendbar, denn die Weigl war nie als vermisst gemeldet worden. »Ja, ja«, sagte er leicht abwesend. Ein Name war ihm in den Kopf geschossen. Ein Name, der auf seiner Festplatte wohl bereits unter »Gelöscht« abgelegt worden war. Evi Melcher, seine angebliche Schulfreundin. Die im selben Rosenheimer Hotel wie Angelina Metz wohnte, der Zwilling.

»Herr Ottakring!«, kam es laut von irgendwoher.

Ottakring schreckte hoch. Eine Stimme, die klang, als käme sie aus einem hohlen Baumstamm.

»Herr Ottakring!« Diesmal mit Betonung auf der zweiten Silbe.

Die Gestalt auf dem Balkon der Nummer 16 war im spärlichen Licht nur schwach zu erkennen. Doch wer anders als

Tilman Schilling sollte es sein? Tilman, der ihn an den Tatort gerufen hatte. Er hatte ein Megafon an den Mund gesetzt und gestikulierte mit dem freien Arm.

»Herr Ottakring!« Laut genug, um einen ganzen Friedhof zu beschallen.

»Ja!«, rief Ottakring mit gedämpfter Stimme. »Ich komm ja schon.«

Bevor er die Nummer 13 verließ, sagte er zu Chili: »Ich bitte dich, jetzt nichts mehr zu unternehmen. Nicht, bevor ich herausgefunden habe, was es mit dieser Angelina auf sich hat, der Zwillingsschwester. Okay?«

Dann machte er sich auf den Weg über die Straße. Überrascht war er nicht, dass Maries Auto in der Einfahrt stand. Routinemäßig legte er eine Hand auf die Motorraumklappe. Sie war warm.

»Guten Abend, Herr Ottakring«, begrüßte sie ihn. Marie war gerade dabei, die Haustür aufzuschließen. »Was verschafft uns die Ehre? Gibt's was Neues?«

Selbst Ottakring musste feststellen, wie exklusiv sie gekleidet war, ohne übertrieben elegant zu wirken. Marie Schilling war eine gut aussehende, schicke Frau, deren Typ zu dem, was sie trug, exakt passte.

Nachdem er ihr erklärt hatte, dass Tilman ihn gerufen hatte, verzog sie besorgt das Gesicht und begleitete ihn nach oben.

»Katharina ist tot.« So wurden sie empfangen. Tilman machte ein todernstes Gesicht, das Megafon hing an seinem rechten Arm herunter.

»Ich glaub auch selbst immer mehr daran«, bemerkte Marie. »Mein Bruder hat in diesen Dingen oft ein untrügliches Gespür.«

Ottakring nickte. Er wollte sich nicht äußern, bevor er über mehr Fakten verfügte. Die hoffte er am morgigen Tag zu erhalten.

Am nächsten Tag wachte Ottakring früh auf. Er hatte geschwitzt und versuchte sich daran zu erinnern, was er geträumt hatte. Es musste etwas mit Lola gewesen sein, denn sie hatten noch kurz vor Mitternacht telefoniert. Aber seine Erinnerung gab nichts her, der Traum blieb ihm verschlossen.

Wie für diesen Dienstag vorhergesagt, hatte sich das Wetter geändert. Es nieselte, und die Berge hingen in Wolken, die Jahreszeit hatte jedoch die Wärme konserviert. Am liebsten wäre er gleich losgefahren, aber kurz nach sechs Uhr dürfte für einen Hotelbesuch zu früh sein, dachte Ottakring. Um diese Zeit richteten sie vermutlich gerade das Frühstücksbüfett her. Und die Gäste lagen noch alle in den Federn. Wieder einmal musste er sich in Geduld üben.

Schon vor Jahren hatte er gelernt, dass Geduld mit sich selbst eine der vielen Fähigkeiten war, über die ein guter Polizist verfügen musste. Es gab immer Tage, an denen nichts lief. An denen eine Ermittlung stagnierte und sich weder vorwärts noch seitwärts bewegte. Dann brauchte man die nötige Geduld, um zu einer Lösung zu kommen. Ottakring, wie viele andere Menschen auch, war von Natur aus ein ungeduldiger Mensch. Er konnte schnell und energisch arbeiten. Aber er durfte die Geduld nicht verlieren, wenn es in einem Fall nicht voranging.

Wie in diesem Fall.

Wenn es denn ein Fall war.

In zehn Minuten Fahrtzeit war er am Ziel. Das Hotel »Alpina« lag am Autobahnzubringer, war im alpinen Stil gebaut und ein ansehnlicher Familienbetrieb.

»Frau Melcher? Ja, sie hat Zimmer 14 im ersten Stock«, sagte die freundliche Besitzerin. »Soll ich ihr Bescheid geben? Wen darf ich melden?«

»Sagen Sie ihr einfach, ihr Schulfreund sei hier.«

Inzwischen sah sich Ottakring die Gesichter der anderen Gäste an. Keine Frau ähnelte dem Bild, das er von Katharina Weigl hatte.

Der Frühstücksraum hatte einen Seitenausgang. Den benutzte Ottakring, um einen Blick in den Innenhof zu werfen, der wie ein barocker Schlosspark angelegt war. Kunstvoll beschnittener Buchs wechselte sich mit Palmenkübeln, Lilien,

Gladiolen und Rosenbüschen ab, die in der Morgenluft einen paradiesischen Duft verströmten. An den Seiten luden weiß lackierte Bänke mit kunstvoll geschmiedeten Rückenteilen zum Ruhen ein. Zwei Meter vor ihm trippelten zwei Elstern mit wippenden Schwanzfedern über ein kurz gehaltenes Rasenstück. Wie ein Metronom nickten ihre Köpfe. Ihr mit weißen Streifen durchsetztes Gefieder schimmerte blauschwarz. Sie turtelten und schnäbelten und hüpften umeinander herum. Lieber nutzten sie die Schwerkraft der Erde als die göttliche Erfindung ihrer Flügel.

»Seppi?« Ein zaghafter Ruf von der Tür her.

Langsam drehte Ottakring sich um. Er hatte sich vorgenommen, auf alles Mögliche gefasst zu sein. Doch mit der Schönheit einer Filmschauspielerin hatte er nicht gerechnet. Erst ihr Lächeln brachte Ottakring in die Gegenwart zurück.

»Du bist Evi?«, fragte er unnötigerweise. Und noch unbeholfener klang seine Gesprächseröffnung: »Ich beobachte gerade die Elstern.«

Mit einem Strahlen und zwei ausgestreckten Armen kam Evi Melcher auf ihn zu. Er tat sich schwer, ihrer Umarmung zu entgehen.

»Schön, dass du mein Angebot angenommen hast«, sagte sie und strahlte ihn an. »Am Telefon klangst du so reserviert.«

Sollte er ihr gleich zu Beginn reinen Wein einschenken und ihr sagen, dass es nur einen einzigen Grund für seinen Besuch gab? Die Tatsache nämlich, dass er sich über sie einen Weg hin zu Angelina Metz erhoffte?

»Willst du mich nicht zum Essen einladen? Wir könnten uns einen schönen Tag machen. Und über alte Zeiten reden.« Ihr Augenaufschlag hätte einen Scharfrichter vom Köpfen abgehalten. »Vielleicht nicht nur über alte Zeiten reden.«

Auch Joe Ottakring kam bei diesem Blick ins Straucheln. Diese Frau konnte ihm einen erheblichen Teil seiner Konzentration rauben. Und nicht nur das. Krampfhaft bemühte er sich, wegzuschauen.

»Wie wär's mit einem Drink am Morgen?«, gurrte sie. »Nimmt Kummer und Sorgen. Ein Sprizz zum Beispiel?«

Ottakring hatte keine Ahnung, was ein Sprizz war. Es klang streng nach Alkohol. Er sah kurz auf seine Armbanduhr.

»Nur ein Glas«, lockte die Frau. »Kann doch nicht schaden. Auf unsere wiedergewonnene Freundschaft.«

Es war nie eine Freundschaft gewesen, und es würde auch niemals eine werden. »Was ist denn in diesem Sprizz drin?«, fragte er, nur um höflich zu sein.

Die Elstern waren unter heftigem Getöse abgeflogen.

Evi Melcher und Joe Ottakring waren etwa gleich groß. Ihr Parfüm roch etwas weniger süßlich als der Duft der Leonardo-Rosen an dem Strauch neben ihnen. Er sah in ihr ovales, weiches Gesicht, ihre dunkelbraunen, weit geöffneten Augen, auf ihre kleine Nase und die kräftig geschminkten geschwungenen Lippen. Der Impuls, der ihn bei ihrem Anblick trieb, war mächtig, aber nicht mächtig genug. Wie bei einer frischen Infektion hatte etwas in ihm sämtliche Abwehrkräfte nach oben getrieben.

»Du kennst Sprizz nicht?«, fragte sie und griff nach ihm.

Er wich aus.

»Wo hast du denn in letzter Zeit gelebt? Sprizz ist so populär wie Bratkartoffeln, das kennt doch jeder.« Sie holte tief Luft und blies sie durch die aufgeblähten Wangen wieder aus. »Sehr gesund, das Getränk«, sagte sie.

»Kennst du Angelina Metz?« Er musste diese alberne Konversation einstellen. Doch in Wirklichkeit war es ein anderer Beweggrund, der ihn trieb: Er durfte nicht zulassen, dass Lola an den Rand gestellt wurde. Dass das hier in einen richtigen Flirt ausartete. Seinen Ehering trug er nur deshalb nicht, weil er jegliche Art von Schmuck für Männer ablehnte und weil er nichts an den Fingern spüren wollte.

»Angelina?«, sagte sie überrascht. »Freilich, ich hab sie hier im Hotel kennengelernt. Warum fragst du?«

»Könntest du sie mir vorstellen?«

Evi Melcher sah ihn von unten her an. Ihr Blick verriet Skepsis. »Sag mal, weshalb bist du eigentlich hergekommen? Um über mich eine andere Frau kennenzulernen? Was soll das?«

Ottakring fühlte ich unwohl. Die Frau hatte ja recht. Doch dann tat sich urplötzlich eine neue Gelegenheit auf. Wie aus Versehen waren seine Augen zur Tür gewandert, die in den Innenhof führte. Dort stand unverkennbar Angelina Metz. Die ganze Zeit hatte er ihr Bild vor Augen gehabt, und nun stand sie leibhaftig vor ihm. Oder war es Katharina Weigl?

»Guten Morgen, Evi«, rief sie. Nebenbei warf sie einen irritierten Blick auf Ottakring.

Fröhlich und unbeschwert klang das nicht, dachte er.

»Hast du schon gefrühstückt, Evi?«

Jetzt oder nie, nahm sich Ottakring spontan vor. Er löste sich von Evi Melcher und ging auf die Frau zu, die der Fotografie wie aus dem Gesicht geschnitten war.

»Guten Morgen.« Er stellte sich mit Namen vor und sagte: »Können wir uns kurz unter vier Augen unterhalten?«

»Aber hallo!«, ertönte es vom Rasen her. »Mein Schulfreund lässt mich einfach stehen und bandelt mit einer anderen an?«

Ottakring sah über die Schulter zurück. »Entschuldigung«, sagte er knapp zu Evi Melcher. »Das ist mir wichtig.«

Katharina Weigl war eine mittelgroße schöne Frau mit dunklem Kraushaar. Die Frau, die nun vor ihm stand, sah ihr, soweit er das mit seiner blassen Erinnerung vergleichen konnte, zum Verwechseln ähnlich.

Mit einem spöttischen Blick auf Evi Melcher zeigte sie sich sofort bereit für ein Gespräch. Sie setzten sich auf eine der weißen Bänke im hinteren Teil des Innenhofs. Evi verzog sich schmollend nach drinnen.

»Grüß Sie Gott, Frau Weigl«, sagte Ottakring. »Ich bin sehr froh, dass ich Sie gefunden habe.«

Sie stutzte einen Augenblick. Dann warf sie den Kopf zurück und lachte. Sie hatte das gleiche schwer zu bändigende Kraushaar wie ihre Schwester. »Würde ich im Hotel wohnen, wenn ich Frau Weigl wäre?«, fragte sie.

Ottakring schlug sich gegen die Stirn. »Ja natürlich«, spielte er den Überraschten. »Sie sehen sich aber auch zum Verwechseln ähnlich. Wie geht es Ihrer Schwester, Frau Metz?«

Sie wurde ernst. »Warum stellen Sie solche Fragen?«

Ottakring senkte die Stimme. »Ich suche nach Katharina Weigl. Sie scheint verschwunden zu sein.«

»Oh, wenn's nur das ist«, flötete sie. »Meine Schwester hat sich ein paar Tage freigenommen, und ich helfe bei Ignaz ein bissl aus. Stört es Sie, wenn ich rauche?«

»Wenn ich ›ja‹ sage, werden Sie trotzdem rauchen, hab ich recht?«

Sie zuckte mit den Achseln und zündete sich eine an.

»Und gehen mit Ihrem Schwager einkaufen?«, fuhr er fort. »Und turteln öffentlich mit ihm. Als ob Sie den Anschein erwecken wollten, Katharina zu sein.«

»Ha, wer sagt denn so was? Keine Spur … Entschuldigen Sie, mein Handy klingelt.« Sie sah auf das Display. »Rosenheimer Nummer. Kenne ich nicht. Ich geh kurz ran, okay?« Nach einem tiefen Lungenzug hielt sie das Telefon ans Ohr. »Hallo?«

Ihr Mienenspiel war interessant. Von Neugierde über Erstaunen bis am Ende Schrecken zeichnete sich auf ihrem Gesicht alles ab, was es in der Gefühlswelt gab. Sie hörte nur zu und sprach kein Wort. Als sie das Mobiltelefon wieder aus der Hand legte, hatte ihr Gesicht jegliche Farbe verloren.

»Ignaz hat Verdacht auf Herzinfarkt«, rief sie Ottakring leise mit einem Hauch von Schmerz zu. Der hatte sich in dezenter Entfernung aufgehalten. »Er liegt auf der Intensivstation. Ich muss dahin.«

Draußen neben dem Hoteleingang lehnte sich Ottakring an die Wand. Seine Gesichtsfarbe unterschied sich nicht wesentlich vom Weiß des gekalkten Mauerwerks. Er legte den Kopf in den Nacken und schloss die Augen. Das Jubilieren der Feldlerche über ihm entging ihm.

Es war erst Minuten her, dass Chili ihn angerufen und prompt auf seine Anfrage geantwortet hatte.

»Ja, eine Evi Melcher existiert tatsächlich«, sagte sie. »Und sie hat auch das Pasinger Karlsgymnasium besucht. Wir haben die Beschreibung, die du uns gegeben hast, mit unseren Quellen verglichen. Bei der Dame, die sich an dich herangemacht hat, handelt es sich in der Tat um diese Evi Melcher. Aber – und jetzt halt dich fest – es dürfte dir nicht bekannt sein, dass sie eine Kollegin von Lola ist … nein, war.«

Chili hielt kurz inne und ließ Ottakring durchatmen. Er schien zu ahnen, was kam.

»Die Melcher hat bis vor Kurzem beim Bayerischen Rundfunk gearbeitet, beim Fernsehen, wie Lola. Dann muss irgendetwas Irreguläres vorgefallen sein, aufgrund dessen der Melcher gekündigt wurde. Und jetzt rate mal, wer die Vorgesetzte dieser Dame war!«

Nein!, dachte Ottakring. Das darf nicht wahr sein. Er erfasste sofort die Zusammenhänge. Evi Melcher hatte ihm nachgestellt und wollte ihn hereinlegen. Mit ihm eine Affäre beginnen, um sich so an Lola Herrenhaus zu rächen.

Glühende Teilchen trieben in seiner Blutbahn, seine Nervenstränge waren wie mit Sandpapier behaftet. In seinem Körper herrschte Aufruhr, und in seinem Kopf lief ein Gedankengetöse ab wie schon lange nicht mehr.

In seiner aktiven Laufbahn war der Kriminalrat Joe Ottakring als cooler Hund verschrien gewesen. Doch wenn es um seine Frau ging, fühlte er sich auf einmal hilflos und ausgeliefert. Seit er Lola kannte – und das waren jetzt gut und gern zwanzig Jahre –, hatte er sich immer als ihr Beschützer wahrgenommen. Er wollte, dass Lola sich unter seinen Fittichen wohlfühlte und dass es ihr gut ging.

Und nun kam so ein Flittchen daher und wollte ihn um den Finger wickeln. Und er war sekundenlang fast so naiv gewesen, der Verlockung nicht zu widerstehen. Gelegenheit macht Diebe!

Sollte er Lola informieren? Sie stand momentan in schwierigen Verhandlungen, das hatte sie ihm am Telefon geschildert. Würde er mit seiner Information Unruhe stiften? Was würde geschehen, wenn er es ihr nicht sagte?

Nichts!

»Hallo, Joe? Bist du noch da?« Chili wurde ungeduldig. »Das haut dich um, was? Reicht dir das fürs Erste?«

Ja, das reichte ihm. Wie hatte er nur so saublöd sein können? Andererseits musste er zugeben, dass er von Beginn an ein komisches Gefühl hatte, dem er gleich hätte nachgehen sollen. Aber das war jetzt alles wurscht. Es war ja nichts passiert. Er musste sich auf Katharinas Schwester konzentrieren.

20

Ottakring erkannte die Stimme sofort, bevor sie auch nur ihren Namen genannt hatte. Es war Marie.

»Ich wusste nicht, wo ich sonst hätte anrufen sollen«, sagte sie.

»Warum? Was ist passiert?«

»Tilman ist weg.«

»Wie, weg? Was meinen Sie damit?«

»Er ist weg. Abgehauen. Ich mache mir Sorgen.«

Ottakring erhob sich von seinem Schreibtisch. Er hatte gerade eben das Telefonat mit Lola beendet. Er spürte, wie sein Herz schneller zu schlagen begann.

»Langsam«, sagte er. »Sie vermissen also Tilman. Erzählen Sie bitte der Reihe nach. Das bereitet auch mir Sorge. Seit wann vermissen Sie ihn?«

»Wir wollten heute bei mir essen. Er kam aber nicht zur vereinbarten Zeit herunter. Das ist ungewöhnlich, denn er hat sonst die Sekunden im Blut, wie Sie wissen. Da ging ich rauf in seine Wohnung. Sie war leer. Seine Jacke und sein Rucksack waren weg. Ich habe im Haus und im Garten nach ihm gesucht und gerufen. Nichts. Er bleibt verschwunden.«

»Haben Sie sonst noch etwas Ungewöhnliches bemerkt?«

»Äh, ja, richtig. Mein Fahrrad ist auch weg. Er könnte es genommen haben.«

Ottakring versuchte, eins und eins zusammenzuzählen. »Sind Sie ganz sicher, dass Tilman nicht doch noch im Haus oder im Garten ist? Im Keller?«

»Nein. Ich habe alles abgegrast.«

»Warum, glauben Sie, ist Tilman verschwunden?«

Kurze Pause. »Ich dachte, Sie hätten vielleicht eine Lösung.«

Ottakring überlegte, ob er eine Lösung wusste. Und was er Marie sagen sollte. »Vielleicht habe ich eine Lösung, wie Sie es nennen. Vielleicht weiß ich, wo er sich aufhalten könnte. Ich bin überhaupt nicht sicher. Aber möglicherweise habe ich recht. Wenn ich ihn finde, melde ich mich binnen einer Stunde. Beziehungsweise ich bringe ihn zu Ihnen zurück. Falls nicht, wird es zu einem Fall für die Polizei. Dann müssen wir überlegen, ob wir eine organisierte Suchaktion starten, bevor es dunkel wird.«

Damit beendete Ottakring das Gespräch. Er stand reglos vor seinem Schreibtisch. Hatte die Unruhe, die er in den Minuten vor dem Telefonat verspürt hatte, eine Erklärung gefunden?

Er ging nach draußen auf die Terrasse. »Du mit deinen Ahnungen«, würde Lola jetzt wieder spotten. Er hob den Kopf. Diesmal hörte er die Feldlerche über ihm trällernd jubilieren. Sonst war alles ruhig im Schrofenweg.

Das doppelstöckige Haus mit der Nummer 15 hatte eine freundlich gelbe Fassade und am Eingang geriffelte Milchglasscheiben. Vor der Straßenfront ragten im gleichen Abstand voneinander drei Birken bis über das Dach. Vier Parteien wohnten auf den zwei Etagen der Nummer 15. Zwischen der Wohnung im Erdgeschoss rechts und den Birken war ein kleiner Blumengarten angelegt, die restliche Fläche vor dem Gebäude bestand aus Rasen. Unten rechts, das war Anita Kutterlings Wohnung. Wenn man um das Haus herumging, stieß man auf die kleine Terrasse, von der aus man einen herrlichen Blick auf die Nummer 13 und einen eingeschränkteren auf die Berge hatte. Und wo man gnadenlos von einem gewissen Balkon der Nummer 16 aus beobachtet werden konnte.

Tilman Schilling hielt sich gegenüber der Tür vor dem Haus auf. Exakt vor der Haustürmitte in einem Abstand von sechs Metern vierzig. Reglos, stumm. Maries Fahrrad hatte er an ein Parkverbotsschild gelehnt und mit der Sicherheitskette befestigt. Den Rest war er zu Fuß gegangen. Eine Zeit lang war er zwischen dem Seniorenheim »Ü 70« und Anitas Haus ohne Plan und Sinn hin und her gegangen, pausenlos vor sich hin murmelnd, als ob er seinen Auftritt proben wollte. Nun stand er da und überlegte, wie er Anita am besten erreichte. Er wollte sie unbedingt etwas fragen.

Mit kurzen, behutsamen Schritten ging er auf das Haus zu. Neben ihm im Gras, als wollten sie mithalten, hüpften zwei Amseln mit schaukelnden Schwanzfedern.

»A. Kutterling«, stand auf dem weißen Schildchen neben dem Klingelknopf aus Messing. Nach dem zweiten Läuten war aus der Wohnung ein Geräusch zu hören. Anitas Gesicht erschien für Sekunden hinter einem kleinen Fenster neben der Haustür. Kurz darauf öffnete sich die Haustür einen Spaltbreit, und Anita streckte ihren Kopf heraus. Sie trug ein bunt geblümtes Top. Er kannte sie auch ohne dieses Top.

Tilman geriet in höchste Aufregung. Hinter seiner Stirn schien sich eine große Sache abzuspielen. Die Gedanken tanzten.

»Hallo!«, sagte sie freundlich, aber kritisch.

»Ein Jammer«, sagte er.

Sie öffnete die Tür etwas mehr. »Was ist passiert?«

»Ich bin Tilman«, stellte er sich vor.

»Anita«, sagte sie und schwang die Tür ganz auf.

»Aha«, sagte er aufgeregt. »Anita Kutterling, Friedhofgasse Nummer 15, achtundzwanzig Jahre. Telefon null-acht-null-drei-vier-sieben-fünf-acht- …«

Anita blies die Backen auf und lachte. »Aha«, sagte sie. »Du bist der Aut– der …«

»Der Autist«, sagte er lebhaft. »Freilich, ich bin der Autist. Der Autist von Nummer 16. Ganz entschieden.«

Tilman erschnüffelte den Bratenduft, der sich im Hausflur breitgemacht hatte. »Der Vorhang«, sagte er und gestikulierte dabei. »Du warst hinter dem Vorhang.«

Er schien ihre Neugier geweckt zu haben. Sie trat näher. »Hä?«, machte sie und rümpfte die Nase. »Welcher Vorhang? Was meinst du?«

»Letzte Woche am Achtzehnten um dreiundzwanzig Uhr zwei. Du warst im Haus von Ignaz Weigl. Hinterm Vorhang. Um dreiundzwanzig Uhr sechsundfünfzig kam Ignaz Weigl nach Haus. Du hast ihn begrüßt. Ihm die Tür aufgemacht. Auf der Stelle hast du das getan. Absolut. Du warst im Haus hinterm Vorhang. Wetten?«

Groß und starr stand Tilman vor Anita. Groß, starr und ganz in Schwarz. Nichts bewegte sich an ihm. Sein Gesicht war eine Maske.

Plötzlich, unter dem Eindruck solcher Bedrohung, sah er zum Fürchten aus. Anita schaute drein, als wäre ihr soeben ein Stück Fleisch aus dem Gesicht herausgerissen worden. Sie war rot bis hinter die Ohren.

Tilman achtete nicht darauf. »Warum warst du bei …?«

Jetzt wachte sie auf. Anita ging hin und hämmerte auf Tilmans Brust ein.

Er ließ sie hämmern. »Warum warst du bei ihm?«, fragte er ungerührt. Dass er sich übers Haar strich, war die erste Bewegung seit Minuten. »Ist Katharina tot?«

Es war angenehm für Tilman Schilling, als Anita Kutterling aufhörte, seinen Körper zu bearbeiten. Und vor allem verspürte er ein wohliges Gefühl, als sie sich zeitgleich an seine Brust warf.

»Nein.« Ihre Stimme verkümmerte zu einem tiefen Schluchzen. »Wie kommst darauf? Katharina ist verreist.«

Tilman griff an seine Hemdtasche und zog sein Buch heraus. Er ließ die Seiten durch die Finger rinnen, bis er eine bestimmte Seite fand. Er las: »Kein Klavierspiel. Kein Einkauf. Weigl fährt die Leiche weg. Strömender Regen, wenn er fährt. Zweiundzwanzig Uhr acht. Er tötet den Hund. Weil der gegraben hat. Blutgeruch.«

Tilman sah auf. Anita hing noch immer an seiner Brust und schluchzte. »Katharina ist tot«, schloss er und sah herab auf ihr Gesicht. Wie von selbst hatten sich seine Hände über die schmalen Schultern gewölbt. Über ihre geröteten Wangen liefen Tränen.

Sie riss sich los. »Wegen Katharina Weigl bist du hier?«, rief sie aus. »Was habe ich mit Katharina zu tun?«

»Katharina ist verschwunden. Seit zwei Wochen. Kein Klavierspiel mehr, kein Einkauf. Blut. Katharina ist tot.«

Angst war das, was Tilman, der Autist, in Anitas Augen las. Angst. Pure Angst. Da wusste er endgültig Bescheid.

Eine halbe Minute später trottete er zurück zu dem Fahrrad. Den Kopf hatte er wie ein Hund zur Seite gebeugt.

Joe Ottakring wusste aus seiner Erfahrung bei der Kriminalpolizei mit früheren Vermissten, dass manchmal ein für den

Betroffenen nur schwer zu entwirrendes Geflecht aus Sorge und Angst, aus Panik und Frust zu einem Stillstand im Kopf, sozusagen einem Hohlraum führen konnte. Womöglich war das der Grund, weshalb Marie Schilling ihn alarmiert hatte, dachte Ottakring. Sie hätte schließlich auch selbst einmal durchs Dorf ziehen können, um nach Tilman oder ihrem Fahrrad zu suchen. Er hatte einfach nicht daran gedacht, sie danach zu fragen. Sie kannte Tilman doch, seine Tücken, seine Vorlieben. Wenn er tatsächlich die Wohnung allein verließ, musste ein wichtiger Grund oder ein brennendes Verlangen vorliegen. Sie hätte beispielsweise in Erwägung ziehen können, dass ihr Fahrrad vor Anita Kutterlings Haustür geparkt war, in die er auf seine Art verliebt war.

Also machte er sich auf den Weg. Wie von selbst begegnete er Tilman, als der dabei war, das Fahrrad von dem Parkverbotsschild loszumachen.

»Hallo, Tilman, schön, dich zu sehen.«

Augenblicklich ließ Tilman das Fahrrad los und zog sein Notizbuch. Er schlug eine Seite auf, sein ausdrucksloser Blick blieb beharrlich auf diese Seite gerichtet. »Kein Klavierspiel. Kein Einkauf. Weigl fährt die Leiche weg. Strömender Regen, wenn er fährt. Zweiundzwanzig Uhr acht. Er tötet den Hund. Weil der gegraben hat. Blutgeruch.« Er blickte auf und sah Ottakring an. »Katharina ist tot. Anita weiß das. Anita weiß, dass Katharina tot ist. Anita war hinterm Vorhang.«

Er hatte also Anita aufgesucht, wie Ottakring vermutet hatte. Er hob die Hand, um sie Tilman auf die Schulter zu legen.

Der zuckte voll Schreck zurück. Tilman war vollkommen durcheinander. Allein das Haus zu verlassen, nicht am geplanten Mittagessen mit Marie teilzunehmen, Anita aus der Nähe zu erleben, mitzubekommen, wie verstört sie war – und jetzt auch noch den Kriminalrat zu treffen, das war zu viel für ihn. Er zückte die Liste unerfreulicher Ereignisse und machte einen Eintrag.

Nach einem Schweigen sagte Ottakring mit warmer Stimme: »Komm, wir gehen nach Haus.«

»Nach Haus, nach Haus. Mittagessen.«

Er begleitete Tilman bis zum Haus. Marie war hocherfreut über den Vermisstenfund und gleichzeitig beschämt, dass sie Ottakring eingeschaltet hatte.

»Das hätte ich auch selber schaffen müssen.«

Das Mittagessen fiel aus. Tilman war enttäuscht.

»Das hast du dir selbst zuzuschreiben«, sagte Marie. »Extra wegen dir habe ich heute bis Mittag blaugemacht.« Sie bereitete ihm aber eine kleine Brotzeit zu.

Dann informierte sie beide Männer, dass sie wegen der neuen Schaufensterdekoration dringend nach München musste.

»Aha. Oliver von Kirstein, Elisabethstraße 15, 80796 München, Telefon null-acht –« Tilman war sofort auf der Höhe.

»Ja, ja, ist schon gut. Also du weißt Bescheid, okay?«

»Entschieden okay. Tilman war heute bei Anita. Anita Kutterling, Friedhofgasse –«

»Tilman, ich bin etwas in Eile. Bitte erzähl mir das morgen, wenn ich wieder da bin.«

Dass Marie an diesem Abend nicht nach Hause kam, sollte bittere Folgen haben. Das hatte damit zu tun, dass sich Anita Kutterling, kaum hatte Tilman sie verlassen, auf den Weg ins Klinikum machte. Sie wollte Ignaz Weigl aufsuchen.

21

Durch das offene Balkonfenster in Tilmans Wohnung drang leises Vogelgezwitscher, ab und zu übertönt vom Krach eines vorüberfahrenden Mopeds, der Unterhaltung zweier Spaziergänger oder in der Ferne von den Arbeiten am Umbau der alten Gebirgsjägerkaserne.

Tilman stand mit wachen Sinnen davor. Er fühlte sich verlassen und unverstanden. Verlassen von Marie und unverstanden von Herrn Ottakring.

Es war fast wie damals, als er mit ansehen musste, wie sein Dad beim Kajakfahren im Wildwasser ums Leben kam. Wenige Tage danach – an einem Donnerstag, er wusste es genau, der Himmel war bedeckt gewesen, und er hatte Kaba zum Frühstück getrunken – war er wie heute allein in seinem Zimmer gewesen. Er hatte niemanden, mit dem er hätte reden können. Seine Mutter hatte ihn an der Tür umarmt, und er hatte sich an sie geschmiegt, wie sonst oft am Abend, bevor er ins Bett ging. Und wenn sie ihn in der Früh weckte, ging ihr Gesicht über ihm wie eine weiße Sonne auf, und er sog ihren Geruch ein, den er manchmal sogar noch im Klassenzimmer in der Nase hatte, obwohl sein Banknachbar wie so oft nach Zwiebeln, Knoblauch oder Schweiß stank.

An jenem Donnerstag hatte ihr Herz anders als sonst geschlagen, als er aus der Schule kam, viel schneller. Tilman hatte sie losgelassen und ihr fragend ins Gesicht geschaut. Über Mutters gerötete Wangen rannen Tränen, und er fing zu zittern an, wusste aber nicht, warum. Seine Mutter nahm ihn wieder in den Arm und sagte: »Jetzt ist dein Dad nicht mehr da.«

Aber das war doch klar, dachte er sofort. Er war schließlich dabei gewesen, wie das reißende Wasser seinen Dad fortgespült hatte. Erst zwei Tage später hatten sie ihn herausgefischt. Sein toter Körper hatte sich in den Zweigen einer herabhängenden Weide verfangen. Deshalb sagte er zu seiner Mutter: »Das weiß ich.« Er sagte es fast gelangweilt, weil er Hunger hatte und ihn die schwere Schultasche an der Schulter drückte. Und es roch überhaupt nicht nach Essen, was bedeutete, dass Mutter ihm wieder bloß ein Brot schmieren, ihn damit aufs Zimmer schicken und alleinlassen würde.

An jenem Donnerstag war sie nicht weggegangen. Sie hatte ihn trotzdem in sein Zimmer gesteckt. Da saß er dann, lange Stunden lang, allein am Tisch, und der ganze schöne Hunger war ihm vergangen. Das Brot mit der Salami und den Gurkenscheiben darüber, das er so gern mochte, rührte er nicht an.

Vom Kinderzimmer war Mutter zurück in die Küche gegangen.

Es kam ihm vor, als läge die Küche weiter weg als je zuvor und als wäre er nicht einfach nur allein, sondern alleiner, als er jemals gewesen war.

Trotzdem hatte Tilman Unterhaltung. Er redete. Er redete einfach mit sich selbst. Wenn Tilman mit sich selbst redete, war er weniger allein, das hatte er schon vor langer Zeit begriffen. Er erzählte sich in einem fort Sachen, und er hörte genau zu, was er sagte.

Jetzt, an diesem frühen Dienstagabend, fiel ihm jener Donnerstag wieder ein. Er schlang die Arme um seinen kalten, schlotternden Körper und hüpfte minutenlang von einem Bein aufs andere. Er warf den Kopf hin und her, keuchte mit offenem Mund und rannte barfuß in die Diele. Er entriegelte die Wohnungstür und stürzte hinaus in den Garten, wo ihm ein lauwarmer Wind ins Gesicht schlug. Dort verlor er das Gleichgewicht, ruderte wild mit den Armen und stieß einen lauten Schrei aus.

Es war ein einziger, lang gezogener Schrei. Doch dieser Schrei musste ihn wieder zur Vernunft gebracht haben. Er wusste, dass er das Haus nicht verlassen durfte. Er hatte es Marie versprochen. Noch bevor sie heute nach München gefahren war, hatte er es ihr erneut versprechen müssen.

Als er kurz darauf den Mann beobachtete, der die Friedhofgasse heraufkam und an der Gartentür haltmachte, presste er beide Hände gegen die Brust, weil er das Gefühl hatte, sein Herz würde sich selbstständig machen.

Der Mann sah aus wie Ignaz Weigl. Dunkel, mürrisch, böse. Aber das konnte nicht sein. Ignaz Weigl lag im Klinikum.

Rasch eilte Tilman ins Haus und die Treppe hinauf in seine Wohnung. Dort fühlte er sich geborgen. Er tastete nach seinem Handy. Ja, es steckte in seiner Tasche. Jetzt fühlte er sich auch sicher. Vorsichtig trat er auf den Balkon und spähte hinunter. Eine Hand aus Eis legte sich um sein Herz.

Der Fremde, der Ignaz Weigl glich, hatte soeben die Gartentür hinter sich geschlossen. Er verharrte im Garten auf dem Kiesweg zum Haus. Es war neunzehn Uhr vierundfünfzig.

Tilman zog sich ins Wohnungsinnere zurück. Langsam und rhythmisch knirschte unten der Kies. Tilman verfolgte die Geräusche mit faszinierter Ungläubigkeit. Der Mann näherte sich dem Haus! Mit jedem Schritt verfiel Tilman mehr und mehr in eine Starre, die ihn bewegungsunfähig zu machen drohte. In tiefer Not tastete er nach seinem Handy. Nervös fingerte er herum. In letzter Sekunde fand er die Taste, die er suchte. Erst als er bereits schwere Schritte die Treppe heraufkommen hörte, wurde abgenommen, und ihm gelang es, die Nachricht loszuwerden, die er in der vergangenen halben Minute im Kopf zu speichern begonnen hatte.

Wenig später stand Ignaz Weigl im Türrahmen und atmete die warme, leicht klebrige Luft ein. Er hatte sich gewundert, wieso die Haustür und sogar die Wohnungstür nicht abgeschlossen waren. Nachdem er sein Wundern überwunden hatte, freute er sich. Das erleichterte die Arbeit.

Sofort nachdem ihn Anita in der Klinik besucht und von den seltsamen Fragen des Autisten berichtet hatte, hatte er einen Entschluss gefasst: Der Mann musste zum Schweigen gebracht werden.

Anita war total in Panik geraten. »Nie darf herauskommen, dass ich deine Geliebte bin! Und mit dem Verschwinden von Katharina will ich nichts zu tun haben. Ich hab dir schon immer gesagt, dass das nicht gut gehen wird, Zwillingsschwester hin oder her.«

Also entwich er durch einen Seitenausgang aus der Klinik. Ein Taxi hatte ihn bis zur Ortsmitte gebracht, danach war er auf einem versteckten Seitenweg an sein Ziel gekommen. Noch bevor er das Grundstück der Nummer 16 betreten hatte, ahnte er kaum, was ihn erwarten würde. Er hatte noch nie mit einem Autisten zu tun gehabt. Er hatte keinen blassen Schimmer, wie so ein Mensch dachte, fühlte, tickte. Innerhalb von Sekunden nahm Ignaz Weigl die Umgebung vor ihm war.

In der Diele hatte kein Licht gebrannt, doch das Licht aus dem Wohnungsinneren schlug ihm entgegen. Der Raum wirkte auf ihn wie ein menschenleeres, von jeher verlassenes Gefäß. Der Autist saß bibbernd auf der Couch und starrte auf das Handy, das er in der Hand hielt. Er war ganz in Schwarz gekleidet, am Handgelenk ein gelbes Band. In der Nähe der Balkontür stand ein Stahlrohrschreibtisch mit schwarzer Tischplatte, der teilweise mit einer Tischdecke abgedeckt war, deren Blau weniger blass wirkte als das der Decke auf der Couch. Gleich an der Wand neben ihm eine Standuhr, innen angefüllt mit Büchern. Auf dem Boden lagen Hefte, Computerzeitschriften, wie es schien. Verschiedenfarbige Socken, eine schwarze Jeans, zerknüllte Schokoladenpapierchen, ein blaues Handy, ein iPod – alles lag verstreut da. Auf der blauen Decke, die über die Couch gebreitet war, lagen Videokassetten und DVDs, davor auf dem Teppich leere Schachteln. Auf einem Schränkchen neben der Couch standen zwei leere Joghurtbecher mit aufgerissenen, noch festhängenden Deckeln. In dem einen Becher steckte ein Löffel.

Der Autist hatte ein Notizbuch herausgezogen und las. Seine Lippen bewegten sich lautlos. Er zitterte am ganzen Körper.

Weigl hatte noch nie jemanden so ausgeprägt zittern sehen. Noch nie. Er ging drohend auf ihn zu, Schritt für Schritt und lautlos, als fürchte er, auf Minen zu treten. Einen kurzen Moment verharrte er. Er hörte den anderen stoßweise atmen.

Er musste ihn ausschalten. Es schien, als ob er leichtes Spiel hätte. Doch er spürte wieder diese Beklemmung in seiner Brust. Er presste beide Hände dagegen. Ignaz Weigl war durchaus bekannt, dass er ein großes Risiko eingegangen war, als er sich aus dem sicheren Bett der Klinik entfernt hatte. Er war es bewusst eingegangen. Wie lange würde sein Herz diese Strapaze durchhalten?

Schon von Weitem konnte Joe Ottakring sehen, dass etwas an dem Haus nicht stimmte. Als ihn Tilmans Notruf, der nichts als ein zitterndes Gestammel gewesen war, erreichte, hatte er nicht lange gezögert. Er hatte sich aufs Fahrrad geschwungen und war die wenigen Meter hinunter in die Friedhofgasse zur Nummer 16 geradelt. Als er näher kam, erkannte er sofort, was fehlte: das Stück Balkonbrüstung, das er repariert hatte, als Tilman ausgerutscht und sie durchbrochen hatte. Als Ottakring das Fahrrad gegen den Zaun lehnte und sich suchend umschaute, hörte er ein leises Wimmern.

Es kam von Tilman, der verkrümmt am Boden lag und mit dem freien Arm hilflos winkte.

»Tilman! Was ist passiert?«

Tilman war unfähig, eine verständliche Antwort zu geben.

Es bedurfte keiner langen Untersuchung, um festzustellen, dass der junge Mann sich etwas gebrochen hatte. Den Arm oder das Schlüsselbein oder beides oder mehr. Auch innere Verletzungen schloss Ottakring nicht aus. Kein Wunder, er schien zwei Stockwerke tief vom Balkon gefallen zu sein. Er wählte die Nummer des Notarztes und blieb, bis er kam.

Tilman stammelte und zitterte und schlug wie ein verletzter Fußballspieler mit der Hand am gesunden Arm flach auf die Erde.

»Wissen Sie, wie das passiert ist?«, fragte der Notarzt.

Ottakring zuckte mit den Achseln und deutete nach oben.

»Aha«, sagte der Doktor. Dann tastete er den Patienten ab. »Vermutlich das Schlüsselbein«, sagte er, »möglicherweise auch der Arm. Er muss geröntgt werden.« Er leuchtete dem Patienten in ein Auge. »Und er hat eindeutig einen Schock. Wir müssen sofort los. Bis wir Genaueres wissen, muss er geschont werden.«

Ottakring hatte nur einen Gedanken: Was war der Grund dafür gewesen, dass Tilman Schilling die Balkonbrüstung durchbrochen hatte und in die Tiefe gestürzt war? Ein vager Verdacht begann sich bereits in ihm festzusetzen.

22

Evi Melcher und ihre Schwester Lore verlegten ihre Joggingstrecken je nach Wetter und Laune jeden Tag in ein anderes Gebiet. An diesem herrlichen Tag hatten sie ursprünglich auf Lores Empfehlung hin an den Inndamm fahren wollen. Weil die Sonne jedoch schon ganz in der Früh vom Himmel brannte, entschieden sie sich dann für ein bewaldetes Stück Erde zwischen Thansau und dem Tinninger See. Evi war dort noch nie gewesen.

Sie waren beide Frühaufsteher, und Lore holte ihre Schwester schon um kurz nach halb sieben im Hotel »Alpina« ab. Im Kofferraum lag ein Rucksack mit Wechselkleidung, zwei Handtüchern und genügend Wasser. Sie nahmen auch Badesachen mit, es versprach ein weiterer schöner Tag zu werden.

Auf einem Parkplatz am Waldrand stellten sie das Auto ab. Es war kurz vor halb acht. Neben dem Auto stehend holte Lore die Thermoskanne hervor, die sie mitgebracht hatte, und sie tranken Kaffee.

»Los, auf geht's«, rief Lore. »Ein wunderschöner Waldlauf im herrlichen Oberbayern. Vielleicht kommen wir an einem Schwammerlnest vorbei.« Deshalb packte sie noch ein Messer in ihre Bauchtasche. Dann banden sie die Laufschuhe fest und machten sich auf den Weg.

In der Ferne hörten sie Hundegebell, einem Menschen waren sie noch nicht begegnet. Es war ziemlich warm und völlig windstill. Ihre Laufschritte wurden vom weichen Waldboden geschluckt, als sie dem Pfad folgten. Ein schwarzes Eichhörnchen kreuzte ihren Weg, setzte sich auf die Hinterbeine und beäugte sie misstrauisch. Dann kletterte es blitzschnell die Rückseite der nächsten Kiefer empor. Gelegentlich wechselten sie ein paar Worte, wobei Evi die gesprächigere der beiden Schwestern war. Sie lief hinter Lore her.

»Der Seppi ist ganz schön zickig«, sagte sie nach einer Weile. Beide schnauften schon. »Ich biete ihm sonst was an, und er? Sitzt auf einem recht hohen Ross, der Herr. Pass auf. Er sucht mich im Hotel auf, und ich denk schon Wunder was. Ich stell mir natürlich vor, dass er wegen mir anrollt, dass er angebissen hat. Aber nein, er erkundigt sich nach Angelina.«

Lore warf über die Schulter einen fragenden Blick nach hinten.

»Irgend so 'ne Tussi, die auch im Hotel wohnt. Aber immerhin – er hat sich meine Handynummer geben lassen. Schau mer halt mal, was so läuft.«

Schließlich einigten sie sich darauf, eine Weile nichts zu sagen.

»Du, da vorn ist ein besonders schöner Fleck mit Aussicht auf den See. Wollen wir eine kurze Rast einlegen?« Lore war in ein besseres Gehtempo verfallen.

»Ja klar«, sagte Evi. »Uns hetzt ja nichts. Aber zuerst muss ich mir einen Platz zum Bieseln suchen. Kaffee treibt.«

Sie kam noch mit zu der Bank am Aussichtsplatz, dann entfernte sie sich. Einmal war sie von einem zufällig vorbeikommenden anderen Jogger mitten in ihrem Geschäft überrascht worden. Sie hatte Glück gehabt, dass er Takt zeigte und wegschaute. Aber an ihren hochroten Kopf erinnerte sie sich lange noch und jetzt wieder.

Jenseits des Pfads, auf dem sie gekommen waren, fiel das Gelände zu einem dichten Gebüsch hin leicht ab. Dorthin wandte sie sich. Bevor sie sich hinhockte, blickte sie um sich. Nicht einmal ihre Schwester konnte sie sehen, so weit war sie vom Waldweg entfernt. Im selben Augenblick meinte sie, zwischen den Brombeerbüschen und Heidelbeersträuchern etwas zu sehen. Es stach farblich gegen all das Waldgrün ab. Von Natur aus war Evi nie besonders neugierig gewesen. Doch dieser Gegenstand, der da nicht hingehörte, interessierte sie. Sie konnte es nicht lassen, die Zweige der angrenzenden Büsche zur Seite zu biegen und nachzuschauen.

Da war eine Mulde. Undeutlich sah sie in der Mulde etwas, das sie für unmöglich hielt. Doch als sie ein weiteres Mal hinschaute, fand sie ihre Entdeckung bestätigt. Was sie sah, würde sie ihr Lebtag nicht mehr aus dem Gedächtnis löschen können.

Lore, der auf der Bank schon die Augen zugefallen waren, wurde davon alarmiert, dass jemand rief.

Nein, nicht rief. Jemand schrie.

Zuerst schnellte sie reflexmäßig hoch. Sie begriff nicht sofort. Dann wurde ihr mit Entsetzen klar, dass das ihre Schwester war, die verzweifelt um Hilfe rief. Sekunden später kam Evi schon angelaufen. Lore konnte nicht ahnen oder gar wissen, was passiert war. Auch nicht, was Evi gesehen hatte. Aber im Gesicht war ihre Schwester schneeweiß. Sie kam stolpernd und torkelnd herbei und suchte nach Worten.

Doch bevor sie auch nur einen zusammenhängenden Satz herausbringen konnte, kippte sie um und verlor das Bewusstsein.

Der Alarmruf erreichte das Polizeipräsidium in Rosenheim um acht Uhr zweiundvierzig. Der Polizist in der Einsatzzentrale, der ihn entgegennahm, hatte zunächst Schwierigkeiten, zu begreifen, worum es sich handelte.

»Ein Toter ohne Arme und Beine? Sind Sie sicher, dass es kein Verkehrsunfall war?«

Die Anruferin war so durcheinander, dass es schwierig war, sie zu verstehen. Schließlich gelang es dem Beamten und einem Kollegen mit vereinten Kräften, die Frau zu beruhigen und sie zu bitten, noch einmal zu wiederholen, was, wo und unter welchen Umständen sie den toten Körper gefunden hatte. Nach einer Viertelstunde hatte die Polizei ein einigermaßen klares Bild gewonnen. Eine Frau, die angab, Evi Melcher zu heißen, behauptete, beim Joggen in einem Wald östlich von Thansau in der Nähe des Tinninger Sees im Gebüsch eine Leiche ohne Kopf, ohne Arme und ohne Beine gefunden zu haben. Sie selbst befand sich im Wagen ihrer Schwester zusammen mit ihr am Rand dieses Waldes und rief von ihrem Mobiltelefon aus an. Obwohl alles sehr verwirrt klang, kam man im Präsidium zu der Auffassung, dass die Frau es ernst meinte und keine Spinnerin war.

Der Polizist ließ sich eine halbwegs genaue Ortsbeschreibung geben, notierte die Telefonnummer und sagte der Frau, sie solle mit ihrer Schwester bleiben, wo sie war.

Dann eilte er aufgeregt eine Treppe tiefer und klopfte an Rico Stahls Büro.

»Herein!«

Er hatte den Mordchef kurz zuvor im Flur vorübergehen sehen. Stahl saß vor seinem Computer. Der Polizist blieb in der Tür stehen und wiederholte in wenigen Worten, was er am Telefon aufgenommen hatte. Rico Stahl erfasste sofort den Ernst der Lage.

»Hat die Person von einer männlichen Leiche gesprochen oder von einer weiblichen?«, fragte er den Beamten.

Der wurde verlegen. »Das hab ich nicht gefragt. Aber wenn sie es gewusst hätte, hätte sie es bestimmt gesagt.«

»Na gut«, meinte Rico Stahl und stand auf. »Ich fahre sofort hin. Haben Sie Chili Toledo gesehen?«

Dann fiel Stahl ein, dass Toledo an diesem Morgen auswärts Dienst tat. Sie hörte einen pensionierten Flugkapitän an, der gerade aus dem Landeskrankenhaus entlassen worden war und beschuldigt wurde, an der Tötung seiner Ehefrau beteiligt gewesen zu sein.

Bevor er das Büro verließ, wählte er den Anschluss von Ottakrings Handy. Nachdem er das Gespräch beendet hatte, speicherte er die Nummer. Er hatte das Gefühl, sie noch öfter zu brauchen.

Der Anruf, der Joe Ottakring das Blut in den Kopf jagte, erreichte ihn am Mittwoch früh um Viertel nach neun. Vorher schon hatte Lola ihm in ihrem morgendlichen Telefonat mitgeteilt, dass sie noch bis mindestens Sonntag in Berlin bleiben müsse. Sie hatte traurig geklungen.

»Uns wurde ein Leichenfund gemeldet«, sagte Rico Stahl.

Augenblicklich wusste Ottakring Bescheid. Die ganze Zeit hatte er mit sich gerungen und Zweifel mit sich herumgetragen, doch im Inneren wusste er, welche Botschaft Rico Stahl ihm überbringen würde. Er hatte es einfach nicht wahrhaben wollen, dass sich unmittelbar in seiner Nachbarschaft ein Kapitalverbrechen ereignet haben sollte.

Sofort musste er wieder an Lola denken. Lola würde unter solchen Umständen vermutlich am nächsten Tag in einen anderen Ort ziehen wollen. Am besten – wenn das eintrat, was er befürchtete – sollte sie es nie erfahren, doch das würde sich kaum vermeiden lassen. Ab der nächsten Sekunde, das wurde ihm verschwommen klar, würde er für unbestimmte Zeit in einem nicht auszudenkenden Alptraum gefangen sein.

»In einem Wald südlich von Rosenheim in der Nähe von Thansau«, fuhr Rico Stahl fort. »In einem Gebüsch. Eine Joggerin hat den Fund gemeldet. Ich bin gerade dabei, hinzufahren. Offenbar ein Torso. Wir wissen noch nicht, ob männlich oder weiblich. Ich tippe auf weiblich. Wir werden ihn gleich in die Rechtsmedizin schaffen.« Er räusperte sich kurz. »Bist du noch dran? Ja? Ich dachte nur, es könnte dich interessieren.«

Katharina Weigl! Zwei Wochen nach ihrem Verschwinden musste sich Joe Ottakring endlich eingestehen, was er einigermaßen erfolgreich verdrängt hatte.

Ein Torso ist ein unvollständig erhaltener Körper, definierte er für sich. Selten nur in seiner aktiven Laufbahn hatte er diesen Begriff für einen Leichenfund anwenden müssen. Erschossen, erstochen, erhängt, erwürgt – immer waren gewöhnlich die Körper nach einem unnatürlichen Tod von Kopf bis Fuß erhalten geblieben. Freilich, es gab auch Leichen ohne Kopf – aber außer mit Selbstmördern, die sich vor den Zug geworfen hatten, hatte er damit bisher nichts zu tun gehabt. Was nicht bedeutete, dass er nicht Anblicke von überwältigendem Grauen hatte erleben müssen. Eine gut erhaltene Leiche, die kein Torso war, bedeutete nicht unbedingt, dass der Körper unversehrt war.

Er erinnerte sich an den Mord an der sechsundzwanzigjährigen Milena Dohmen. Sie war Lehrerin für behinderte Kinder gewesen und arbeitete in einer Kindertagesstätte. Mit ihren achtundvierzig Kilo und einer Körpergröße von unter einem Meter fünfundfünfzig brachte sie ein seltenes Einfühlungsvermögen für ihre Schüler mit. Sie lebte bei ihren Eltern in einer Erdgeschosswohnung im Münchener Osten. Selbst an solche Details konnte Ottakring sich erinnern, obwohl die Bluttat schon ein Dutzend Jahre zurücklag.

Milena Dohmens nackte Leiche wurde in dem Zwölffamilienhaus am oberen Ende der Treppe zum Speicher gefunden.

Ottakring traf kurz danach zusammen mit der Rechtsmedizinerin am Tatort ein. Der Körper war gespickt mit Zeichen schwerer Misshandlungen. Später im Sektionssaal wurden Brüche von Kiefer, Nase und Wangenknochen diagnostiziert. Alle Zähne waren locker. Milenas Arme und Beine waren mit ihrem eigenen Gürtel und ihrem BH gefesselt. Bei der Obduktion wurde festgestellt, dass sie schon tot gewesen war, als der Mörder das tat. Auch die Brustwarzen waren ihr nach ihrem Tod abgeschnitten und auf die Brust gelegt worden. Den Slip hatte man ausgezogen und ihr über den Kopf gestülpt, sodass er ihr Gesicht verdeckte, und an Schenkeln und Knien wurden Bissspuren gefunden. Einen Kugelschreiber und einen Stift hatte man in ihre Ohren gestoßen, und die Mundhöhle war mit der Halskette ausgefüllt, die sie getragen hatte. Der Bauch war aufgeschnitten, und die übrige Haut war mit tiefen Schnittwunden übersät. Bei der Untersuchung der Todesursache wurde festgestellt, dass sie mit dem Riemen ihrer eigenen Handtasche stranguliert worden war.

Ottakring hatte über zwanzig Menschen verhört und sehr schnell herausgefunden, dass ein gleichaltriger Mann aus dem auf der anderen Straßenseite gelegenen Haus die Tat begangen hatte. In seinem Polizistenleben war er häufig Zeuge von Szenen geworden, die von einem blutigen und brutalen Drama sprachen. Doch selten war ihm etwas so nahegegangen wie der Mord an Milena Dohmen.

Wenn Rico Stahl also nun einen Torso gefunden hatte, mussten dem nach klassischem Muster Kopf, Arme und Beine fehlen und nur der Rumpf übrig geblieben sein. Obwohl er zu diesem Zeitpunkt bereits einen Hauch Gewissheit verspürte, hoffte Ottakring bei Gott, dass es sich nicht um Katharina Weigl handelte.

Ignaz Weigl hatte das Gefühl, in der Falle zu sitzen. Ihm war klar geworden, dass er impulsiv und unüberlegt gehandelt hatte. Gut, er hatte diesem Autisten auf seine Art klarmachen können, dass es nicht gesund war, sich gegen ihn zu stellen. Doch er war unerlaubt aus dem Klinikum entwichen, und seine Abwesenheit würde bemerkt werden. Dabei war eine Klinik kein Gefängnis, und darüber hinaus fühlte er sich wohlauf. Kein Herzrasen, kein erhöhter Blutdruck. Von der Intensivstation hätte er nicht so einfach abhauen können, doch aus einem Einzelzimmer war es ein Kinderspiel gewesen. Er hatte sich einfach im Haus herumgetrieben, war spazieren gegangen, hatte in der Cafeteria einen Kaffee getrunken, basta.

Er parkte sein Auto und wählte denselben Weg hinein, den er heraus genommen hatte.

»Ach, da sind Sie ja endlich, Herr Weigl. Wir haben uns schon Sorgen gemacht.« Über das Gesicht der Schwester ging ein pfiffiges Lächeln. »In einer Stunde hätten wir die Bergwacht alarmiert, hehehe. Verziehen Sie sich rasch ins Bett, die Visite beginnt bald. Sie werden eh entlassen, Ihnen fehlt ja nichts. Die Werte sind gut.«

Rico Stahl und Chili Toledo hielten sich im Sezierraum auf, als der Torso auf den Tisch kam. Der Chef der Rosenheimer Mordkommission trug einen dunklen Anzug mit neutraler Krawatte, seine Kollegin Jeans mit Seidenbluse, an den Ohren baumelten Ohrhänger mit fröhlich türkisfarbenen Steinen. Mit großer Beklemmung starrten beide auf den toten Körper vor ihnen.

Es war ein weiblicher Leichnam. Chili hatte noch nie so etwas Schreckliches und Beängstigendes gesehen. Die SpuSi hatte am Tatort auch noch einen abgetrennten Arm gefunden, und in einiger Entfernung die Tatwerkzeuge, einen Fuchsschwanz mit Holzgriff und ein vierzig Zentimeter langes Puma-Jagdmesser mit Hirschhorn-Beschalung. Damit waren der Kopf vom Hals und die Gliedmaßen vom Körper getrennt worden.

»Nicht sehr fachmännisch«, sagte der Forensiker. »Es wurde einfach drauflosgesäbelt.«

»Da muss viel Blut geflossen sein«, bemerkte Rico Stahl.

»Wir müssen dieses Blut nur finden«, sagte Chili. Nach einer Weile schüttelte sie den Kopf, sagte: »Unglaublich«, und wandte sich ab.

Beide wussten, dass die Suche nach dem Kopf, den Beinen und dem anderen Arm draußen die SpuSi in Atem hielt.

Noch vor der Leichenöffnung verließ Rico Stahl mit Chili die Rechtsmedizin wieder.

»Wir nehmen uns den Autisten vor und holen Ottakring dazu«, sagte Rico Stahl.

»Und was ist mit dem Nachbarn aus der Nummer 13?«, fragte Chili Toledo.

»Nach dem wird schon gefahndet«, sagte Rico Stahl. »Das wird nicht lange dauern, bis wir den im Vernehmungsraum haben.«

23

Die Treppe führte steil nach unten. Ignaz Weigl hatte die Stahltür in der Küche sorgfältig hinter sich geschlossen und die Beleuchtung eingeschaltet. Er befand sich auf dem Abstieg in eine Unterwelt, die noch unterhalb des normalen Kellerniveaus lag. An manchen Stellen war die ursprüngliche Mauer sichtbar. Die Ziegelsteine waren sehr alt. Wahrscheinlich hatten sie zu einem Haus gehört, das an dieser Stelle vor langer Zeit erbaut und irgendwann niedergerissen worden war. Erst als Weigls Neubau entstand, war dieser Gang entdeckt worden. Kein Geräusch war zu hören, nur der typische Geruch wurde mit jedem Schritt, den er abwärts machte, immer deutlicher.

Der Kellerraum lag am Ende eines schmalen Ganges. Die grün gestrichene untere Stahltür war durch ein grobes Gitter von außen verstärkt worden. Zwei über Kreuz angebrachte Eisenriegel trafen sich an einem Punkt, an dem ein stabiles Vorhängeschloss hing. Weigl wusste, warum er diesen Kellerraum zusätzlich gesichert hatte. Er suchte unter den Schlüsseln nach dem richtigen und wollte damit aufschließen, als ein spontaner Gedanke wie ein Blitz in sein Gehirn einschlug. Einen Moment lang zögerte er, dann machte er kehrt und stieg wieder zum Tageslicht hinauf.

Er wollte rausfahren und Katharina noch einmal sehen. Im Hinaufsteigen verzog er den Mund. Ihre verstümmelten Überreste wollte er noch einmal sehen, verbesserte er sich.

Ignaz Weigl fühlte sich frei. Er hatte das Monster los. Nein, »Monster«, überlegte er, war falsch. Zu viel der Ehre für sie. »Ekel« traf eher zu, »Kotzbrocken« passte zu ihr wie ein enger Umhang.

Katharina Metz war eine höchst wohlerzogene Kleinbürgerin gewesen. Sie sagte »Pardon«, sooft das leiseste Aufstoßen ihren unendlichen Redefluss unterbrach. Einen Briefumschlag nannte sie »Kuwehr«, und von ihm sprach sie anderen gegenüber nur als »Herrn Weigl« oder als »ihrem Gatten«, nie Ignaz oder ihrem Mann. Wie oft hatte sie ihn mit ihrem blinden

Vertrauen in die Weisheiten ihrer Kirche und ihres Buchclubs, mit ihrer gezierten Sprechweise, ihrer kalten, verachtungswürdigen Haltung jedem Wesen gegenüber, das nicht nach ihrem Gusto war, gefoltert.

Ihr pedantisch-haarspalterisches Getue von morgens früh bis abends spät nervte und erfüllte ihn mit Bitterkeit und Abscheu. Beim Frühstück in ihrer deprimierend hellen Küche mit dem ganzen Chromgeglitzer und den teuflischen Dampfkochtöpfen saß sie in ihrem rosa- oder türkisfarbenen Morgenmantel, Ellbogen auf der Plastiktischdecke, Kinn auf die Faust gestützt, und starrte ihn düster und feindselig an, weil er »vis-à-vis« von ihr Schinken und Eier verzehrte. Als sie im vergangenen Jahr einen weiteren Rappel bekam, sich Kataloge zusenden ließ und anfing, »ihr Heim zu schmücken«, reifte der Gedanke, sie loszuwerden. Dass sie seine Tiere, die kleinen Lieblinge, nicht mochte und sich in einem fort über ihn lustig machte, hatte schließlich den Ausschlag gegeben. Lieber tot als weiter diese widerwärtige Person ertragen.

Es war nicht leicht gewesen, diese schwergewichtige Frau mit den majestätischen Brustwarzen und massiven Schenkeln zu schlachten und zu zerlegen. Doch für seinen Plan nützten ihm nur ihre Einzelteile. Im Ganzen war sie dafür nicht zu gebrauchen gewesen.

Weigl stieß einen gewaltigen Rülpser aus, als er am oberen Ende der Treppe anlangte, die Stahltür öffnete und die Küche betrat. Er wollte sie ein letztes Mal besuchen da draußen und sie noch etwas mehr den Blicken entziehen und verbergen, bevor sie in Verwesung überging. »Camouflieren« hätte sie das genannt.

Als er aus der Küche nach draußen sah, erstarrte er. Zuerst sein Blick, dann er selbst. Was er erblickte, ließ sein Blut in den Adern gefrieren. Er hatte es zwar erwartet, doch etwas im Kopf mit sich herumzutragen war anders, als dem Unheil persönlich zu begegnen, wenn es über einen hereinbrach.

In der Einfahrt stand ein Polizeifahrzeug mit blinkendem Licht. Das Geräusch weiterer heranrasender Polizeiwagen brachte Ignaz Weigl zu einer Entscheidung. Er würde vor dieser

Tat niemals fliehen können. Weder jetzt noch später. Fliehen hätte keinen Sinn. Lieber tot.

Roswitha Maria Schmied hatte Gefallen an dem langen Fußmarsch gefunden, der sie zu dem Kriminaler geführt hatte, dessen Namen sie schon wieder vergessen hatte. Nun war sie von einer unbändigen Lust erfüllt, ins Dorf zu laufen, ein paar Leuten zu begegnen und mit ihnen zu tratschen. Ihr Ziel war die Nummer 13. Roswitha Maria Schmied wollte erkunden, was es mit den Weigls auf sich hatte, die sie dieser Tage beim Lassiter gesehen hatte. Und mit dem Mädel aus der Nummer 15, der mit dem Selbstmord.

Ab und zu machte sie eine kurze Pause. Nachdem sich in der Nummer 15, wo das Mädel wohnte, nichts rührte, wechselte sie gemächlich die Straßenseite und winkte einer kreuzenden Radlfahrerin. »Viel Glück und Gottes reichen Segen auf deinem weiteren Lebensweg«, rief sie ihr zu.

Danach nahm sie noch einmal Schwung auf und hangelte sich mit ihrem Stock auf der Friedhofgasse weiter zur Nummer 13. Zum Weigl. Gegenüber war ein Gedenkstein, der schon in ihrer Kindheit dort gestanden hatte. Auf den setzte sie sich. Sie schnaufte durch und schaute sich um. Hollerduft lag in der Luft.

Komisch. Auf der anderen Seite in der Hauseinfahrt stand ein Polizeiauto. Irritiert sah sie noch einmal hin. Das hatte auch ein Blinklicht an. Keine Sirene. Was wollte …? Da hörte sie – laut genug für ihr miserables Gehör – unverwechselbares Sirenengeheul. Zwei, drei Herzschläge später rasten sie heran. Ein, zwei, drei, vier Autos. Heraus sprangen Polizisten in merkwürdigen Uniformen. Sie rannten aufs Grundstück und ums Haus herum. Dann war alles still. Keine Sirenen, kein Blinklicht. Keine Polizisten mehr zu sehen. Nur zwei Personen, die langsam auf die Haustür zuschritten. Ein Mann und eine Frau. Und dem Auto in der Einfahrt entstieg eine Frau in normaler Polizeiuniform. Geduckt kam sie auf Roswitha Maria Schmied zu, die unwillkürlich den Kopf einzog.

»Kommen Sie!«, befahl die Frau. »Das ist kein Platz für Sie.«

Die Seniorchefin vom »Schmiedwirt« schenkte ihr ein breites mütterliches Lächeln. »Ich sitz gut hier«, sagte sie.

Wenig später nahm Roswitha Maria Schmied zum ersten Mal in ihrem Leben in einem Polizeiauto Platz. Sie wusste nicht recht, ob sie darüber Stolz empfinden sollte oder ob es eine Schmach und Schande war.

»Sondereinsatzkräfte«, murmelte Tilman, als die Mannschaft ausströmte. »Sie umstellen das Haus. Wetten?« Spannend. Und es war die natürliche Konsequenz des Gesprächs, das sie am Abend zuvor in Maries und seinem Haus geführt hatten. Tilman trug den Arm in einer Schlinge. Nicht gebrochen von dem Sturz, aber geprellt und gestaucht.

Der Kommissar und die Frau hatten die Nummer 16 erst spät wieder verlassen. Rico Stahl und Chili Toledo, Tilman hatte sich ihre Namen eingeprägt. Sie hatten Herrn Ottakring mitgebracht, und Marie war dabei gewesen. Aha, jetzt glaubten sie Tilman. Freilich, Tilman hatte entschieden richtig beobachtet. Der Halbkörper, den sie gefunden hatten, war der von Katharina. Anhand des Handys und des Eherings, den Marie ihnen ausgehändigt hatte, konnten sie es beweisen. Alle Spuren hatten mit der des toten Körpers übereingestimmt.

Rätsel gaben ihnen noch die Stahltür in der Küche auf, von der Marie berichtet hatte, der seltsame Geruch im Haus, und die Bewandtnis mit den Hasenleichen. Dieses Rätsel wollten sie bald lösen.

Tilman hatte seine eigene Theorie dazu. Doch auch diese sollte innerhalb der nächsten Stunde platzen.

Und nun waren sie dabei, Ignaz Weigl festzunehmen. Wie auf einer DVD konnte Tilman die Szene verfolgen. Bis hin zu der alten Frau, die sie aus dem Weg räumten und in ein Auto setzten. Bestimmt eine Vorsichtsmaßnahme.

Rico Stahl und Chili Toledo schritten furchtlos auf den Eingang zu. Tilman starrte hinunter und kaute an den Fingernägeln. Das alles war einfach unglaublich! Er wünschte sich Marie neben sich.

Wenig später war das gesamte Anwesen abgesperrt, eine

Stunde später nahm die Spurensicherung ihre Arbeit auf, einen Tag später war der ganze Garten umgegraben.

Wo war eigentlich Herr Ottakring?, fragte Tilman sich.

In Ottakrings Arbeitszimmer hing eine Karte von Oberbayern an der Wand, im Speziellen vom Rosenheimer Land. Darauf hatte er unter anderem den Tinninger See gekennzeichnet, die Stelle, von der aus Evi Melcher die Polizei verständigt hatte, und er hatte den Fundort des Torsos markiert. Nach rechts oben zeigte ein dicker roter Pfeil in die Richtung, in der Berlin lag. In Berlin hielt sich Lola auf.

In seinem letzten Telefonat mit Lola hatte er heftig mit sich gerungen, ob er ihr von Evi Melcher erzählen sollte. Er verzichtete darauf und wollte es nachholen, sobald sie wieder bei ihm war. Das sollte in zwei, drei Tagen der Fall sein. Er freute sich darauf, wieder mit ihr vereint zu sein. Vor ihr war er hoffnungsloser Junggeselle gewesen. Doch mit einer geliebten Frau zu leben war besser, als allein zu sein, dieses Gefühl hatte sich schon lange bei ihm durchgesetzt. Seitdem konnte er fester und ruhiger schlafen, und wenn er aufwachte, lag ein warmes Wesen neben ihm, das kein Hund war so wie früher.

Er wollte sich gerade etwas intensiver mit der Wandkarte und den Details beschäftigen, da hörte er das Geheule nahender Polizeisirenen. Nicht lange danach schellte sein Telefon.

»Joe, du musst herkommen. Ich habe mit Rico Stahl gesprochen, auch er hätte dich gern vor Ort. Du wirst's nicht glauben, was hier los ist.«

Nachdem er auf Nachfrage erfahren hatte, wo denn der Ort lag, von dem sie sprach, und dass es sich um Weigls Haus handelte, schwang er sich innerhalb von zwei Minuten aufs Rad und ließ es rennen.

»Komm erst mal mit ins Obergeschoss«, empfing ihn Chili. Sie war von einem der beiden Polizisten verständigt worden, die vor dem Hauseingang postiert waren. Chili hatte Plastikhandschuhe an.

»Was ist denn los?«, fragte er.

»Gleich«, entgegnete sie. »Komm erst mal mit.« Dann nahm sie ihn am Arm, als wäre er gehbehindert, und musterte ihn mit einem Blick, in dem alles liegen konnte: Angst, Erstaunen, Grauen, Neugier.

Sie stiegen die Treppe hoch, Chili blieb dicht hinter ihm. Er hörte ihre Ohrhänger klimpern. Oben kamen sie in einen schmalen Flur, von dem links und rechts Türen abgingen.

»Weigls Arbeitszimmer«, sagte Chili leise und wies nach links. Noch immer blieb sie in einem halben Meter Abstand hinter ihm. Einen kurzen Moment zögerte er. Im Flur brannte kein Licht, doch das grelle Scheinwerferlicht aus dem Inneren des Zimmers schlug ihm blendend und heiß entgegen. Ottakring hörte Chili hinter sich stoßweise atmen. In der Türöffnung fuhr Ottakring so heftig zurück, dass er gegen Chili prallte. Den Raum betrat er nicht, doch er beugte sich vor, um besser sehen zu können.

»Weigl?«, fragte er nach einer ganzen Weile mit schiefem Mund. Er musste die Frage stellen, denn erkennen konnte er den Körper, der da lag, nicht. Offensichtlich ein toter Körper.

»Ja«, sagte Chili so leise, als wollte sie die Totenruhe nicht stören.

Ottakring stand vollkommen unbeweglich in der Türöffnung, gelähmt von dem, was er da sah. Ein Bein hing über der Lehne eines umgestürzten Stuhls. Der Körper war merkwürdig verdreht, als hätte die Leiche kein Rückgrat mehr. Sie hatte aber auch keinen vollständigen Kopf mehr. Der war zur Hälfte weggesprengt. Blut war auf den Teppich und bis an die weiße Wand ein paar Meter hinter dem umgestürzten Stuhl gespritzt. Einen halben Meter von Weigl entfernt, mit dem Lauf ihm zugewandt, lag eine doppelläufige Schrotflinte.

Ottakring stand mit pochendem Herzen da und nahm das Bild in sich auf. Ignaz Weigl, der verdächtig war, seine Ehefrau umgebracht zu haben, war tot. Sein zerschossener Kopf, ein umgestürzter Stuhl, eine Flinte auf einem hellen Teppich mit dunkel eingewebtem Rand.

»Was ist hier passiert?«, fragte Ottakring und drehte sich langsam zu Chili um. »Selbstmord – oder Mord?«

Bevor Chili noch eine Antwort geben konnte, stand ein Spurensicherer in seinem weißen Arbeitsanzug schnaufend hinter Ottakring und tippte ihm auf die Schulter. »Sie sollen bitte zum Chef kommen.« Dann drehte er sich um und ging wieder die Treppe hinunter.

Ottakring wandte sich Chili zu. »Wo ist er denn, dein Chef?«

»Wonach sieht es denn für dich aus? Mord oder Selbstmord?«, fragte sie zurück.

»Ist eingebrochen worden?«

Sie schüttelte den Kopf. »Sonst ist alles an seinem Platz. Mein Chef ist im Keller«, sagte sie mit einer hochgezogenen Augenbraue. »Lass mich vorausgehen.«

Die Stahltür in der Küche war geöffnet. »Das war das Erste, was wir gemacht haben, nachdem wir die Leiche entdeckt hatten. Natürlich hat uns brennend interessiert, was hinter dieser Tür zu finden ist. Du wirst dich wundern.«

Je weiter sie nach unten stiegen, desto penetranter wurde der Geruch. Am unteren Treppenabsatz waren ein kleiner Vorplatz und eine grün lackierte weitere Stahltür. Sie stand offen.

Warme, stinkende Wärme entströmte dem Raum dahinter. Was Ottakring darin sah, war eine der großen Überraschungen bei all seiner Berufserfahrung.

»Herr Ottakring!«, ertönte plötzlich lautes Rufen von oben. »Würden Sie bitte kommen? Besuch für Sie.«

Was sollte dieser Schmarrn? Er wollte schon ärgerlich antworten, als plötzlich eine lange, schlaksige Gestalt mit lädiertem Arm in der oberen Türöffnung auftauchte.

»Tilman!«, rief Ottakring entsetzt aus.

Einer der Wachpolizisten vom Eingang war hinter dem Autisten hergehechelt.

Ottakring hastete die Treppe hinauf. »Tilman! Was machst du denn hier? Du sollst doch im Haus bleiben!« Er fasste ihn mit beiden Händen an den Unterarmen, was Tilman in die übliche Schrecksekunde trieb.

»Katharina ist tot«, rief Tilman laut. »Der Weigl ist tot.«

Wie wahr, dachte Ottakring. Er war ungeduldig, hin- und

hergerissen zwischen dem jungen Mann und dem, was er im Keller andeutungsweise gesehen hatte.

»In drei Sekunden«, rief Chili von unten hoch, »ist Verstärkung da.« Sie tippte mit den Fingern auf ihr Handy.

Es wurden zehn Sekunden. Dann erschienen zwei Beamte, die es tatsächlich schafften, Tilman zur Umkehr zu bewegen.

»So ist's gut, Tilman«, rief ihm Ottakring hinterher, nachdem er die Beamten noch mit Instruktionen versorgt hatte. »Ich komm zu dir, sobald ich kann.«

Rico Stahl stand in Gummistiefeln auf einer Sandbank und schaute herüber zu Ottakring. Die Sandbank befand sich am Rand einer Wasserfläche von acht mal zweieinhalb Metern. Über der Sandbank war ein langer UV-Strahler angebracht. Im grünlichen Wasser steckten ein abgesägter Baumstamm, etliche große, bizarre Baumstümpfe und ein ausgewachsener Farn.

»Ich glaub's nicht«, rief Ottakring aus. Das Wasser mit der Sandbank befand sich hinter der grünen Stahltür in Weigls Keller. Und im Wasser, eng an das Holz geschmiegt, lagen zwei Krokodile mit weit geöffnetem Maul.

»Da schaugst, gell?«, gab Rico Stahl zurück.

Im selben Augenblick registrierte Ottakring eine Bewegung im Wasser. Einer der Baumstümpfe wackelte. Doch es war nicht der Baumstumpf, der die Wellen verursachte, es war ein weiteres Krokodil, das seinen Kopf bewegt hatte.

»Unglaublich«, sagte Ottakring. Es hallte laut. »Drei Krokodile im Keller.«

»Alligatoren«, verbesserte Rico Stahl. »Sogenannte Mississippi-Alligatoren. Noch nicht erwachsen, aber immer hungrig.«

»Was ist das Weiße da hinter dir?«, fragte Ottakring.

»Ach, irgendein Essensrest von denen.«

Der Geruch hier unten war fast unerträglich. Er roch nach dem Wasser, den Tieren, und dazwischen mischte sich ein Gestank, den Ottakring von den ausgegrabenen Hasen her noch in der Nase hatte.

»Das Weiße«, sagte er. »Der Essensrest. Könnte das nicht ein Stück vom Hasen sein?«

Rico Stahl schaute zur Seite. »Tatsächlich. Du hast recht. Ob wir einen von der SpuSi dazu bringen, sich darum zu kümmern?«

Langsam ging Rico Stahl auf der Sandbank dem Ausgang zu, an dem Ottakring noch immer stand.

Fasziniert staunte Ottakring über seinen Mut. Sein Blick ruhte aber auch auf den Reptilien. Er hatte nicht den Eindruck, dass sie Rico Stahl mit den Augen folgten. Sie verharrten reglos auf der Stelle.

»Komm, lass uns gehen«, sagte der Rosenheimer Mordchef. »Hier können wir nichts weiter ausrichten. Wir brauchen einen Zoo-Experten. Und oben haben wir einen frischen Todesfall. Es ist genug zu tun.«

24

Zwei Tage später versammelten sie sich um kurz nach acht im Sitzungszimmer zur Lagebesprechung. Alle abkömmlichen Mitglieder der Rosenheimer Mordkommission hatten sich eingefunden. Sie saßen locker an einer u-förmigen Tischreihe.

Rico Stahl schloss ein Fenster. »Ich begrüße unseren nebenberuflichen Ermittler Kriminalrat Ottakring«, setzte er voran. Wie immer war er der Einzige im modischen Anzug.

Beifall wie bei einem Tor in der Champions League.

»Lasst uns zusammenfassen«, sagte Rico Stahl, »und dann überlegen, wie wir weiter vorgehen wollen. Was wir wissen, ist viel, aber nicht alles. Es ist eindeutig, dass zumindest *ein* Mord vorliegt. Katharina Weigl wurde von ihrem eigenen Mann ermordet. Was wir noch nicht kennen, ist das Motiv. Frühzeitig sozusagen gerochen hat die Tat Tilman Schilling, der im Haus gegenüber lebt. Er ist Autist und am sogenannten Asperger-Syndrom erkrankt. Sie haben sich inzwischen alle über das Krankheitsbild informiert. Schilling hat Vorgänge beobachtet, die ihn stutzig machten, und er hat den Kriminalrat eingeschaltet, der dem Verdacht zunächst aus verständlichen Gründen mit Zurückhaltung begegnet ist.«

Rico Stahl nickte Ottakring freundlich zu. »Der Kriminalrat lebt eine Straße weiter. Wie das Leben so spielt, hat Herr Ottakring auch eine Schulfreundin, die zurzeit einen Kurzurlaub in Rosenheim verbringt. Diese Frau findet beim Joggen einen weiblichen Torso und meldet den Fund. So werden *wir* eingeschaltet.«

Die Augen richteten sich auf Ottakring, der ruckartig aufgesprungen war und sich die linke Wade rieb, während er an der Fensterwand hin und her ging. »Ein Krampf«, keuchte er. »Das kommt von meinem Kreuz. Ich bin das ruhige Sitzen nicht gewohnt.« An die Wand gelehnt blieb er stehen.

Rico Stahl goss sich ein Glas Wasser ein, bevor er fortfuhr. »Den Rest kennen wir aus der letzten Besprechung. Dass der Leichenfund zu Katharina Weigl gehört, ist einwandfrei erwiesen. Weigl selbst ist tot, auf dem Boden die Flinte, ausschließlich seine Fingerabdrücke, keine fremden. Den Restzweifel, ob es

Selbstmord war oder nicht, klärt die Rechtsmedizin. Und dann der Hammer im Keller mit der Alligatorenhaltung. Chili, haben Sie mit dem Zoo etwas erreichen können?« Er machte ihr ein Zeichen.

Chili Toledo setzte die Kaffeetasse ab und überflog ihre Notizen. »Die Überraschung gleich am Anfang. Hellabrunn in München wusste von diesen Tieren. Sie waren sogar bei der Beschaffung behilflich. Der Veterinär, mit dem ich telefoniert habe, wird morgen mit einem kleinen Team anreisen und alles dabeihaben, was für den Transport nötig ist. München wird die Alligatoren übernehmen.« Sie warf den Kopf aufreizend nach hinten. »›Hier können sie ja schlecht bleiben‹, sagte der Tierarzt am Telefon. Der hat übrigens eine sehr sexy Stimme. Ich bin gespannt, wie er aussieht.«

Rico Stahl überging die Bemerkung. »Gut. Dann erst können wir das Wasser auslassen, und die SpuSi kann sich an ihre weitere Arbeit machen. Ich wette, wir werden dann auch die Stelle finden, wo Weigl die Leiche zerteilt hat.«

»Ach ja, noch was«, wurde er von Chili unterbrochen. »Das mit den toten Hasen sei artgerecht, sagte der Veterinär. Die werden auch im Zoo so an die Reptilien verfüttert. An Schlangen, Krokodile, Warane und Alligatoren.«

»Na, dann wäre das auch geklärt«, resümierte Rico Stahl. »Hat jemand noch etwas?«

Ottakring am Fenster hob die Hand. »Ja, ich. Ich habe mich mit der Schwester des toten Weigl unterhalten, mit Angelina Metz. Erstens habe ich ihr bedeutet, sie solle sich bis zum Ende der Ermittlungen zur Verfügung halten. Ich empfehle auch, sie offiziell vorzuladen. Mit den Alligatoren im Keller und den Hasen im Garten, das war ihr bekannt. Ansonsten hat Weigl ein Geheimnis darum gemacht. Doch dass ihre Schwester tot ist, hat sie sichtlich getroffen. Ich habe ihr mein Beileid ausgesprochen. Sie war nach eigener Angabe davon überzeugt, dass das, was Weigl ihr erklärt hatte, stimmte. Dass ihre Schwester verreist war.«

Ottakring wechselte die Stellung und verlagerte das Gewicht auf das andere Bein. »Das Gleiche gilt übrigens auch für Anita Kutterling, die Geliebte. Angelina Metz hat es bestätigt. Die

Frau wirkt in meinen Augen glaubwürdig, doch das sollte man noch mal offiziell überprüfen. Die Postkarte, die da irgendwann erwähnt wurde, war übrigens eine Fälschung.«

Rico Stahl nickte und gab einem jungen Ermittler mit rasiertem Schädel und kurzem Schnauzer zu seiner Linken ein Zeichen. »Das machen wir. Sie übernehmen das, okay?«

Er hatte bisher an einem Stehpult gelehnt. Groß, braun gebrannt, gegelte Frisur, modisch gekleidet. Nun zog er sich einen Stuhl heran, setzte sich auf die Lehne und stellte die blank geputzten Schuhe auf der Sitzfläche ab. Er senkte die Stimme, als er sprach. »Wir haben natürlich alle den gleichen Gedanken: Hat Weigl die von ihm abgetrennten Gliedmaßen seiner Frau an die Alligatoren verfüttert? Wenn Sie mich fragen – ja. Warum er den Torso ausgespart hat, ist mir ein Rätsel. Vielleicht war der Grund ein letzter Rest von Rücksichtnahme? Wir werden es wohl nie erfahren. Aber klären und beweisen können wir das alles erst, wenn es uns möglich ist, unbehelligt im Keller zu arbeiten. Der Keller war im Übrigen ein früherer Luftschutzraum. Er war in den fünfziger Jahren von den Vorvorbesitzern errichtet worden Dann wurde das damalige Haus abgerissen, das heutige vom Vorbesitzer errichtet, und das Ehepaar Weigl hat es von ihm erworben.«

Aufgeregtes Gemurmel war entstanden. Man erhob sich. Auch Rico Stahl war aufgestanden und schob den Stuhl weg. Er klatschte in die Hände. »Ein Letztes noch: Die morgige Pressekonferenz wird live im Regionalfernsehen übertragen. Chili Toledo und ich werden dabei sein, der Kriminalrat wird für Fragen zur Verfügung stehen. Der Fall wird natürlich die Sensationsmedien bundesweit anlocken. Wir werden versuchen, die Flamme möglichst klein zu halten.«

Marie hatte sich den Tag extra freigenommen. Sie und Tilman sahen sich die Übertragung von vorn bis hinten gemeinsam an. Selbst Jahre später noch, wenn Marie ihren Bruder anbohrte, konnte Tilman den Wortlaut der gesamten Pressekonferenz wiedergeben. Wort für Wort. Ganz entschieden.

Hannsdieter Loy
ROSENMÖRDER
Broschur, 240 Seiten
ISBN 978-3-89705-686-2

»Loy versteht es, seinen Figuren dank der authentischen Erzählweise gekonnt Leben einzuhauchen und diese so zu Individuen des täglichen Lebens werden zu lassen. Seine Sprache ist direkt und konfrontiert den Leser unvermittelt mit aufwühlenden Geschehnissen, die Neugier und Lust auf mehr erzeugen.«
Oberbayerisches Volksblatt

Hannsdieter Loy
SPIEL DES TODES
Broschur, 224 Seiten
ISBN 978-3-89705-785-2

»Ein kurzweiliges Lese-Vergnügen, mittendrin Bayerns James Bond.« Münchner Merkur

Hannsdieter Loy
SAKRAMENTISCH!
Broschur, 208 Seiten
ISBN 978-3-89705-897-2

»Mit seinem trockenen Humor und einem augenzwinkernden Blick auf Land, Leute und typisch menschliche Eigenheiten reichert Loy seine kriminalistische Handlung mit dem rechten Quäntchen Heimatkolorit an. Eine angenehme Groteske, die gesellschaftliche, private und urbayerische Situationen gekonnt karikiert.«
Oberbayerisches Volksblatt

Hannsdieter Loy
GRABMOOSALM
Broschur, 240 Seiten
ISBN 978-3-95451-045-0

»Loys Schreibstil – gespickt mit einfallsreichen Wortspielereien, kreativen Metaphern und Vergleichen – wirkt von der ersten Seite an gereift, ja noch ausgeklügelter und geistvoller denn je. Ihm gelingt die Gratwanderung zwischen ausladendem Bilderreichtum und zielgerichteter Direktheit ohne verblümte Umschweife, dafür aber mit der rechten Portion schwarzem Humor.« OVB online

www.emons-verlag.de

Hannsdieter Loy
JENSEITS DER ALPEN
Broschur, 208 Seiten
ISBN 978-3-95451-164-8

»Nichts für schwache Nerven, aber bester Lesestoff für eingefleischte Krimi-Fans.« Oberbayerisches Volksblatt

»Wieder ein starker und harter Kriminalroman, dessen häufige Wendungen die Spannung zusätzlich verstärken. Trotzdem blitzt immer wieder der Humor auf, den man bei diesem Autor so schätzt.« Rosenheimer Journal

Hannsdieter Loy
KIRCHWIES
Broschur, 256 Seiten
ISBN 978-3-95451-087-0

»Wer wissen will, wie kriminell unterhaltsam das Landleben ist, sollte sich einen literarischen Ausflug nach Kirchwies nicht entgehen lassen.« Wendelstein Anzeiger

»Die Menschen in ›Kirchwies‹ sehen ihren Ort als Fleckchen des Friedens. Der Autor Hannsdieter Loy weiß es besser.« Rheinische Post

www.emons-verlag.de

HANNSDIETER LOY
HUNDE, BERGE, HIMMELREICH
URLAUBSKRIMI
emons: